AF282519

*Dè Woahrhääd*
*on dè Fandasie!*
*Hossde nur äi,*
*dann wäsde nie,*
*woas merr uhne*
*die anner deed.*
*Zem Dengge*
*eas' nonnid sè schbeed,*
*meend Moadder Geede,*
*meend dè Kant.*
*Dichdung on Woahrhääd*
*brouchd es Laand!*
*On Märche, Bosse, gurre Wärge*
*on fier die Glies Kaddoffelschdärge.* *

* Der Wahrheit und der Fantasie!
Hast du nur eine, weißt du nie,
was man ohne die andre tät'.
Zum Denken ist's noch nicht zu spät.
Meint' Mutter Goethe, meinte Kant.
Dichtung und Wahrheit
braucht das Land!
Und Märchen, Scherze, gute Werke –
und für die Klöß' Kartoffelstärke.

# Es war noch einmal

## 34 weitere hessische Märchen und wahre Geschichten

## Monika Felsing

**Bibliografische Information der Deutschen Nationalbibliothek**
Die Deutsche Nationalbibliothek verzeichnet diese Publikation in der Deutschen Nationalbibliografie; detaillierte bibliografische Daten sind im Internet über www.dnb.de abrufbar.

Gestaltung: Wolfgang Rulfs
www.wolfgang-rulfs.de

Verlag: BoD · Books on Demand GmbH, In de Tarpen 42, 22848 Norderstedt
Druck: Libri Plureos GmbH, Friedensallee 273, 22763 Hamburg
ISBN: 978-3-7693-1547-9

# Inhaltsverzeichnis

# Vorwort

Es war einmal ein Vorwort, das bestand aus nur drei Sätzen, denen fast drei Dutzend nachträglich ins Hochdeutsche übertragene Märchen folgen sollten, eins wie das andere ursprünglich im Dialekt eines kleinen oberhessischen Dorfes gehalten, in dem die Autorin im 20. Jahrhundert ihre Kindheit und Jugend verbracht hat und dessen Geschichte und Geschichten sie als Historikerin und Journalistin gemeinsam mit anderen Freiwilligen seit mehr als einem Jahrzehnt ehrenamtlich erforscht und in Sachbüchern, Dialektliedern und Mundartmärchen veröffentlicht.

Auch in diesem hochdeutschen Band wird, was passiert ist, was heute passiert und was passiert sein könnte, was bekannt war und nicht vergessen werden soll, in der Art moderner Märchen erzählt, auf der Grundlage von Fakten, Lebenserfahrungen und Fantasie, inspiriert von den Geschichten der Brüder Grimm oder Hans Christian Andersen, von Volksliedern, Blues, Klezmer oder Hits wie „Die Hesse komme" von den Rodgau Monotones, in den Fußnoten und im Anhang ergänzt um einige Mundartworte und Redewendungen, die für sich sprechen und deren oberhessischer Humor heutige mit früheren Generationen verbinden kann, tief Verwurzelte mit Menschen, die in der Region heimisch geworden oder dahin zurückgekehrt sind und Hessen mitprägen.

Es ist also wieder, als möglichst wortgetreue Übersetzung des Originals, ein Märchenband geworden, dessen Geschichten in meinem Blog zu hören sind, Lust machen sollen auf Mundart, ob nun diese oder andere, aufs Zuhören, genau Hinhören, Mitfühlen und Selbsterzählen, auf die Beschäftigung mit Menschheitsproblemen, die uns unmittelbar angehen und uns vor größere Herausforderungen stellen, als es ein Drache im Märchen sein kann oder das Krokodil im Kasperletheater unserer Kindheit, und zugleich eine Einladung zum Träumen und Aufwachen sind.

# Streit im Räuberhaus

Es waren noch einmal vier Tiere, ein Esel, eine Katze, ein Hahn und ein Hund aus Oberhessen, die haben in einer Räuberhütte im Wald gewohnt, fragt mich nicht, wo und wann. Wieso sie da gelandet waren, weiß man. Sie waren von daheim fort, weil man ihnen an den Kragen wollte, und hatten nach Bremen ziehen wollen, um Stadtmusikanten zu werden.

Aber dann hatten sie das Räuberhäuschen gefunden, mitten im Wald, und die Räuber fortgejagt, dass sie die Schuhe verloren haben. Die Räuber, versteht sich, nicht unser Esel, unser Hund, unsere Katze und unser Hahn. Die hatten ja keine Schuhe an, der Esel nicht einmal Eisen.

Als sie schon eine ganze Zeit in dem Räuberhäuschen im Wald wohnten, gab es manchmal Streit. Wie das so ist, wenn ein paar zusammenleben. Da geht es den Tieren wie den Menschen. „Hier sieht es aus wie im Saustall", beschwerte sich die Katze, die es gerne schön ordentlich hatte. „Räumt doch mal auf!" Der Hund aber hat nur geknurrt. „Ich bin nicht von daheim fort, damit ich mich hier rumkommandieren lasse", sagte er. „Du hast mir gar nichts zu sagen!" Der Esel war sowieso stur wie drei Oberhessen, und der Hahn hat den Kopf unter einen Flügel genommen und die Katze nicht beachtet.

Die war beleidigt, das könnt Ihr Euch ja denken, und hat die Krallen ausgefahren und gefaucht wie eine Lokomotive. Aufgeräumt hat trotzdem keiner. Bei Hembels unterm Sofa war's ordentlich dagegen. Und das war nicht das einzige Problem. Manchmal zankten sie sich wie die Kannenflicker, wo der beste Platz im Haus war, wer da schlafen durfte und wer zuletzt Wache gehalten hatte, ob die Räuber zurückkommen oder ob andere verdächtige Gestalten im Wald waren.

Einmal kamen zwei Gelehrte, die aus Hanau waren und in Kassel wohnten, auf ihrem Weg nach Bremen am Räuberhaus vorbei. Die vier Tiere aber haben keinen Mucks gemacht und sie nicht reingelassen. „Was für ein Knusperhäuschen", sagte einer der beiden Gelehrten. „Nur ohne Lebkuchen", sagte der andere. „Und der Wald sieht aus, als ob sich Einhörner und Bären, die reden können, hier gute Nacht sagten. Sehen wir zu, dass wir fortkommen."

Und weg waren sie. Der Hund aber hätte sie zu gerne gebissen. Der Esel hatte ihn davon abgehalten. Schon ging die Streiterei von vorne los. „Andauernd willst du sagen, wo es lang gehen soll", regte sich der Hund auf. „Nur weil du der Größte bist, willst du Chef sein!" „Ich?", rief der Esel. „Ich habe die größte Last zu tragen, wenn ihr auf mir steht. Da kann ich auch mal sagen, wo es lang geht!" „Ich habe gehört, dass die, die ganz oben sitzen, die größte Verantwortung tragen", sagte der Hahn. „Du sei bloß still", zischte ihn die Katze an. „Deine Krallen verkratzen mir den ganzen Katzenbuckel! Es kann mir schon keiner mehr aufs Fell gucken, weil ich da eine kahle Stelle habe!" „Tut mir leid", sagte der Hahn, „dass ich geschlüpft bin und lebe. Ohne mich wärt ihr die drei Musiktiere!" „Hör auf", sagte der Hund, „du bildest dir wer weiß was ein auf deine Stimme." „Ich habe zum Glück eine Stimme", sagte der

Hahn. „Das kann man nicht von allen hier behaupten." „Was soll das denn jetzt bedeuten?", fragte der Esel. „Habe ich etwa keine?"

„Du schreist", sagte die Katze. „Und der Hund bellt und heult. Die Einzigen, die einen Ton halten und singen können, sind der Hahn und ich. Sagen wir's doch, wie's ist." „Dann singt doch zu zweit, ihr beiden", sagte der Hund. „Ich habe die Schnauze voll von diesem Gezänk."

Und alle sind sie schlafen gegangen, ohne ein Wort. So böse waren sie aufeinander! In der Nacht hat der Hund geträumt, der Hahn wäre in den Suppentopf gekommen, und er, die Katze und der Esel hätten um den Tisch herum gesessen, einen Teller vor sich und Tränen in den Augen. Niemand konnte etwas essen, keiner wollte etwas sagen. Bis der Hund gebellt hat. „Ich esse ihn nicht, ich esse diese Suppe nicht", hatte er geheult. „Geht mir weg mit solchen Rezepten!"

Und da war der Hahn aus dem Suppentopf gehüpft und hatte gekräht. Wie jeden Morgen. Und der Hund war auf einen Schlag wach. „Guten Morgen", sagte er zum Hahn. „Tut mir leid, dass ich so fies zu dir gewesen bin." „Ich war auch nicht besser", sagte der Hahn und putzte sich sein Federkleid. „Lass gut sein. Ich hatte einen Traum, der steckt mir immer noch in den Knochen."

Er hatte geträumt, dass die Katze todkrank war, sie hatte Schnupfen und Fieber und einen glasigen Blick. Der Esel war los und hatte Kräuter ausgerupft und sie der Katze zu fressen gegeben. Der Hund hatte Holz im Wald gesammelt, damit der Ofen angemacht werden konnte. Und der Hahn ist an den Bach und hat einen Schnabel voll Wasser für die Katze geholt und noch einen und noch einen. Die Katze aber war schwächer und schwächer geworden. Vor lauter Aufregung war der Hahn von der Stange gefallen und hatte gekräht. Und noch einmal und noch einmal vor lauter Glück.

Die Katze war in der Nacht aufgewesen, wie gewöhnlich, und hatte kaum geschlafen. Aber auch sie hatte schlecht geträumt. In ihrem Traum hatte der Esel auf einer Bühne gestanden und vor großem Publikum gesungen, so schön wie Caruso. Die Katze dachte, sie höre nicht richtig. So ein Jubel, Beifall, Bravorufe! Mitten in der schönsten Arie aber fiel der Esel tot um. Und der Hahn krähte, und als die Katze sich umguckte, stand der Esel neben der Tür und schlief im Stehen und träumte.

In dem Traum des Esels hatte der Hund sich auf die beiden Gelehrten aus Kassel gestürzt, mit gefletschten Zähnen und gesträubtem Fell. „Aus", schrie einer der beiden Herren. „Haust du ab!" Aber der Hund hatte sie gebissen, fragt nicht, wo. Die beiden Gelehrten waren geflüchtet, und der Esel hatte noch gehört, wie der eine zum anderen sagte: „Wilhelm, erinnere mich daran, dass wir nie und nimmer ein Märchen aufschreiben, in dem ein Hund vorkommt!"

„Versprochen", sagte der, der Wilhelm hieß. „Kein einziges Märchen mit Hund. Und jetzt auf zum Doktor, nach Bremen!" Der Esel hatte ihnen noch „Iah" hinterher gerufen, und da waren sie stehen geblieben, die zwei

Gelehrten, die Brüder waren, auch wenn das hier nichts zur Sache tut. „Auch keine Märchen mit einem Esel, Jacob", sagte Wilhelm. „Und wenn wir schon mal dabei sind, auch keins mit anderen Tieren, die sich die Menschen halten. Abgemacht."

Dem Esel fehlten die Worte. In ein Märchen hatte er gar nicht gewollt, aber jetzt waren auch die anderen in Ungnade gefallen bei diesen zwei Gelehrten, die Wilhelm und Jacob hießen. Und die nicht aus Grünberg* waren, sondern aus Hanau. Und an allem war der Hund schuld.

„Alter Streithammel**", dachte der Esel, als ihn die Hahnenschreie geweckt hatten. Aber es war wie im Märchen. Da saßen der Hund und die Katze und der Hahn beieinander und waren sich so einig wie nur was.
„Wie gut, dass du wach bist", sagte der Hund.
„Und lebst", sagte die Katze.
„Und darfst Chef sein", sagte der Hahn.
Der Esel wusste nicht, was er sagen sollte, und hat das Maul gehalten.

Weil der Hund aber die Brüder Grimm nicht gebissen hat, kann es sein, dass sie doch noch ein Märchen aufgeschrieben haben, das von einem alten Esel, einer alten Katze, einem alten Hund und einem alten Hahn handelt, die zusammen gesungen haben. Etwas Besseres als Streiten kannst du allemal.

*Im Original: *Grimmich*.
**Im Original: *Zonngiggel*, Zornhahn.

# Bruder Jakob

Es war einmal ein Junge in Oberhessen, der zu gern schlief, und er schlief und schlief, wo er ging und stand, beinahe auch im Laufen. „Du hast die Schlafkrankheit", sagten die Leute oder, wenn seine Eltern nicht dabei waren: „Der ist so faul, es ist eine Schande." Und wieder andere dachten, er hielte sich für etwas Besseres: „Graf Koks von der Gasanstalt!" Seine Patentante nannte ihn nur „unser Dornröschen". Dabei wohnten sie gar nicht auf der Sababurg – die ist ja auch in Nordhessen.

Als sich Jakob einen Beruf suchen sollte, ist er bei einem Glockengießer in die Lehre gegangen. Er hatte sich gesagt: Wenn die Glocke erst einmal im Ofen ist, kann ich schlafen bis zum nächsten Tag. Und es wird ja auch nicht andauernd eine neue Glocke bestellt! Besser, da in die Lehre gehen als beim Bäcker!

Aber da hatte er sich geschnitten. Die Arbeit beim Glockengießer war hart, und es musste ständig etwas herbeigeschafft werden, Lehm für die Form oder Holz und andere Sachen, sodass ans Schlafen gar nicht zu denken war. Und wenn er doch mal schlafen durfte, dann träumte er, er wäre Bäcker geworden. Heimlich hat er sich auf und davon gemacht, als der Glockengießer fort war, um eine neue Glocke nach Fulda zu bringen. Da brauchten sie mehr Glocken als woanders.

Jakob war in die Welt hinaus und kam bald nach Frankreich. Um nicht arbeiten zu müssen, hatte er so getan, als ob er ein Mönch auf Pilgerfahrt wäre. Was man brauchte, um wie ein Mönch auszusehen, hatte er in einem Kloster gestohlen, wo sie ihn hatten übernachten lassen. In dieser Kutte sah er wie einer aus, der Gott dienen wollte, und die Haare hatte er sich auch noch geschnitten und ein Gesicht gemacht wie einer, der mit einem Fuß schon im Himmel war oder einen Fuß schon in der Tür des Himmels hatte. Latein konnte niemand, aber er hat einfach vor sich hingemurmelt, und das hat ohnehin niemand verstanden.

Die meiste Zeit hatte er gar nicht geredet und die Leute wissen lassen, das sei er seinem Gelübde schuldig. Wo er auch war, haben sie ihn für eine Nacht aufgenommen und ihn am Morgen zeitig zum Beten geweckt. „Frère Jacques, dormez vous?", fragte ihn eine Frau in Frankreich, und eine andere, die aus Hessen auf dem Weg nach Paris war, wo sie die Straße fegen wollte, rief: *„Hirrschde nicht die Glogge, hirrschde nicht die Glogge?"*

Ei, ich höre sie ja, sagte sich Jakob und wollte sich noch einmal rumdrehen, aber da haben noch mehr Leute gerufen: „Frère Jacques, Frère Jacques, dormez vous?" Und aus war's mit dem Schlaf.

Jakob ist weiter und weiter durch die Weltgeschichte, aber weil er sich für einen Mönch ausgegeben und gelogen und betrogen hatte, ist er blind und stumm geworden und musste so lange herumziehen, bis er die Glocken seines Heimatdorfes wieder erkannt hat. Das hat sich herumgesprochen, und die Leute haben ihn auf die Probe gestellt und gern Späße auf seine Kosten gemacht. Wo er auch hinkam, haben sie gesungen: „Bruder Jakob, Bruder Jakob, schläfst du noch, schläfst du noch, hörst du nicht die Glocken, bim, bam, bum?" Und er hat Glocken gehört, überall, landauf, landab.

Wieder läuteten Glocken. Das war nicht in seinem Dorf, das waren ganz große Glocken, die Brema* und andere in Bremen. Und so ist er weiter, Leute haben ihn aufgenommen, aber er war im Kreis gelaufen, und niemand hat ihm gesagt, wo er war. „Bin ich daheim?", fragte er sich, als er wieder Glocken hörte.

*„Ai, du säisd joa als noch ean Bremĕ**"*, verriet ihm einer, der aus Hessen auf dem Weg nach Amerika und auf der Durchreise war. *„Doas eas als noch ean Bremè hieh, nur è anner Kearch."****

Und so ist Jakob weiter und weiter und hat wieder was zum Schlafen gefunden. Der nächste Tag war ein Sonntag, und die Glocken riefen die Menschen in die Kirche. Aber da hat Jakob schon gewusst, das war nicht bei ihm daheim. Müde und verzweifelt ist er fort.

In einer Stadt hörte er eine Glocke, die kam ihm vertraut vor, aber er wusste nicht, warum. „Das ist die Glocke, die ein berühmter Glockengießer gemacht hat", hörte er jemanden sagen. „Dem ist der Lehrling weggelaufen damals. Und der irrt jetzt durch die Lande und sucht die Glocke seines Dorfes. Die findet er niemals, das versichere ich dir." Und die Leute lachten. Die sahen Jakob ja und wussten, er konnte sie hören.

Dicke Tränen rollten ihm die Wangen hinunter, groß wie Erbsen, nur nicht so grün. Sein Hemd war schon klitschnass, und er schluchzte, dass die Steine davon mürbe geworden sind. Da hatte er eine Stimme gehört, und nicht nur eine: *„Brurrer Joggob, Brurrer Joggob, schleefsde noch, schleefsde noch? Hirrschde nid die Glogge, hirrschde nid die Glogge? Bim, bam, bum!"*

Und als Jakob die Augen aufmachte, konnte er wieder sehen, und sprechen konnte er auch, aber da fiel ihm nichts ein. Er lag im Stroh auf dem Hof seiner Eltern, und alle standen sie um ihn herum, seine Schwestern, seine Brüder und wer noch alles, und es war taghell, und er war die ganze Zeit daheim gewesen, und vom Kirchturm kam ein vertrauter Ton...

Und wenn er nicht gestorben ist, dann lebt Jakob noch heute und ist ein Glockensachverständiger geworden. Von Glocken hat er ja was verstanden.

*So heißt eine der sechs Glocken am Bremer St.-Petri-Dom. Im Audio ist sie, wie diverse andere Glocken, bei ihrem ersten Einsatz an Ostern 2023 zu hören, außerdem Glocken aus Fulda und natürlich Ober-Gleen.
**Ei, du bist ja immer noch in Bremen.
***Das ist immer noch in Bremen hier, nur eine andere Kirche.

# Der Näibar*

Es war einmal in Wahlen, es kann aber auch in Gleimenhain gewesen sein, da hat einer gewohnt, der hat niemals ja gesagt. Nicht ums Verrecken! Schon sein allererstes Wort, erzählt man sich, war nicht „Mama" gewesen und auch nicht „Papa" oder „Happahappa", sondern „*näi*". Nichts war ihm recht, es gab andauernd Ärger und Geschrei und Streit. In der Schule kam das auch nicht gut an. Wenn der Schullehrer wissen wollte, ob er wusste, wie die Landeshauptstadt des Großherzogtums Hessen-Darmstadt hieß, sagte der Kerl: „*Näi*, das weiß ich nicht. Das kommt davon, dass ich noch nie in Darmstadt gewesen bin. Da wissen sie's bestimmt."

Der Lehrer war sich nicht sicher, ob er ihn auf den Arm nehmen wollte, und fragte ihn nach der Landeshauptstadt des Kurfürstentums Hessen-Kassel. Und er sagte nur trocken: „Darmstadt ist es nicht, und auch nicht Frankfurt, da wohnen lauter Nassauer. Ab nach Kassel – da können wir fragen!" „Ab nach Kassel sagt man nicht", sagte der Schullehrer streng und hat ihn erst einmal nichts mehr gefragt.

Ein paar Jahre später hat der Kerl dann eine junge Frau kennen gelernt, die war aus demselben Holz geschnitzt. Drum sind sie nicht zusammengekommen. Es hätte zu gut gepasst. „Hast du sie denn nicht gefragt, ob sie dich heiraten will?", wollte seine Mutter wissen. „*Näi*", sagte er. „Das konnte ich mir sparen. Die Antwort kannte ich ja schon."

Und so ist er alleine geblieben und hat daheim, ob nun in Wahlen oder Gleimenhain, bei seinen Eltern gewohnt und nicht viele Freunde gehabt. Fragte ihn einer, ob er helfen könne beim Heumachen, sagte er: *„Näi."* Wollte jemand sich Geld von ihm leihen, sagte er: *„Näi."* Erkundigte sich einer, ob er bei der Feuerwehr mitmachen wolle, sagte er: *„Näi."* Und so ging's andauernd. Wenn es was zu feiern gab, war er nicht dabei. Da hat er nicht einmal „nein" sagen müssen – es hatte ihn niemand eingeladen.

Die anderen im Dorf waren schon lange nicht mehr gut auf ihn zu sprechen. Einer, der nichts als nein sagt, der keinem helfen will und von dem du nichts bekommen kannst, ist nicht der Beliebteste in der Nachbarschaft, das kann ich euch sagen. Den *„Näi*bar" nannten sie ihn, anstatt den „Nachbarn", und haben einen Bogen um ihn gemacht. Auch die paar, die Mitleid mit ihm gehabt hatten, haben es irgendwann aufgegeben. Hast du ihn gefragt: „Geht es dir gut?", sagte er: *„Näi,* und es geht dich gar nichts an." Hast du wissen wollen, ob er Hilfe brauchen könnte, schüttelte er den Kopf und sagte: „Und bevor du fragst: Ich bezahle auch nichts dafür." Die Sinti und Roma, die viele damals in Oberhessen noch Heere nannten, weil sie es nicht besser wussten oder gerne abfällig über sie sprachen, haben einen Zinken an seinen Zaun gemalt. Ein Zeichen, das hieß: „Der gibt nichts. Nicht einmal einem hungrigen Kind, das einen blinden Opa an der Hand führt." So schlecht war sein Ruf schon, und wenn er es gewusst hätte und gefragt worden wäre, ob ihm das etwas ausmachte, hätte er gesagt, ihr wisst es schon: *„Näi!"*

Aber irgendwann war das Geld ausgegeben, das ihm seine Eltern hinterlassen hatten, und einen Beruf hatte er ja nicht gelernt. Da war es nicht mehr lang hin, bis das Dorf für ihn zahlen musste, denn damals musste jedes Dorf seine Armen unterhalten. Die bekamen ja nicht viel, aber wer wusste schon, wie alt so einer werden konnte. Und das ging dann ins Geld.

Eines Abends haben sich die Männer in der Wirtschaft versammelt und Rat gehalten. „Ich sehe nicht ein, dass ich ein Leben lang für den *Näi*bar zahlen soll", sagte einer. „Der hat noch nie etwas für uns getan", ein zweiter. „Und keinem von uns geholfen", ein dritter. „Und immer nur nein gesagt", ein vierter. Das war der Hauptmann der Freiwilligen Feuerwehr.

Keiner hat sich für den *Näi*bar eingesetzt, alle hatten sie genug von ihm, auch die Frauen und die Kinder und der Wirt, der nichts an ihm verdienen konnte. Nicht, dass er nicht soff. Aber daheim, seinen Selbstgebrannten. Und so haben sie alle zusammengelegt, für eine Fahrkarte nach Amerika, einfache Fahrt, kein Retourbillet, und dritter Klasse. Dann haben sie ihm gezeigt, wo es zum Dorf hinausging, und sich erkundigt, ob er wiederkommen wollte.

„*Näi*", sagte er. „Ich hatte schon lange vor, auszuwandern, aber das Geld hat nicht gereicht." Und so ist er auf und davon und in Amerika auf lauter Leute getroffen, die waren wie er. Jeder Nachbar ein *Näi*bar****.

*Im Original: *Näiberr* statt *Noochberr* für Nachbar. *Näi* heißt nein.
**englisch: neighbour.

# Der Eber ist los

Es war einmal ein Eber in Oberhessen, der war in Schweinsberg oder in Deckenbach daheim, sagt man, aber das kann auch ein Scherz gewesen sein.

Der Eber, von dem hier die Rede ist, hatte schon so manche Sau gedeckt und umso mehr Kinder gezeugt. Nicht jeder Bauer konnte sich einen Eber halten, aber alle brauchten sie Ferkel, damit sie beizeiten etwas zum Schlachten hatten, so wie sie Kälber brauchten, weil nur die Mutterkühe Milch geben. Und wie sie die Kühe zum Bullen brachten, so holten sie sich einen Eber oder gingen mit ihrem Vieh da hin, wo einer war.

Wurst und Fleisch aßen die meisten Leute damals gar zu gerne. „In der Not schmeckt die Wurst auch ohne Brot", sagten sie, auch wenn manche so arm waren, dass sie nicht einmal einen Zipfel Wurst im Haus hatten. Jedes Dorf hatte seine eigenen Schlachter und manches auch einen Scho-chet, einen jüdischen Schlachter, der sich an die religiösen Gesetze hielt, damit alles koscher war. „Fleisch ist mein Gemüse" ist ein alter hessischer Spruch, das könnt ihr im Hessenpark nachlesen. Aber das nur nebenbei.

Der Eber, von dem hier die Rede ist, kannte in der ganzen Gegend fast jede Sau, und jede Sau kannte ihn. Er wollte aber auch einmal andere Bekanntschaften machen und ist auf und davon, als die Stalltür einmal nicht richtig zu war. Er lief los und kam in einen Wald, und das hätte er lieber bleiben lassen. Es dauerte nicht lange, und ein wilder

Eber hatte ihn aufgespürt und hatte ihn gejagt, dass er so schnell gerannt war wie noch nie in seinem ganzen Eberleben.

Er kam auf einer Wiese zum Stehen und sah sich um. „Wo bin ich denn bloß gelandet", grunzte er. „Wo geht's heim in meinen Stall? Ich könnte einen halben Trog leer fressen!" Aber da war nichts als Gras und Blumen, und ein paar Käfer und Bienen. „Ich habe mich verlaufen", sagte der Eber zu einem Vogel, der ihn die ganze Zeit beobachtet hatte. „Weißt du, wo ich daheim bin?"

„Nein", zwitscherte der Vogel. „Für mich seht ihr Schweine alle gleich aus. Eins wie das andere. Aber da drüben, auf der anderen Seite des Hügels, habe ich eine ganze Herde gesehen, mit einem Jungen, der auf sie aufgepasst hat." Besser als gar nichts, hat sich der Eber gesagt. Da bekomme ich was zu fressen oder kann ein paar neue Ferkel machen. Oder alles zusammen.

Jedes Dorf hatte damals einen Gänse- oder Schweine-hirten, der eine ging mit den Gänsen der Leute auf die Wiesen, der andere mit den Schweinen in den Wald. Nur nicht auf den Acker! Und alle mussten sie abends wieder da sein, wo sie hingehörten. Das war nicht leicht! Wenn nur eine Gans oder ein Schwein fehlte, war der Ärger groß. „Du Sauwanst", beschimpften die Leute den Hirten dann. „Kannst du nicht besser aufpassen? Du bist so dumm, dass dich die Schweine beißen!" Aber manchmal ist so ein Hirte auch eingeschlafen, und wenn er keinen Hund hatte, der auf der Hut war, dann war schnell eins von den Tieren fort. Oder zwei oder drei. Wer zählen konnte, wusste, wie groß der Schaden war. Und wie viel Schläge zu erwarten.

Der Eber kam über den Hügel, als die Herde schon auf dem Weg zurück ins Dorf war, und ist einfach hinten mitgelaufen. Die anderen Schweine haben sich gewundert, aber nichts gesagt. Die sprachen nicht mit jedem Dahergelaufenen. Als sie ins Dorf kamen, hat der Hirte alle nacheinander abgeliefert und sich gewundert, dass am Ende einer übrig war. „Wem gehörst du denn*?", hatte er den Eber gefragt, aber der konnte nicht mit Menschen reden und grunzte nur.

„Schweinigel**", sagte der Hirte. „Wegen dir bekomme ich nichts als Ärger. Behalten kann ich dich nicht, dann heißt es, ich hätte dich gestohlen, und wenn ich versuche, die Sache aufzuklären, sagen die Leute, ich hätte geschlafen. Und lachen über mich. Oder ich bin meinen Posten los." Und so hatte er den Eber heimlich beim größten Bauern in den Schweinestall geführt und keinem was gesagt. Der Eber ist an den Trog und hat für zwei gefressen und sich aufs Stroh gelegt. Auf Freiersfüßen war der nach dem Tag nicht mehr, und die anderen im Stall wollten auch nichts von ihm wissen und haben Abstand gehalten.

Als der Knecht am Morgen in den Stall kam, rieb er sich die Augen: Da lag ein Eber auf dem Stroh, den hatte er noch nie gesehen. Und was für einen Mordskerl. Die Magd kam und der Bauer und die Frau des Bauern und die Kinder und der Opa, und dann standen sie alle da und staunten. „Wo kommt der denn her?", fragte der Bauer und hatte nicht mit einer Antwort gerechnet. Eber sprechen ja nicht.

„Müssen wir das melden?", fragte die Bäuerin, aber ihr Mann hatte ihr bloß einen bösen Blick zugeworfen. „Wem denn", blaffte er sie an. „Damit jemand sagt, dass das sein Eber ist? Der gehört hier niemandem. Und der Schultheiß fragt mich am Ende, wo ich ihn her habe, und ruft den Viehhändler – nein, nein, nein. Das gibt nichts als Ärger! Was für eine Sauerei!" „Dann lass ihn uns verkaufen", sagte der Opa. „In Alsfeld ist Pfingstmarkt, da schicken wir ihn hin. So ein Eber ist etwas wert. Ich meine auch, ich hätte den hier schon einmal gesehen. Wie wir vor zwei Jahren in Schweinsberg waren oder in Deckenbach..." „Sei still, sei still", zischte der Bauer seinen alten Vater an. „Wir wissen von nichts. Sag dem Viehhändler, er kann diesen Eber verkaufen, wenn er niemandem sagt, für wen. Es soll sein Schaden nicht sein."

Am nächsten Tag hat der Viehhändler den Eber geholt, aber recht war's ihm nicht. Er hat sich gesagt, es wäre besser, noch ein bisschen weiter zu fahren, auf einen anderen Markt, damit bloß niemand den Eber wieder erkannte. Wenn er nicht sagen durfte, wer den Eber verkaufen wollte, dann hatte er über kurz oder lang den Ärger, und Ärger konnte er keinen brauchen, einem großen Bauern aber auch keinen Wunsch abschlagen. So etwas rächt sich.

Und so hat er den Eber in einen Viehwaggon der Bahn verladen und wollte mit ihm fort. Er setzte sich vorne ins Abteil und unterhielt sich mit den Leuten, und der Eber war hinten im Waggon und sprang gegen die Wände aus Zorn und Angst. „Raus, raus, nichts wie weg", grunzte er, und die Menschen haben ihn nur schreien und quieken hören. „Der kann's gar nicht erwarten", sagten sie und lachten, denn sie wussten ja: Auf so einen Eber wartete eine Sau – oder der Schlachter.

Weil er es eilig gehabt hatte, hatte der Schaffner nicht richtig aufgepasst. Die Schiebetür des Viehwaggons war nicht richtig geschlossen gewesen, und als der Eber herumgesprungen war, war sie aufgegangen. Mit einem großen Satz war er draußen, rollte die Böschung hinunter und kam auf einer Wiese wieder zu sich.

Das Zugpersonal merkte es erst beim nächsten Bahnhof und ist losgelaufen und hat ihn gesucht. Vergeblich. Weit und breit nichts zu sehen, nicht einmal ein Ringelschwänzchen. „Eine schöne Sauerei", rief der Schaffner und lief rot an. „Wenn wir das der Oberbahndirektion in Gießen melden, spotten sie alle über uns." „Das bleibt unter uns", sagte der Viehhändler nur und war nicht böse darum, dass es so gekommen war. Wer konnte sich beschweren, wenn ein Eber, der keinem gehörte, weg war? „Ein Problem weniger. Der Ärger wäre sowieso meiner gewesen."

Und wenn der Eber nicht geschlachtet worden ist, dann lebt er vielleicht heute noch und sucht den Weg nach Schweinsberg oder Deckenbach. Manche Leute nehmen an, dass er seine Freiheit genießt. Ist so ein Eber erst einmal los, dann gibt es kein Halten mehr.

*Im Original: *Wemm säisdèdè?* Diese Frage wird in Oberhessen auf dem Land auch Menschen gestellt. Gefragt ist dann nicht, was im Pass steht, sondern der Hausname und der Vorname. In meinem Fall: *Pauls* Monika. Wenn es um den Besitz von Sachen oder Tieren geht: *Die eas mir. Die sai ouch. Der eas ins. Doas eas demm.* Die gehört mir. Die gehören euch. Der gehört uns. Das gehört ihm. *Doas eas mai Midds. Doas eas dere ihrn Hond. Doas sai dene ihr Gäise.* Das ist meine Mütze. Das ihr Hund. Das sind ihre Ziegen.

**Im Original: *Sauegel.* Ein früher gern genutztes oberhessisches Schimpfwort der gröberen Sorte. Im Niederdeutschen heißt es *Swinegel.* Sau wird allerdings auch wie im Hochdeutschen benutzt, um Hauptworte oder Adjektive zu steigern.

# Das blitzgescheite Haus

Es war einmal ein Haus in Oberhessen, das stand ein bisschen abseits, oben auf einem Hügel. Die anderen Häuser wollten nichts mit ihm zu tun haben, aber so ein Haus sucht sich ja auch nicht aus, wo es hingestellt wird. Und weglaufen kann es erst recht nicht.

„Na, wie ist die Luft da oben", stänkerten die anderen Häuser, aber das Haus, das auf einem Hügel stand, hat über sie hinweg gesehen und sich gewünscht, wo ganz anders zu sein. Und es hat geseufzt, dass seine Balken geknarrt haben.

„Unser Haus wird auch langsam zu alt", sagte der, der darin gewohnt hat. „Die alte Bruchbude", sagte seine Frau. „Jetzt wohnen wir schon ganz oben, und alle können uns sehen, und da blamieren wir uns bis ins nächste Dorf mit so einer wurmstichigen Hütte!" „Am besten reißt man es ab und baut sich einen Bungalow", sagte ihr Mann. Und das Haus ist erschrocken und hat gezittert. „Hast du das gespürt?", rief die Frau. „Der Boden wackelt!" „Ja", sagte der Mann. „Ich bin's auch gewahr geworden. So geht das nicht weiter."

Und als sie da beieinander saßen in der Stube, da kam ein Gewitter, wie sie noch nie eines gehabt hatten. Der Himmel war schwarz wie die Kohlen im Ofen, und die Vögel gaben alle Ruhe. Die Katz hat sich unterm Rhabarber verkrochen, und der Hund hat vergessen zu bellen. Aus der dicksten Wolke aber kam ein Blitz, dass es taghell wurde, und du hast es geradezu zischen hören und

Schwefel gerochen. Der Blitz ist im Karacho ins Dach des Hauses auf dem Hügel geschlagen, und alle Lampen haben geflackert wie blöde. Auch die, die gar nicht an gewesen waren. Das Haus fing nicht an zu brennen, sondern leuchtete wie ein Glühwürmchen im Hochsommer. Und dann war alles still.

Der Mann und die Frau saßen noch am Tisch und rührten sich nicht. Sie waren nicht tot, aber auch nicht so richtig lebendig. Der Schreck saß ihnen in allen Knochen. Und dann hat eine Stimme gesagt: „Das Haus bleibt stehen, wo es ist!" Die zwei haben sich angesehen und sich umgesehen und konnten nicht verstehen, wer da etwas gesagt hatte. „Das Haus bleibt stehen, wo es ist", sagte die Stimme noch einmal. „Habt ihr mich verstanden?"

„Ei, ja", sagte der Mann, und weil's so nach Schwefel stank, dachte er, es ginge mit dem Teufel zu. Und mit dem streitest du dich lieber nicht. „Gut", sagte die Stimme. „Und morgen kauft ihr Farben und Pinsel und streicht die Balken an und weißt die Gefache, damit das Haus auch mal wieder etwas aussieht!" „Aber", sagte die Frau, und weiter kam sie nicht. „Ihr macht, was ich euch sage. Sonst werdet ihr euch noch umgucken!", sagte die Stimme, und umgeguckt hatten die zwei sich ja schon und niemanden gesehen. Also war der Teufel wohl bei ihnen zu Besuch gekommen. Das konntest du niemandem erzählen. Die einen hätten dir nicht geglaubt, und die anderen hätten es mit der Angst bekommen. Und die Mäuler hätten sie sich alle zusammen verrissen!

Und so ist der Mann am nächsten Tag los und holte Pinsel und Farbtöpfe. Eine Leiter hatten sie in der Scheune, und so machten sie sich an die Arbeit. Es dauerte, aber als sie fertig waren, sah das Haus wieder anständig aus. „Und das Dach könnt ihr auch mal ausbessern lassen", sagte die Stimme. „Und den Schornstein gleich mit! Neue Fensterläden gehören auch bestellt. Geht mal zum Schreiner, der macht sie euch."

Und als alles fertig war, sagte die Stimme: „Es ist an der Zeit, den Garten zu machen. Und den Gartenzaun gleich mit. Streichen könnt ihr jetzt ja, dann malt ihn mal schön bunt an! Im Garten will ich Blumen haben, Dahlienbüsche, aber auch andere Blumen, und dann Beete mit Karotten, Lauch, Zwiebeln, Erdbeeren, Bohnen, Salat und was sonst noch schmeckt."

Die zwei sind nach draußen und haben gemacht, was sie sollten. Irgendwann kam der Herbst, und die Stimme sagte: „Jetzt könnt ihr mal die Zimmer tapezieren, damit es schöner aussieht! Und die Teppiche haben auch schon bessere Zeiten gesehen! Auf, es gibt genug zu tun!" Die zwei haben nicht aufgemuckt, sondern getan wie geheißen. Und das Haus auf dem Hügel ist immer schöner geworden, und die anderen Häuser haben getan, als ob nichts wäre, und haben es in Ruhe gelassen. Wenn ihre eigenen Leute doch auch einmal Anstalten gemacht hätten, ein bisschen was schöner zu machen! Aber nein, die haben sich keine Gedanken darüber gemacht und wollten, dass alles blieb, wie es schon früher gewesen war.

Reisende aber, die durch die Gegend kamen, haben angehalten und sich das Haus auf dem Hügel betrachtet, mit seinem Garten und der Bank vor der Tür und seinem bunten Zaun. „Das muss schön sein, da zu wohnen", sagten sie sich. Und haben die Leute gefragt, die auf der Bank saßen.

„Ja, schön ist es", sagte die Frau. „Macht aber auch einen Stall voll Arbeit*." „Und dabei haben wir nicht einmal einen Stall", sagte der Mann. „Nur eine Scheune." Und dann haben sie gelacht. Beim Aufräumen auf dem Dachboden, da hatten sie in einer Kiste nämlich ihren Humor wieder gefunden, den sie vor langen Jahren da vergessen hatten. Was waren sie da so froh!

Die Zimmer auf dem Dachboden haben sie an Reisende vermietet, die sich an dem Blick aus dem Dachfenster gar nicht satt sehen konnten. Und gutes Geld haben sie damit verdient. „Weißt du noch, dass wir beinahe das Haus hätten abreißen lassen", sagte die Frau eines Abends. „Das wäre das Dümmste gewesen, das wir hätten tun können", sagte ihr Mann. „Dann seid froh, dass ihr so ein blitz-gescheites Haus habt", sagte die Stimme. „Und ich glaube, das Treppengeländer könnte auch einen neuen Anstrich vertragen..."

Und wenn sie nicht gestorben sind, dann pinseln sie noch heute und machen den Garten und bessern hier und da etwas aus. Und das ist das Gescheiteste, was du tun kannst, wenn du ein Haus hast. Auch wenn nie ein Blitz einge-schlagen hat und es nie angefangen hat zu sprechen. Ein gescheites Haus hat immer das letzte Wort.

Das Lied dazu stammt von Karl Gemmer**:

*Haut eas sou enn Doag für die Domme.*
*Drim haan mir zwie sesomme.*
*On wann noch sou viel Geschoire komme,*
*mir zwie Domme haan sesomme!***

*Im Original: *enn Schdall voll Ärwed*, sehr viel Arbeit. Eine der Maßeinheiten in Oberhessen. Andere sind: enn Waafel (ein Wagen voll), *è Haffel* (eine Hand voll), *enn Muffel* (ein Mund voll).
**Koads Kall* (1932-2022), unser Nachbar in Ober-Gleen, einer unserer Zeitzeugen im Projekt Owenglie.
***Heute ist so ein Tag für die Dummen. Drum halten wir zwei zusammen. Und wenn noch so viele Gescheite kommen, wir zwei Dummen halten zusammen. Das Zahlwort zwei hat im Oberhessischen drei Geschlechter: *zwie* (männlich und geschlechtergemischt), *zwu* (weiblich) und *zwä* (sächlich). Wenn ausschließlich Frauen das Lied singen, muss es *zwu Domme* heißen.

# Der Weberknecht

Es war einmal eine Familie in Oberhessen, die war arm wie die meisten. Tag und Nacht haben sie gesponnen und gewebt, und dafür gab es nicht viel. Aber die Tochter war ein guter Mensch*, die hatte ein größeres Herz als andere, und darüber lästerten manche. „Du bist zu gut für diese Welt", sagten sie. Oder: „Du willst wohl in den Himmel?"

Die Tochter der Weberfamilie hat sich nichts daraus gemacht. Sie hat gearbeitet von morgens bis abends und nach ihren kleinen Geschwistern gesehen und zwischendurch nach dem Essen auf dem Herd. Glücklich aber war sie nicht. Manchmal, wenn niemand in der Nähe war, hat sie ein Tränchen verdrückt, weil das Leben nichts als Not und Arbeit war, und es gab keine Hoffnung auf bessere Zeiten.

Eines Morgens hatte sie wieder einen Eimer Wasser vom Brunnen geholt und nicht gesehen, dass ein Spinnchen darin gesessen hatte, so ein großes, dünnes, mit langen, dünnen Beinen. Als das Wasser in den Eimer lief, zappelte das Spinnchen um sein Leben, und da sah sie es.

„Spinnchen am Morgen, Kummer und Sorgen", sagte sie, wie ihre Mutter das so oft gesagt hatte. Aber dann hatte sie doch schnell in den Eimer gelangt und das Spinnchen vor dem Ersaufen gerettet. Eine Frau, die es gesehen hatte, lachte. „Das arme Spinnchen! Wäre beinahe ersoffen! Jetzt hast du einen Freund fürs Leben! Mit acht Beinen. Einen Weberknecht!"

Die Tochter der Weberfamilie hat nur gelächelt. Lieber einen Freund mit acht Beinen als Haare auf den Zähnen, dachte sie bei sich. Gesagt hatte sie nichts. Und als sie mit ihrem Eimer nach Hause ging, ließ sie das Spinnchen auf dem Henkel sitzen, wo es trocknen konnte.

Kaum war sie wieder allein, hörte sie ein Stimmchen. „Danke, dass du mir das Leben gerettet hast!" Sie schaute sich um, aber da war niemand. Ungläubig sah sie das Spinnchen an, das auf dem Henkel des Eimers saß. Das sprach weiter. „Du hast ein gutes Herz und machst dir nichts aus dem, was andere von dir denken", sagte es. „Die meisten Leute hätten mich ersaufen lassen. Du nicht. Drum will ich dir drei Wünsche erfüllen. Denk gut darüber nach, nicht alle auf einmal."

Die Tochter der Weberfamilie hat den Eimer abgestellt und musste sich erst einmal setzen. Sie dachte an ihr Leben, das war wie das ihrer Eltern und Großeltern, schwer und hart, und sie dachte an ihre Geschwister, die Kleinen, mit Augen, groß vom Hunger. „Ich wünsche mir, dass die Not ein Ende hat", sagte sie und schob geschwind hinterher: „Für alle Leute." Denn sie hatte nicht nur ein gutes Herz, sie wusste auch, dass es besser war, nicht nur an sich zu denken: Sonst wurde es einem nicht gegönnt, und man hatte nichts davon.

„Das ist ein großer Wunsch", sagte das Spinnchen. „Der braucht seine Zeit. Fangen wir erst einmal damit an, dass die Ernte gut wird. Und dass die Darmstädter ganz verrückt sind nach Stoffen aus Oberhessen und euch viel abkaufen und gut bezahlen. Nachts spinne und webe ich für euch, was ihr tagsüber nicht geschafft habt. Und die Kleinen gehen alle in die Schule, und niemand muss mehr Hunger haben."

Die Tochter der Weberfamilie hatte dicke Tränen in den Augen. „Das wäre zu schön, um wahr zu sein", sagte sie, „was für ein wunderbarer Traum." Denn sie dachte, sie träume. „Das wird wahr", sagte das Spinnchen. „Geh nur heim. Und setz mich oben in die letzte Ecke."

Und sie ist heim, und da stand ihre Mutter in der Tür. „Stell dir vor", rief sie. „Es wird eine Schule aufgemacht für alle Kinder hier, und niemand muss etwas dafür bezahlen! Und wir haben Aufträge noch und nöcher. Ich weiß gar nicht, wie wir das schaffen sollen. Aber die zahlen gut! Das stellst du dir nicht vor, wie gut!"

Das Einzige, was der Mutter leid tat, war, dass ihre älteste Tochter nicht mehr in die Schule gehen konnte, denn aus dem Alter war sie heraus. Was hätte aus der werden können, sagte sich die Mutter. So gut, wie sie ist, so schlau ist sie auch. Und sie seufzte.

Ihre Tochter aber hat sich gefreut und ist rein zu ihrem Vater, der schon am Webstuhl saß und nach den alten Mustern gewebt hat. „Jetzt hat die Not ein Ende", sagte sie. Und ihr Vater nickte. Er sprach nie viel. Die Kinder sind bald in die Schule gegangen, die Eltern und die älteste Tochter arbeiteten den ganzen Tag, und abends hat die Tochter in die Bücher ihrer Geschwister gesehen und sich nach und nach selbst das Lesen, das Schreiben und das Rechnen beigebracht. Nachts aber, wenn sie alle schliefen, ist der Webstuhl gegangen wie von Zauberhand, und morgens waren die schönsten Stoffe fertig. Die Eltern dachten, das sei ihre Älteste gewesen, und so ließen sie sie tagsüber schlafen. Und das hat sie ab und zu auch gemacht. Am helllichten Tag!

Die Leute aus Darmstadt zahlten gut, und so hatte die Not ein Ende. Dem ganzen Dorf ging's besser, als Erntezeit war, und die Kinder gingen alle in die Schule. Als die Tochter der Weberfamilie einmal allein daheim war, hörte sie wieder das Stimmchen. „Hast du dir überlegt, was der zweite Wunsch sein könnte?"

„Ach", sagte die Tochter der Weberfamilie, „ich will nicht undankbar sein. Es ist so gut, dass der Hunger und die Not ein Ende haben, aber es ist ein Tag wie der andere und ein Jahr wie das andere, und es gibt nichts so recht, worauf man sich freuen könnte." „Das ist kein großer Wunsch", sagte das Spinnchen. „Und weil du nie nur an dich selbst denkst, weiß ich etwas, darauf können sich alle jungen Leute freuen."

Und es hat die Spinnstube erfunden. Den ganzen Winter über haben sich die jungen Leute getroffen, jeden Abend, die jungen Frauen haben erst ein bisschen gesponnen, anstandshalber, und später wurde Musik gemacht und getanzt.

Die Tochter der Weberfamilie wollte erst nicht hingehen, weil sie dachte, es wäre ihren Eltern nicht recht. „Geh nur tanzen, Kind", sagte ihre Mutter. „Wir können unsere eigenen Feste feiern, jetzt, wo die Not ein Ende hat und die ersten Wirtschaften aufgemacht haben. Und nach jeder Erntezeit gibt's eine Kirmes, hat's geheißen." Und so ist die Tochter der Weberfamilie auch in die Spinnstube gegangen, hat gesponnen und gelacht und getanzt. Und irgendwann gefiel ihr einer besser als alle anderen zusammen. Ein schmucker Kerl mit Augen wie dunkle Schokolade, Füßen, die zum Tanzen gemacht waren, und Händen, mit denen er Möbel baute. Und einem Lachen, das du draußen gehört hast, und einem Lächeln, das nur für sie gedacht war.

Aber an eine Hochzeit war nicht zu denken. Er hatte noch nicht genug Geld, um zu heiraten, und sie hatte noch keine Aussteuer. Und so saß sie eines Abends in der hintersten Ecke und dachte nach. „Na", sagte ein Stimmchen. „Denkst du über den dritten Wunsch nach?" „Ach", sagte die junge Frau bloß. „Alles, was ich will, ist glücklich werden. Und ich weiß nicht, was ich mir da wünschen soll."

„Das überlass mir", sagte das Spinnchen. „Das sind mir die liebsten Wünsche." Und es hat dafür gesorgt, dass die Tochter der Weberfamilie eine Künstlerin geworden ist. Ihre Stoffe hatten Muster wie keine anderen, und sie ist nach Darmstadt gezogen, aber auch manchmal heimgekommen. Ob sie den Kerl aus der Spinnstube geheiratet hat, wird nicht verraten. Aber das Kleid für eine Hochzeit, erzählt man sich, hätte sie gehabt: ein Traum von einem Kleid, genäht aus Spinnweben, die im Morgenlicht glitzern.

*Im Original: *è gudd Dier*, ein gutes Mädchen. Ein großes Lob. *Dè Mensch* – der Mensch. *Doas Mensch* – ein Mädchen oder eine Frau, deren Verhalten kritisiert wird. Alle Erwachsenen sind Loid, Männer oder Frauen. Und schon *Babba* Hesselbach (gespielt von Wolf Schmidt, dem Autor der Kultserie) hat es in den Sechzigern im Regiolekt genau genommen und grundsätzlich *„die Frollein Sauerberch"* und *„die Frollein* Pinella" gesagt, weil weibliche Menschen nun einmal nicht sächlich sind.

# Die Kaffeemühle

Es waren einmal zwei, die waren so alt, dass du nicht sagen konntest, ob es Männer oder Frauen waren. Die hatten lange, weiße Haare und trugen Leinenkittel, die gingen bis zum Boden. Ihr Haus stand am Bach, eine alte Mühle, die schon lange kein Mehl mehr gemahlen hatte.

Die meiste Zeit waren sie für sich, aber manchmal kam ein Geselle auf der Walz oder ein Wanderer oder eine Hausiererin vorbei und fragte nach einem Schluck Wasser oder etwas Heißem zu trinken. Oder einem Stückchen Brot oder einem guten Rat. Wenn zwei für sich sein wollten, dann haben die Leute ihnen allerhand ange-dichtet, aber die wussten auch, dass sie eher was für arme Wanderer übrig hatten und ein Geheimnis für sich behalten konnten. Wem sollten sie auch etwas erzählen?

Eines Tages klopfte es an ihre Tür, und draußen stand ein fremder Kerl. „Die Gendarmen sind hinter mir her", sagte er. „Ich habe aber nichts gemacht. Nur ein paar Flugblätter verteilt, für bessere Zeiten." Die beiden, nennen wir sie Müllers, ließen ihn herein und hörte sich seine Geschichte an. Er wollte weiter nach Norden und dann vielleicht nach Übersee. „Es ist mir schwer ums Herz, weil ich meinen Eltern und meinen Geschwistern nicht sagen konnte, dass ich weggehe", sagte er, und Tränen standen in seinen Augen, bis oben an die Augendeckel.

„Jetzt trinken wir erst einmal einen Kaffee, und dann sieht die Welt schon ganz anders aus", sagten Müllers, wie mit einer Stimme, und eine oder einer hat die Kaffeemühle auf den Schoß genommen, der oder die andere Wasser aufgesetzt. „Wie geht die Kaffeemühle?", fragten sie, wie sonst, wenn gewürfelt wurde. „Ei, rechts herum", sagte der junge Kerl und schluckte seine Tränen hinunter. „Dann wollen wir mal nach links drehen", sagten Müllers. „Dann sehen wir ja, was passiert."

Die Kaffeemühle aber war keine Kaffeemühle wie alle anderen, die war eines Tages vom Himmel in die Mühle gefallen oder im hohen Bogen aus der Hölle geflogen. Wurde sie nach links gedreht, dann lief die Zeit rückwärts, je nachdem, wie schnell du gedreht hast. Bevor er sich umgucken konnte, war der junge Kerl daheim bei seinen Eltern, und es war noch nicht heute, sondern gestern. Er hat ihnen alles erzählt und gesagt, wo er hin wollte, und versprochen zu schreiben, und sie haben sich gedrückt und geweint, aber eben auch Abschied genommen. Es dauerte nicht lange, nicht länger, als einen Becher Kaffee zu trinken, und der junge Kerl saß wieder in der Mühle und hat sich die Augen gerieben.

„Habe ich das geträumt?", fragte er Müllers, aber die haben nur gelächelt. „Ja und nein. Morgen wirst du dich nicht daran erinnern, dass du hier gewesen bist, aber du wirst davon überzeugt sein, dass du von deinen Leuten Abschied genommen hast. Und ihnen wird es auch so vorkommen. Und wenn sich alle daran erinnern, ist es irgendwie wahr." Der junge Kerl hat sich bedankt und wollte fort, da hat jemand an die Tür geklopft. Das waren die Gendarmen. „Aufmachen, Polizei", riefen sie, und der junge Kerl sagte: „Jetzt ist alles aus!" Müllers haben sich nicht gerührt. „So schnell schießen die Preußen nicht“, sagten sie. „Und die sind uns erspart geblieben. Aber unsere Polizei kann auch nicht einfach eine Tür aufbrechen. Wir haben noch Zeit, um ein bisschen Kaffee zu mahlen." Und haben die Kurbel der Kaffeemühle ruckartig hin und her bewegt und etwas dabei gemurmelt. Es war dem jungen Mann, als ob das Klopfen aufgehört hätte, und von draußen kam auch sonst kein Geräusch. „Und jetzt?", fragte er. „Jetzt ist draußen die Zeit stehen geblieben", sagten Müllers. „Aber du warst hier drin und kannst dich frei bewegen. Los, verschwinde, durch die Hintertür, und lauf, was du kannst! Viel Glück und vergiss uns gleich wieder!“

Da fackelte der junge Mann nicht lange, sondern ist auf und davon. Wie man hörte, soll er es nach Amerika geschafft haben. Seine Eltern haben manchmal einen Brief von ihm bekommen und sind dann irgendwann auch rüber. Müllers haben ihren Kaffee fertig gemahlen, und als sie die Kurbel bewegten, klopfte es auch schon wieder, und sie ließen die Gendarmen herein.

„War hier ein junger Kerl?", fragte ein Polizist, und ein anderer sah in der Holzkiste nach und in allen Ecken, konnte aber keinen Verdächtigen entdecken. „Wir hatten schon lange keinen Besuch mehr", sagten Müllers wie aus einem Mund. „Setzt euch doch, wir mahlen gerade Kaffee. Wie geht die Kaffeemühle?" „Ei, rechts herum", sagte einer der Polizisten. „Dann probieren wir es so", sagten Müllers, und eine oder einer drehte, und man konnte die Kaffeebohnen knacken hören, und auf dem Herd war das Wasser im Kessel auch schon heiß und kochte sprudelnd*.

„Es geht doch nichts über frisch gemahlenen Bohnenkaffee", sagten Müllers, und die Gendarmen hatten auf einmal alle Zeit der Welt.

Die Zeit war nicht stehen geblieben, sondern lief hin und her, unsichtbar rauf und runter, über den Tisch und in alle Ecken, als ob sie überall und nirgends wäre. Und die Gendarmen saßen da und rührten sich nicht und sagten nichts und standen irgendwann auf und gingen fort, als ob sie schlafwandelten. Müllers haben sie gehen lassen und sich bloß angesehen.

„Da gehen sie hin und werden sich nicht mehr daran erinnern, dass sie hier gewesen sind", sagten sie sich und mahlten weiter Kaffee, mal links herum, mal rechts herum, wie es ihnen gefiel. Es roch nach Kaffee, die Zeit lief vor und zurück, blieb stehen und hüpfte den Kalender rauf und runter, in die Uhrenkästen und wieder hinaus, erst im Karacho und dann wie eine Schnecke, und Müllers saßen da und tranken ihren Kaffee und schauten in die alte, die neue und in die Zeit, die noch nicht war und vielleicht auch nicht kommen sollte.

Kein Mensch hätte das ausgehalten, aber Müllers fürchteten sich nicht vor dem, was kommen konnte. Sie wussten ja: Wenn es gar zu schlimm kam, dann konnten sie sich immer noch einen Kaffee kochen und an der Kaffeemühle drehen. Und wenn sie nicht gestorben sind, dann mahlen sie heute noch. Und warten auf Besuch.

*Im Original: *broddselde*, von *broddsenn*. Beschrieben wird das Geräusch. Ein *Broddseldebbe* ist kein Topf, in dem etwas blubbert, sondern jemand, der schlechte Laune hat und sich beschwert. *Ech broddsel* – ich nörgle herum.

# Die zwölf Elfen und die Schwarzwurzel

Es war einmal ein Schullehrer und Klavierstimmer in Oberhessen, dessen Schwester hatte weit weg geheiratet, in den Süden. Und die Schwester hatte einen Sohn, der Flöte spielte und zu den Soldaten sollte. „Ich will aber nicht in die Kaserne und in keine Kapelle, die zum Marschieren aufspielt", sagte er, wenn auch in seinem eigenen Dialekt. Weil er aber hin musste, hätten sie ihn ins Loch gesteckt, und da hatte er seine sieben Sachen gepackt und ist fort.

Seine Mutter hatte ihm gesagt, wo er seinen Onkel finden konnte, und weil sich die beiden noch nie gesehen hatten, sollte er seine Flöte nehmen und ein Liedchen spielen, das sie in ihrer Familie kannten. Der Junge, Jonathan nannte man ihn, ist los und immer nur bei Nacht weiter, und bei Tag versteckte er sich.

Im Wald bei Gießen war die Heimat von elf kleinen Elfen, die waren überaus musikalisch. Keinen falschen Ton durfte es in ihrem Wald geben, das wussten die Vögel, die röhrenden Hirsche und auch der Wind, der auf den Bäumen Klavier gespielt hat. Jonathan wusste das nicht. Er setzte sich auf einen Baumstamm und nahm seine Flöte, um das Liedchen zu üben, das er seinem Onkel vorspielen sollte. Ohne Noten war das nicht so einfach, und ein paar Mal lag er daneben. Da haben ihm die Elfen aber den Marsch geblasen! Die haben ihm die Flöte aus den Händen gerissen, mit vereinten Kräften, kann man sich denken, und haben ihn gescholten: „Eieieieieiei, was soll das denn sein? Das tut weh in unseren Ohren. Fort! Du hast hier nichts verloren!" Gereimt haben sie ganz gern, vor allem, wenn sie in Rage waren. Und das waren sie.

Jonathan wusste nicht, wie ihm geschehen war. „Ich muss üben, sonst vergesse ich das Lied", rief er. „Und mein Onkel erkennt mich nicht und wird mir nicht helfen!" Das war den Elfen einerlei. Menschen waren immer so laut und lästig. Aber im Wald war auch nicht gerade wahnsinnig viel los, und sie hatten Langeweile. Also haben sie Jonathan auf die Probe gestellt. Wenn er drei Tage lang keinen Mucks mehr machte, wollten sie ihn am Leben lassen. Und wenn er sich in einen Baum verwandeln konnte, wollten sie ihm ein Instrument schenken, das später einmal in keinem Orchester fehlen durfte. Dann konnte er seinem Onkel imponieren. Hauptsache, er würde woanders üben. Und wurde er nicht von selber ein Baum, dann wollten sie einen Baum aus ihm machen.

Jonathan blieb nichts anderes übrig, als darauf einzugehen. Mit wütenden Elfen war nicht zu spaßen. Guter Rat aber war teuer. Jonathan wurde angst und bange, aber er machte keinen Mucks und saß nur da und überlegte. Bis eine tiefe Stimme zu hören war. Die kleinste Elfe hatte Mitleid mit ihm und setzte sich auf seine Schulter. „Mach, was ich dir sage", sagte die kleine Elfe, die so klein war, dass sie durch ein Knopfloch gepasst hat und in die Blockflöte reinkrabbeln konnte und einen Bass hatte. „Jetzt stellst du dich einmal auf ein Bein. Gut! Und jetzt nimm einmal deine Arme über deinen Kopf und lege die Hände aneinander. Streck dich! Kopf hoch! Und nicht wackeln! Du bist ja kein Baum im Wind!"

Und Jonathan hat es geschafft. Er stand da wie ein Baum mit Wurzeln. „Atmen nicht vergessen", rief die elfte Elfe und hat die anderen geholt. „Ein Baum", sagte sie. „So, wie unser Verwandten aus Indien es mir gezeigt haben." Dagegen konnten die zehn anderen Elfen nichts sagen. Eine hat etwas geholt, das aussah wie eine Flöte, bloß länger, und war aus Holz, hatte aber auch Klappen aus Metall, ein Mundstück und ein Plättchen aus Rohr, da, wo reingeblasen wurde, und unten einen Trichter, aus dem die Töne kamen. „Ein kleines Trompetchen, wenn man so will", sagte eine Elfe. „Klarinette nennt man diese Schwarzwurzel. Versuch's einmal. Einen schiefen Ton wollen wir dir nachsehen."

Und Jonathan hat sich die Klarinette genommen und ein Herz dazu und hat einen Ton rausbekommen, einen warmen, vollen Ton, der überall im Wald zu hören war. Sonst aber war's so still, wie nur elf Elfen still sein können, die gerade etwas gesehen haben, das zu schön war, um wahr zu sein. Als Jonathan in die Klarinette hineingepustet hatte, da war nicht nur ein voller, warmer Ton herausgekommen, nein, auch ein winziges Männchen oder Weibchen mit Flügeln und grünen Locken: die zwölfte Elfe!

All die Jahre hatten sie angenommen, der Kerl mit der Klarinette hätte sie verjagt oder sie wäre tot umgefallen und unsichtbar geworden, als sie seine Musik gehört hatte. Darum waren die Elfen so außer sich gewesen, als Jonathan kam. In Wirklichkeit aber war die zwölfte Elfe, diese kleine Neugierige, über eine Tonleiter in den Trichter hineingekrabbelt und dann in die Klarinette, um sich anzuschauen, wie das Ding von innen aussah. Der Musiker hatte ein Schlafliedchen gespielt, ganz leise, und die Elfe war eingeschlafen. Weil Elfen bekanntlich lange und tief schlafen können, hatte sie nicht mitbekommen, dass die anderen sie suchten. Und jetzt war sie wieder da, und die Freude war groß, so groß, dass die Elfen die Spendierhose anhatten.

„Du darfst dir noch etwas wünschen", sagten sie zu Jonathan. „Wenn's in unserer Macht steht, wollen wir es dir erfüllen." Jonathan hätte sich zu gerne etwas für sich selbst gewünscht, aber dann fiel ihm der Musiker ein. „Was ist aus dem Mann geworden, der die Klarinette gespielt hat", hörte er sich sagen. „Der steht da drüben", sagte eine von den Elfen und deutete auf eine schiefe Fichte.

„Lasst ihn frei", sagte Jonathan, „und wir gehen zusammen weg. Dann habt ihr wieder eure Ruhe." Die Elfen ließen den Musiker gehen. Er und Jonathan gingen zusammen zu Jonathans Onkel und haben ihm das Lied vorgespielt, Jonathan auf der Flöte und der Musiker auf der Klarinette. Und der Onkel hat gelacht und gesagt: „Was gibt's in unserer Familie doch für Talente! Deine Mutter hat sich einen Scherz erlaubt. Ich hätte dich auch ohne Musik erkannt, aber mit Ständchen war es schöner!" Und er hatte ihnen zu essen und zu trinken hingestellt und sie willkommen geheißen. Der Musiker hatte Jonathan das Klarinette-spielen beigebracht, Ton für Ton, und wie man das Ding hält und wie man atmen muss.

Irgendwann hatte er gesagt, er müsste weiter, und Jonathan ist mitgegangen. „Wir gehen nach Bremen", sagten sie zu dem Onkel. „Und spielen Klarinette im Orchester und bringen es anderen bei." Und so haben sie es gemacht. Jonathan aber hatte sich morgens, wenn andere noch schliefen, barfuß auf ein Bein gestellt und einen Fuß an den Oberschenkel gelegt und die Handflächen hoch über dem Kopf aneinander gelegt. Und war ein Baum und eine Kerze und eine Katze und ein Pflug und ein Hund mit dem Kopf nach unten und hat die Sonne gegrüßt. Und er hat ein Klarinettenstück geschrieben, das geklungen hat, wie sich die elfte Elfe anhörte. „Atmen nicht vergessen", hat er sich gesagt.

# Im Sonnenland

Es war einmal vor gar nicht langer Zeit, da sind Kindersammler über Land gezogen, im früheren Kurhessen, im
früheren Großherzogtum, in Nassau und sonst wo, und
haben gerufen: „Kinder! Kinder! Gebt uns eure Kinder!
Kurze Kinder! Lange Kinder! Kleine Kinder! Große Kinder!
Kleine Kinder! Große Kinder! Bleiche Kinder! Kranke
Kinder!"

Und sie haben den Familien gesagt, wunder wie schön es
die Kinder bei ihnen hätten, und es sei nur für ein paar
Wochen, und dann kämen sie wieder heim und wären alle
rund und gesund. „Wir geben auf sie acht", haben sie
gerufen. „Bei uns haben sie's gut, besser als daheim! Ihr
sollt einmal sehen, wie gut die aussehen, wenn wir sie euch
wiederbringen aus dem Sonnenland." So hieß das, wo sie
her waren: Sonnenland.

Und die Mütter haben ein bisschen geweint, und die Väter
wollten wissen, wie teuer so etwas war, aber da riefen die,
die Kinder sammelten: „Alles umsonst! Das zahlt die Kasse!
Ihr müsst nur unterschreiben..." Und der Doktor war
gelaufen gekommen und hatte auf die Eltern eingeredet,
und am Ende haben ein paar ihre Kinder mitgehen lassen,
damit sie sich erholen konnten, da in dem Sonnenland.

Und weg waren sie. Die Kindersammler aber sind schnell
mit ihnen in die Berge und haben sie in ein großes Haus
gebracht. Die Kinder mussten alles abgeben, was sie von
daheim hatten, und mussten parieren. „Sonst setzt es was",
zischte eine der Tanten, die in dem Haus das Sagen hatten.

Bei Tag mussten die Kinder an einem langen Tisch sitzen und essen, was auf ihre Teller kam, auch wenn es widerlich war oder eine schwabbelige Haut hatte. Aßen sie es nicht, kam es am anderen Tag wieder auf den Teller, und wer's dann noch nicht aß, wurde eine Weile nicht gesehen. Nach dem Essen verzauberten die Tanten die Kinder, damit sie sich nicht mehr rühren konnten. „Damit ihr zunehmt und schön fett werdet", sagten sie, denn nur wenn die Kinder rund und gesund aussahen, bekamen sie eine ordentliche Menge Geld. An den Kindern selbst lag ihnen nichts, sie haben sich nicht einmal die Namen gemerkt. „Du da", riefen sie. „Sitz gerade. Und schreib hundertmal: Liebe *Mamme*, lieber *Babbe*, es geht mir gut. Wie geht es euch?"

Denn die Kinder mussten Briefe und Karten nach Hause schreiben, damit niemand auf den Gedanken kam, mal nach ihnen zu sehen. Die Tanten wollten ihre Ruhe haben, bei Tag und auch bei Nacht. Laute Kinder sperrten sie in den Keller, alle anderen aber nachts in einen großen Käfig. „Damit ihr nicht weglauft", sagten sie. „Wer aus dem Sonnenland wegläuft, verwandelt sich in ein Kaninchen und wird von den Füchsen gefressen, vom Habicht gejagt oder von einem Wagen überfahren. Und jetzt seid ihr mucksmäuschenstill, sonst bleibt ihr hier, bis ihr so alt und grau und runzelig seid wie wir!" Und sie haben laut gelacht.

Die Kinder haben sich gefürchtet, und nur das Heimweh war größer als die Angst, und im Dunkeln liefen den Mädchen und Jungen die Tränen nur so die Wangen hinunter, und so manches Kinn* zitterte wie ein Lämmerschwänzchen. Darauf hatten die Tanten gewartet. Sie kamen zum Käfig und sammelten Heimweh auf, genug für eine gute Suppe, und füllten Tränen in kleine Fläschchen, um die Suppe damit zu würzen. Da saßen sie und ließen sich jeden einzelnen Löffel schmecken. „Kinder, Kinder", sagte eine Tante. „Was ist das für eine gute Suppe! Dieses Mal haben wir Kinder hier, die können es gar nicht erwarten, dass es heimgeht! Als wär's im Sonnenland nicht schön!" Und haben gelacht wie verrückt. Keine von ihnen konnte Kinder leiden, um ehrlich zu sein, und die eine oder andere hätte sie am liebsten... aber lassen wir das.

Die Kinder hatten schon genug Angst auszustehen. Jeden Morgen kamen die Tanten und wollten wissen, ob sie alle schön brav gewesen waren. Oder ob sie miteinander gesprochen oder vielleicht ins Bett gemacht hatten, weil sie sich davor gefürchtet hatten, auf die Toilette zu gehen. Wenn ein Kind laut gewesen war, malten die Tanten schwarze Sterne an die Wand, und niemand wusste, was das bedeuten sollte. Und waren die Kinder ruhig gewesen wie Steine, gab es einen goldenen Stern, und hatten sie gelogen, zwei schwarze. Das kam raus, denn die Kinder aus den anderen Zimmern wurden zum Petzen angehalten. In ihrer Zauberkugel sahen die Tanten, wer sich nicht gerührt hatte in der Nacht und wer herumgezappelt hatte. Aber sonst konnten sie nicht gut gucken. Und das haben die Kinder schon bald gemerkt.

Wenn alle Sterne an die Wand gemalt waren, ließen sich die Tanten die Daumen zeigen. Jedes Kind musste seinen linken Daumen aus dem Käfig strecken, und wenn er den Tanten zu dünn war, blieb das Kind noch länger da. „Deine Eltern wirst du gar nicht mehr erkennen, wenn du dann zurückkommst", sagten die Tanten. „Und die dich auch nicht! So lange warst du weg. Und so gut siehst du aus. Gemästet im Sonnenland!"

Die Kinder aber haben Karotten mit in den Käfig genommen und eine hinausgehalten, wenn sie an der Reihe waren, eine dicke, feste Karotte und nicht den Daumen. Und die Tanten sind darauf reingefallen. Ein Kind nach dem anderen haben sie aus dem Käfig gelassen und heimgeschickt. Die Kindersammler kamen und haben sie abgeholt und kurz vor ihrem Dorf ausgesetzt. Wenn die Kinder heimkamen, war ein Spektakel im Dorf wie sonst beim Blütenfest. Und alle haben einander wieder erkannt. „Dass du nur wieder da bist", sagte eine Mutter zu ihrem Kind. „Nie wieder lassen wir dich so lange weg von uns", sagte der Vater, und eine dicke Träne rollte ihm in seinen Bart. „Wir haben euch vermisst wie sonst was!"

Und das wollte etwas heißen. Ob die Kinder was auf die Rippen bekommen hatten, war ihnen allen egal, als sie gesehen hatten, dass sie vor Schrecken so bleich waren und die Angst ihnen im Nacken saß, und dass sie sich umsahen, als ob sie nicht glauben konnten, dass sie wieder daheim waren. Und nicht im Sonnenland. In ihrem Dorf aber haben sie schnell ein paar Schilder aufgestellt: „Kinder sammeln bei Strafe verboten! Geht zurück ins Sonnenland!"

Und wenn's die Kindersammler gelesen haben, dann sind sie weggeblieben und sind bis heute nicht wieder aufgetaucht. Vermisst hat sie niemand.

*Das Kinn wurde früher, besonders bei Kindern, auch als *Board* (Bart) bezeichnet, und der zitterte, wenn ein Kind den Tränen nahe war.

# Das Prinzesschen *Widdèwidd**

Es war einmal ein Prinzesschen im Großherzogtum Hessen-Darmstadt, die hatte ihren Spaß daran, andere für sich springen zu lassen. Vom Morgen bis spät in die Nacht. Es war ihr, als ob sie zaubern könnte: Sie musste nur in die Hände klatschen und einen Befehl geben, und schon kam, was sie wollte, aber zackig, pronto, vite, vite!

Das Prinzesschen konnte Preußisch, Italienisch, Französisch und Oberhessisch, aber die meiste Zeit hatte sie in Napoleons Sprache Kommandos gegeben, wie der König Lustig** in Kassel. *„Widd, widd*", rief sie, weil sie es eilig hatte, und es konnte ihr nicht schnell genug gehen.
„Kaffee, *widd, widd!*"
„Kuchen, *widd, widd!*"
„Meine Hausschuhe!"
„Der Hofnarr!"
„Musik!"
„Eine Kutsche!"
Und ständig: „*Widd, widd!* Zack, zack!"
Wieder und wieder klatschte sie in ihre kleinen Prinzesschenhände und jagte ihre Leute die Schlosstreppen rauf und runter und über den Hof und durch alle Zimmer, die da in Darmstadt „Gemächer" hießen.

Nie war es ihr genug, nie passte ihr, was sie bekam, sie rümpfte die Nase und stampfte mit dem Fuß auf und brüllte die Leute an und schrie, wenn es ihr wieder einmal nicht schnell genug ging. „Widd, widd", kreischte sie. Und warf mit Sachen um sich. *Wiedèwidd**, sagten sich die

Leute, die im Schloss gearbeitet haben, und haben ihr gebracht, was sie wollte, und so schnell, wie es ging. Was willst du machen, sagten sie, wenn sie unter sich waren.

„Gar nichts", sagte einer, der noch nicht lange da war, ein Kerl, der aussah wie ein Hofnarr, nur ohne die Kappe mit den Schellen. Er lachte mit ernsten Augen und zwinkerte, wenn ihm etwas ernst war. Und jetzt zuckte es um seine Augen. „Gar nichts", sagte er noch einmal. „Wir machen einfach gar nichts. Niemand rührt sich, wenn sie ruft."„Das geht nicht", rief eine Frau. „Das gibt nichts als Ärger." „Ärger haben wir sowieso", sagte der Kerl mit den ernsten Augen und hat gelacht. „Den ganzen Tag und die halbe Nacht scheucht sie uns die Treppen rauf und runter, durchs Schloss und über Land, und immer muss es schnell gehen, und es ist ihr egal, ob wir hundemüde sind, ob wir auch Wünsche haben, ob wir krank sind oder gesund oder ob sich jemand die Knochen bricht oder unter einen Wagen kommt, wenn man so gescheucht wird***."

Alle waren still wie das Stroh**** beim Wachsen. Umso lauter waren die Schreie, die durchs Schloss hallten. „Ein Stück Käsekuchen, widd, widd!" Die Köchin sah den Koch an, der Koch sah den Konditor an, der Konditor sah den Küchenjungen an, und der Küchenjunge war so klein mit Hut und weinte: „Es ist keiner mehr da. Ich hab das letzte Stück nicht gegessen, nur die letzten Krümel..."

Wo sollten sie jetzt so schnell Käsekuchen herbekommen? So ein Kuchen braucht seine Zeit, auch wenn alles im Haus war. Oder im Schloss. „Käsekuchen! *Widd, widd!* Seid ihr taub?" Die Bediensteten sahen sich an. „Und wenn ich zum

Bäcker laufe?", fragte ein Mädchen, das schnell laufen konnte. „Der hat jetzt zu und backt auch nicht alle Tage Käsekuchen", sagte der Koch, der auch schon daran gedacht hatte. „Und wenn wir ihr Streuselkuchen bringen?", fragte eine Aushilfe, die es mit der Angst bekommen hatte. „Streuselkuchen, wenn sie Käsekuchen will?", fragte die Köchin zurück. „Da bekommt sie einen Tobsuchtsanfall!" „Kä-se-ku-chen", hörte man die Prinzessin schreien. „Wird's bald? Faules Pack!" Alle sind sie zusammengezuckt, alle bis auf den Kerl mit den ernsten Augen und dem Grinsen, das nicht in sein Gesicht passen wollte. „Ruhig bleiben", sagte er. „Ihr macht erst einmal gar nichts. Ich gehe hin."

Und er nahm sich einen Teller und eine Kuchengabel und eine Serviette und ein Silbertablett und ist die Treppe rauf. „Kä-se-ku-chen", schrie die Prinzessin, völlig außer sich. So lange hatte sie noch nie jemand warten lassen, ihr Lebtag noch nicht. „Käsekuchen", sagte der Kerl, und der Mund war ernst, und um seine Augen zuckte es wie Fische im Netz, die in die Freiheit wollen.

Die Prinzessin Widdèwidd sah sich den Teller und die Kuchengabel an, die Serviette und das Silbertablett, und wusste für einen Augenblick nicht, was sie sagen sollte. „Wo...", war alles, was ihr über die Lippen kam. „Wo?", wiederholte der Kerl. „Was meinen Eure Majestät? Stimmt etwas nicht? Der Kuchen ist so frisch, wie er nur sein kann, wenn's schnell gehen soll..." „Was...", stammelte die Prinzessin. „Was drin ist, wollt Ihr wissen", sagte der Kerl und lächelte, aber nicht mit den Augen. „Es ist alles drin, was reingehört." „Wie..." „Wie der Wind, schnell wie der

Wind", sagte der Kerl, und sein Lächeln füllte den ganzen Saal. „Und das ist, was es von jetzt an gibt, wenn es schnell gehen muss." „Revolution!", schrie die Prinzessin. „*Widd, widd*", sagte der Kerl mit Augen, so ernst wie sein Mund. Und wenn sie ihn gehört haben da unten in der Küche und draußen auf dem Land, dann ist niemand mehr gesprungen, wenn jemand schreit. Oder nicht mehr so schnell.

**widd* ist lautmalerisch für vite und heißt übersetzt eigentlich: willst. *Du widd.* Die Prinzessin, der es nicht fix genug gehen kann, wird von ihren Untertanen also hinter ihrem Rücken Schnellschnell oder Wie-du-willst genannt. Heute lassen Menschen aus purer Bequemlichkeit andere für sich springen, ohne sich für deren Arbeitsbedingungen und die Bezahlung zu interessieren.
**Napoleons Bruder residierte Anfang des 19. Jahrhunderts in Kassel und feierte gern: „Morgen wieder lustig" soll sein Motto gewesen sein. Das brachte ihm den Beinamen ein.
****Bai dere Joachd* heißt es im Original, bei dieser Jagd, Hektik. *Mach donnid sou è Joachd,* hetz mich doch nicht.
****Scherzhaft.

# Die Aprilsnase

Es war einmal ein ganz kleines Dorf im Vogelsberg, lass es Kamberg* bei Ober-Gleen gewesen sein, da ist der Kalender stehen geblieben, am letzten Tag im März. Erst hatte es niemand mitbekommen, weil die Leute noch keine Uhr am Handgelenk trugen und die Männer werktags auch keine an der Kette überm Herzen in der Westentasche hatten. Ihr müsst wissen: Wenn ein Kalender stehen bleibt, dann bleiben auch die Uhren stehen. Und die Natur gleich mit.

„Ei, ist denn gar kein Wetter zum Wachsen**", wunderte sich ein Bauer, weil nichts wuchs. Und die Kühe gaben keine Milch, und die Muttersau lag auf der Seite und rührte sich nicht. Die Katzen hatten keine Mäuse gefangen und die Hunde nicht gebellt, wenn jemand auf den Hof kam. Die Vögel haben keine Nester gebaut, der Hahn hat morgens nicht gekräht, und die Bienen wollten sowieso noch nicht raus aus ihrem Stock.

Die Menschen, die in dem kleinen Dorf gewohnt haben, waren verwirrt. Was, wenn es nichts mehr zu essen und zu trinken gab? Wenn sie verhungern und verdursten müssten? „Nichts wie weg von hier", sagten sie sich, aber das ging auch nicht. Es war, als ob eine unsichtbare Mauer ums Dorf herum gebaut worden wäre. Aber von wem? Und wie kamen sie da raus?

Eine weise alte Frau und ihr Enkel, ein kleiner Junge, der immer nur Dummheiten im Kopf hatte, haben Rat gehalten. „Ich habe gehört, das hat's schon einmal gegeben", sagte die Oma zu dem Kind. „Wenn der Kalender hängen bleibt, weil man ihn nicht schnell genug gedreht hat, dann kommt der nächste Monat nicht. Es wird hier kein April!" „Und auch kein Mai?", fragte das Kind. „Auch kein Mai, kein Juni, kein Juli, kein August, kein September, kein Oktober, kein November, kein Dezember, kein Januar und auch kein Februar. Es bleibt März. Die Bauern säen, aber niemand wird ernten. Wenn uns nichts einfällt, gehen wir alle ein." Das Kind hat mit großen Augen zugehört. Jetzt war ihm nicht zum Scherzen zumute. Aber seine Oma war nicht umsonst für ihre Weisheit und ihren Streuselkuchen bekannt. „Mach mir eine Tasse Kaffee, nimm dir ein Stück Kuchen", sagte sie. „Ich muss nachdenken."

Und so hat sie da gesessen, und sie hat nachgedacht, und mehr und mehr Leute kamen herein. „Mir ist so", sagte sie irgendwann, als schon niemand mehr damit gerechnet hatte, „als ob einer dem anderen und eine der anderen helfen könnte. Ihr müsst euch nur auf den Arm nehmen." „Hochheben?", fragte jemand. „Nein. Einen Bären aufbinden", sagte die Oma. „Einen Bären? Was denn für einen Bären?", riefen ein paar Kinder. „Veralbern", sagte die Oma, und bald, das merkte sie, hatte ihre Geduld ein Ende. „Reinlegen, drankriegen, hinters Licht führen, beschwindeln, anlügen, aber nur zum Spaß, foppen, blamieren bis auf die Knochen, aber nicht böse gemeint." Endlich hatten sie es verstanden. „Und wozu ist das gut?", fragte eine Frau. „Wenn du es am letzten Tag im März machst, nennt man das: in den April schicken", sagte die Oma, und da war auch der vorletzte Groschen gefallen.

Die Leute aus Kamberg haben sich gefreut und auf der Straße getanzt. Alle wollten sie eine Aprilsnase werden oder ein Aprilsnarr, wie andere sagen. Aber weil sie ständig daran dachten, waren sie auch auf der Hut, und wenn sie Obacht gaben und nicht wirklich überrascht waren, dann zählte es nicht.

Und sie haben Rat gehalten. „Wir tun uns zu zweit zusammen, und legen uns gegenseitig herein, und dann tun sich wieder zwei zusammen und so weiter. Und zuletzt schicken wir die Kinder in den April, damit sie nicht vor uns dort ankommen und allein sind." Und so wurde es gemacht. „Hol mir mal das Musleiterchen", sagte eine Frau zu einer jüngeren Frau, als sie beim Muskochen waren. „Die Elli hat eins." Und als die junge Frau bei der Elli ankam, rief die: „April, April!" Und weg war die junge Frau.

Dann vertauschte ein Kerl daheim den Salztopf mit dem Zuckertopf. Seine Mutter hatte nichts gemerkt, sie schmeckte schon lange nicht mehr ab, was sie kochte oder backte, denn sie wusste ja, wie es schmeckte. „April, April!", rief ihr Sohn, als er die verzuckerte Bratensoße kostete. Und weg war sie.

Ein alter Mann saß vor seinem Haus und weinte. „Was hast du denn?", fragte sein Nachbar. „Meine Katze ist tot", weinte der alte Mann und deutete unter die Bank. „Mein schönes Mienzchen!" Und als der Nachbar unter die Bank fasste, um die tote Katze fortzuschaffen, da hat sie ihn – „April, April!" – ordentlich gekratzt. Und weg war er.

Ein junges Mädchen hatte einen Brief auf dem Tisch liegen lassen, den ihr Freund gefunden hatte. „Liebes Mariechen, willst du mich heiraten?", stand darin. Der junge Mann wurde kreidebleich und dann zornig. „Mariechen, du hast einen anderen", schrie er. Und sie sagte nur: „Meine Oma heißt auch Marie. Guck doch mal auf den Poststempel." Er schaute nach, sah es und sagte selbst: „April, April!" Und weg war er.

„Draußen wartet dein Kerl auf dich", sagte ihr Vater, als er reinkam. „Mit was für einem großen Blumenstrauß!" Das konnte doch gar nicht sein, sagte sich die Tochter, sie hatte ihn doch in den April geschickt! Aber was, wenn es nicht geklappt hatte? Und so ist sie rausgegangen. „April, April", rief ihr Vater ihr nach. Und weg war sie.

„Hast du das Mariechen gesehen", fragte die Mutter den Vater, die soll mir mal beim Wäscheaufhängen helfen." „Die ist weg", sagte der Mann. Seine Frau ging ans Fenster und schaute hinaus. „Was heißt hier: weg? Da steht sie doch und macht mit ihrem Kerl herum. Der hat ihr Blumen gebracht." „Was?", rief der Mann, und als er zur Tür stürzte, sagte seine Frau bloß trocken: „April, April!" Und weg war er.

Zwei haben ein paar andere aufgehetzt. „Der ganze Ärger mit dem Kalender, daran sind nur die Fremden schuld!", sagten sie in der Wirtschaft. Und ein paar haben genickt. „Die Fremden trinken uns das letzte Bier weg", riefen die beiden. Und da gab's einen kleinen Aufstand in der Wirtschaft! Die beiden aber waren still. „Habt ihr hier schon Fremde gesehen, die Bier getrunken oder den Kalender verstellt haben?", fragten sie. „Wir auch nicht. April, April!" Und weg waren die Stammtischbrüder.

So ging das eine ganze Zeit. In der Schule erzählte der Lehrer den Kindern, es gäbe zwei Wochen Ferien, weil das Alphabet neue Buchstaben bekommen sollte, die müsse er erst einordnen. Und das Ministerium wolle die Primzahlen abschaffen, weil sie nur durch eins und durch sich selbst zu teilen wären, und deswegen müsse er die Rechenbücher durchgucken.

Die Kinder haben schon nicht mehr hingehört. Wenn es Ferien gab, wollten sie alle dabei sein, also liefen sie hinunter auf den Schulhof. Der Lehrer aber machte das Fenster auf und rief ihnen nach: „April, April!" Und weg waren sie.

Den Kindern im Kindergarten hat die Tante erzählt, die Kuh mit dem feurigen Schwanz würde beim Backhaus auf sie warten, wenn sie heimgingen. Keins wollte an dem Tag zur Tür hinaus, weil Kinder damals den Erwachsenen beinahe alles geglaubt haben. „Wir haben Angst vor der Kuh mit dem feurigen Schwanz", sagte ein Kind, und bevor es sich noch länger fürchten konnte, rief die Tante: „April, April!" Und weg waren sie.

Der Pfarrer aber stand vor der Kirchentür und wollte niemanden reinlassen. „Was ist denn los", wollten ein paar Leute wissen. „Es sind heute nur anständige Leute in der Kirche, die durch und durch gut sind, nie lügen und keinen einzigen Fehler haben", sagte der Geistliche. „Geht heim, ihr armen, kleinen Sünder!" „Das wollen wir doch mal sehen, wer da in den Bänken sitzt", rief einer, der sonst nie in der Kirche war, und stürmte voran. Der Pfarrer aber machte einen Schritt zur Seite und sah zum Himmel und sagte: „Gelogen war's nicht gerade, aber reingefallen sind sie doch." Den Leuten aber rief er nach: „April, April!" Und schon war die Kirche wieder leer.

Es kam der Tag, da war die weise Oma die letzte, die noch da war. Das hatte sie kommen sehen. Jeder Mensch brauchte einen anderen Menschen, der ihn in den April schickt, und jemand musste übrig bleiben, und bei ihr hatte sich niemand getraut. Also ist sie zum Kalender, der an der Wand hing, und hatte in großen Buchstaben zwei Worte auf die Seite vom März geschrieben: „April, April!" Und weg war sie.

Kamberg aber ist verfallen, das gibt es nicht mehr. Das Alphabet hat immer noch 26 Buchstaben, und die Mathematik kommt nicht ohne Primzahlen aus, die Kirche nicht ohne Sünder und das Mariechen nicht ohne die Liebe.

Und weil sie alle dicht gehalten haben, um sich nicht zu blamieren, werden die Aprilscherze nicht am letzten Tag im März gerissen, sondern einen Tag später. Dann ist es schon April, und es kann Mai werden.

*Eine Wüstung bei Ober-Gleen im Vogelsbergkreis.
**Wosswerrer im Original. Woas für è Werrer? Wosswerrer. Was für ein Wetter? Wetter, das gut ist fürs Wachstum, beispielsweise des Grases.

# Der Heinzemann

Es war einmal, und das ist noch nicht sehr lange her, ein junger Mann in Ehringshausen, der hatte die Arbeit nicht erfunden. Von klein auf war er ein bisschen ungeschickt und ein wenig bequem noch dazu. Als er älter wurde und anfangen sollte zu arbeiten, wollte ihn niemand anstellen. In die Fabrik wollte er auf keinen Fall. „Ich muss an der frischen Luft sein und brauche meine Freiheit", sagte er, als ihm seine Mutter damit kam. Und er wollte auch nicht bei einem Schneider in die Lehre gehen, als ihm sein Patenonkel eine Stelle besorgen wollte. Aber auf dem Feld arbeiten? Das ging auch nicht, weil er keine Sonne vertrug. „Meine Gesundheit geht vor", sagte er sich und allen, die es nicht hören wollten. Im Stall war er zu nichts zu gebrauchen, weil er Angst vor Tieren hatte, die größer waren als ein Huhn.

Schon bald war er das Gespött des ganzen Dorfes, und seine Eltern gleich mit. „Heinz", sagte sein Vater, „die Leute reden über uns." „Lass sie reden", sagte die Mutter. „Mein Heinzemann ist was ganz Besonderes. Der macht schon seinen Weg. Und wenn es ein Rundweg ist." „Wenn du meinst", sagte der Vater und wäre doch am liebsten woanders hingezogen, wo ihn keiner kannte. Was soll nur aus dem Jungen werden, dachte er bei sich. Gesagt hat er nichts mehr, weil er daheim nicht viel zu sagen hatte. Und der Heinz ist älter und älter geworden, aber kein bisschen anders. Er lag den lieben langen Tag auf der faulen Haut, ließ sich von seiner Mutter verwöhnen und Gott einen guten Mann sein.

Irgendwann hat dann der Bürgermeister ein Machtwort gesprochen. „Heinz, du musst arbeiten, so geht das nicht", sagte er zu ihm. „Das Dorf muss am Ende für dich aufkommen, nur weil du ein bisschen unbeholfen bist, nicht drinnen und nicht auf dem Feld arbeiten kannst, deine Freiheit brauchst und Angst vor Tieren hast, die größer sind als ein Huhn. Nicht einmal die Kühe, die Schweine, die Schafe, die Ziegen oder die Gänse kann man dich hüten lassen. Morgen stehst du mit den Hühnern auf und gehst mit ihnen in den Wald. Aber eins lass dir gesagt sein: Wenn du sie nicht alle heimbringst, brauchst du nicht mehr wiederzukommen. Dann kannst du gleich nach Frankfurt gehen, im Büro arbeiten, oder zu den Soldaten oder nach Übersee." Heinz hat sich erst hinterm rechten und dann hinterm linken Ohr gekratzt und dumm aus der Wäsche geguckt. Aber was blieb ihm übrig? Der Bürgermeister hatte im Dorf das letzte Wort.

Kaum waren am nächsten Tag die Hähne zu hören gewesen, war der Heinz mit zwölf gackernden Hühnern von Ehringshausen losmarschiert, ganz gemächlich am Hainesgarten, der Apfelplantage, vorbei und den Haines hinauf, und dann weiter zum Mehlbacher Teich. Am Ufer blieb er stehen und zählte erst einmal die Hühner, ob sie noch alle da waren, streute ihnen ein paar Körner hin, damit sie etwas zu tun hatten, und frühstückte ganz gemütlich und schaute sich um. Er konnte sich gar nicht satt sehen: Da spiegelte sich der blaue Himmel im Wasser, und die Wolken lernten schwimmen. „Wenn das Arbeit ist, lässt sich's aushalten", sagte der Heinz. „Das hatte ich mir stressiger vorgestellt."

Weiter ging's einen Pfad hinauf, und dann über die Beerplatte ins Feldatal, hinunter zum „Hohlen Grund". „Nicht so schnell", rief der Heinz und blieb noch einmal stehen. Wieder zählte er die Hühner und genoss die Aussicht. Wie schön es dort war! Der Wind hat in den großen Bäumen gespielt, die dort standen, und man hörte einen Bach rauschen. „So weit hätten wir's schon mal geschafft", sagte der Heinz zu den Hühnern. „Aber jetzt fallt mir bloß nicht in den Backofenhausteich! Das würde mir noch fehlen!" Die Hühner aber haben Gras gefressen und gescharrt und gar nicht zugehört. Beinahe wäre tatsächlich eines in dem Gewölbekeller verschwunden, der wie ein Backofen aussah und zu einer alten Siedlung gehört hatte, die man Hole nannte. „Wirst du wohl hören", rief der Heinz, holte das Huhn heraus und schimpfte: „Wegen dir bekomme ich nichts als Ärger!" Die anderen elf Hühner waren nicht weit gekommen. Und Körner hatte er genug dabei, um sie alle zusammenzuhalten. Die hatte ihm seine Mutter mitgegeben.

Eins nach dem anderen hatte er die Hühner über den Bach, die Felda, getragen und war dann mit ihnen durch den Wald spaziert. „Guckt mal, wie schön", rief er ab und zu. „Seht ihr die Felsbrocken, wie die mit Moos zugewachsen sind? Und seht ihr den Bach da in der Wiese? Ist das ein schwarzer Storch da hinten?" Die Hühner aber antworteten ihm nicht. Und die Herde Mufflons, die in der Gegend daheim war, hatte er zum Glück nicht gesehen. Wer weiß, vielleicht hätte er es mit der Angst bekommen. Auch von den alten Hügelgräbern ahnte er nichts.

Als sie zum Elsgrabenteich kamen, hat die weiße Else aus ihrer Höhle rausgeguckt und gegrüßt. „Ei, wo willst du denn mit den Hühnern hin", fragte sie den Heinz. „Einmal durch den Wald und dann wieder heim", sagte er, kurz angebunden. „So was", sagte die weiße Else. „Dann kann ich dir nur Glück wünschen... Bleib am besten nicht andauernd stehen, sieh lieber zu, dass du mittags wieder daheim bist. Sonst bleibst du am Ende länger im Wald, als dir lieb ist." Und so hat sich Heinz nicht lange mit der Else aufgehalten, sondern ist schnell weiter. Schon bald gabelte sich der Weg, und da war eine Hütte, da hätte er ein schönes Päuschen machen können. Aber er dachte daran, was die weiße Else gesagt hatte, und hat die Hühner mit Körnern weiter gelockt. „Putt, putt, putt, kommt, Piepchen, kommt..."

Und die zwölf Hühner sind hinter ihm drein gelaufen, haben gefressen und blieben schön zusammen. „Guckt mal, da drüben liegt Hainbach", rief ihnen der Heinz zu, und Elses Rat war schon vergessen. „Ist das nicht wunderschön?" Die Hühner aber hatten keine Augen für Hainbach, auch nicht für den hohen Vogelsberg, der in der Ferne zu sehen war, nicht für das Gießener Land und schon gar nicht für den Taunus da ganz, ganz hinten. Über Wiesen ging's weiter zum Schüsselrain, vorbei an blühenden Hecken und Sträuchern. „Das wird nicht langweilig", sagte der Heinz und blieb wieder stehen, um sich umzugucken. „Ständig etwas anderes!" Und hinunter ging's über die Schüsselwiese in einen Wiesengrund, über Feldwege, vorbei an alten Hutebäumen zu einem Felsen, der Heinz nicht geheuer war. Sah der nicht aus wie ein

Kopf? Ein Kopf aus Lava, ausgespuckt von einem Vulkan? Hieß es nicht, dass da in der Steinzeit und in der Bronzezeit wer-weiß-was-für Leute ihre Rituale abgehalten hatten?

Hätte er eine Uhr gehabt, hätte er gewusst, dass es da unten in Ehringshausen gerade Zwölf schlug. Mittag. Und beim letzten Schlag hatte ihn der Felsen verschluckt, mit Haut und Haaren, nur das Taschentuch nicht. Die zwölf Hühner sind noch ein bisschen um den Stein herumgelaufen und haben hier und dort gescharrt, aber dann haben sie sich in dem Felsen versteckt und waren auch fort.

Die Eltern aber haben vergebens darauf gewartet, dass der Heinz wiederkam, und wer ihm seine Hühner mitgegeben hatte, guckte in die Röhre. Der Bürgermeister hatte noch nach ihnen suchen lassen, aber außer ein paar Federn und dem Taschentuch vom Heinz hat man nichts gefunden. Er konnte nicht unter die Räuber gefallen sein, denn es gab keine mehr im Wald. Vielleicht ist er zu den Soldaten gegangen oder nach Amerika, sagten sich die Leute und vergaßen ihn nach und nach.

Seine Mutter aber ist bis zu ihrem Tod im hohen Alter jeden Tag seinen Weg abgegangen, dreizehn Kilometer und mehr. Fast vier Stunden war sie unterwegs, und wenn sie zu dem Felsen kam, wurde ihr das Herz so schwer wie Basalt. „Mein armer Heinzemann", jammerte sie. „Wärst du doch beim Schneider in die Lehre gegangen! Du könntest heute noch unter uns sein."

Der Felsen hat nicht geantwortet, und doch war sie getröstet. Es war ihr, als ob der Heinz noch da wäre. Und wenn jemand auf dem Rundwanderweg bei Ehringshausen unterwegs ist und Augen für die Natur und ein wirklich gutes Herz hat, dann kann es zur Mittagsstunde sein, dass da was flattert und gackert und dass da ein paar Hühner aus ihrem Versteck kommen. Und wer bis zwölf zählen kann, muss sich damit beeilen, denn schnell sind sie wieder weg, und so schnell kommen sie nicht wieder.

Der Heinz aber hatte seine Freiheit und von Stund an alle Zeit der Welt. Er musste nicht im Stall und nicht auf dem Feld arbeiten, nicht in der Fabrik, nicht im Büro und nicht für den Schneider. Er war nicht draußen und nicht drinnen, musste nicht zum Militär und auch nicht nach Amerika. Und wenn Wandersleute aus dem Wald bei Ehringshausen zurückkehren, dann erzählen sie zu Hause, sie hätten den Heinzemann gesehen.

# Der Hektiker

Es war einmal ein Kerl, lass ihn aus Leusel gewesen sein, dem konnte es nicht schnell genug gehen. „Auf, auf", rief er schon morgens. „Wir haben keine Zeit zu verlieren." „Wo auch", sagte seine Frau, noch halb im Schlaf. „Bei uns ist so wenig Platz, wir haben ja nicht einmal eine gescheite Uhr."

Aber sie ist doch aufgestanden und hat den Herd angemacht und Kaffee gekocht für alle Mann. Beim Frühstück drängelte er, es würde immer später. „Wenn wir noch länger hier hocken, können wir gleich das Mittagessen auf den Tisch tun", sagte er, und seine Frau rollte nur mit den Augen und sammelte die Tassen ein.

Einmal sind sie nach Frankfurt, und er war schon an der Tür, als sie noch ein paar Sachen für die Verwandtschaft zusammengesammelt hat. Man will ja nicht mit leeren Händen zu Besuch kommen, sagte sie sich und erschrak, weil er in seiner Ungeduld die Tür zugeknallt hatte. Und so hat sie ihre Tasche gekrallt und ist hinter ihm her. Wo er hinwollte, wusste sie ja.

Er war schon ein ganzes Stück gelaufen, da hatte ihn eine alte Frau angehalten, die am Weg auf einer Bank saß. „Guten*", sagte sie. „Willst du dich nicht ein bisschen neben mich setzen? Ich habe heute noch mit keinem ein Sterbenswörtchen gesprochen." Und das ist was, das können nicht alle in Hessen gut vertragen. Der Hektiker hatte ein Gesicht gemacht wie sieben Tage Regenwetter und ist gar nicht erst stehen geblieben. „Keine Zeit, keine Zeit", rief er. „Es kommt bestimmt noch jemand vorbei." Und weg war er.

Wer aber kam, das war seine Frau, und die Alte hatte wieder ihr Sprüchelchen runtergemacht. „Guten", sagte sie. „Willst du dich nicht ein bisschen neben mich setzen? Ich habe heute erst mit einem gesprochen, und der hatte keine Zeit für mich." „Das kann nur mein Mann gewesen sein", sagte die Frau aus Leusel oder wo sie sonst her war. „Das ist ein Hektiker, wie er im Buche steht. Wir wollen zur Verwandtschaft, nach Frankfurt, aber die laufen mir nicht weg. Einen Augenblick kann ich mich ja zu dir setzen, und wir erzählen uns was."

Die Alte hat sich gefreut und ist aufgestanden, bevor sich die Jüngere setzen konnte. „Nach Frankfurt willst du? Da will ich auch hin. Komm, ich nehme dich mit in meiner Kutsche, die steht dahinten im Schatten. Unterhalten können wir uns unterwegs." Und so sind sie zum Wagen**, und der Kutscher, der stumm und taub war, hatte schon auf sie gewartet und die Pferde auf Trab gebracht. Schnell waren sie in Frankfurt, viel früher als gedacht. „Wie die Zeit vergeht, wenn man sich was zu erzählen hat", sagte die Frau aus Leusel oder wo sie sonst her war.

„Das ist ein wahres Wort", sagte die alte Frau. „Das hätte Goethes Mutter auch sagen können." „Die hätte ich gerne kennengelernt", sagte die jüngere Frau. „Das war eine, die hatte die Ruhe weg", sagte die Alte. „Die ließ sich von anderen nicht durcheinander bringen. Aber Mumm*** hatte sie auch. Und ihren Spaß am Leben." Und nicht weit von dem Haus, wo Goethes Mutter, die Aja, gewohnt hatte, ist die Frau aus der Kutsche geklettert und einmal ums Eck, und schon war sie bei ihren Verwandten. Die haben ganz schön geguckt! „Ei, kommst du allein?", fragte sie. „Wo ist denn dein Göttergatte?" „Der hat's arg eilig gehabt", sagte seine Frau. „Darum ist er noch nicht hier."

Als er ankam, war sie schon bei der zweiten Tasse Kaffee. „Was machst du denn schon hier?", hat er gerufen, und als sie ihm die ganze Geschichte erzählt hat, wollte er's erst nicht glauben, aber dann blieb ihm gar nichts anderes übrig. Es hätte ja sonst mit dem Teufel zugegangen sein müssen, und das wollte niemand gesagt haben. Früher hatten sie Leute lebendig verbrannt, wenn so ein Verdacht aufkam. Das war schon lange her, aber wenn's wirklich mit dem Teufel zuginge, könnten solche Zeiten wiederkommen. Und das wollte niemand, der oder die bei Vernunft war.

Von solchen Gedanken abgelenkt, hatte der Hektiker beinahe vergessen, wie spät es war. „Auf, auf", rief er. „Wir müssen heim." Und diesmal sind sie zusammen los. Auf dem Rückweg hatte ein Hausierer die beiden angehalten. „Kauft mir doch etwas ab", bettelte er. „Mein Korb ist so schwer wie nur was, mein Rücken bricht mir auseinander." Der Mann hatte nur abgewinkt. „Wir kaufen nichts, wir brauchen nichts, und wir können dir auch nichts tragen. Wir müssen heim und haben's eilig!" Seine Frau aber hatte gesagt: „Geh nur vor. Ich glaube, wir könnten ein paar Knöpfe und auch Hosengummi brauchen. Ich kaufe schnell was und komme nach." Und sie hatte sich was aus dem Sortiment ausgesucht und dem Hausierer auch ein Stückchen Brot gegeben, damit er wieder zu Kräften kam. Für ein gutes Werk ist immer Zeit, sagte sie sich. Heim komme ich noch früh genug.

Und als ob der Hausierer ihre Gedanken hätte lesen können, sagte er: „Du hast ein gutes Herz, und ich danke dir. Mein Korb ist jetzt viel leichter, und dein Brot kam gerade richtig. Ich weiß dir was: Hier bei Gießen steigst du in die Eisenbahn, und dann bist du bald zu Hause." „Ich habe kein Geld mit für eine Fahrkarte", sagte die Frau. „Das macht nichts", sagte der Hausierer. „Mein Cousin ist da Schaffner. Sag ihm, dass ich dich geschickt habe, und er lässt dich umsonst mitfahren. Mir hatte er's auch schon angeboten, aber das nützt mir nichts, ich muss über die Dörfer, wenn ich mein Zeug verkaufen will."

Und so ist die Frau zum Bahnhof und mit der Bahn beinahe bis nach Hause. Als ihr Mann zur Tür hereinkam, lag sie schon im Bett und schlief. Er konnte es nicht fassen und hat sich die Geschichte erzählen lassen, als sie am Morgen beim Frühstück saßen. „Das hast du geträumt", sagte er. „Dann bin ich wohl im Schlaf gewandelt", hatte sie nur gesagt und für sich behalten, was sie gedacht hatte. Für lange Vorträge hatte ihr Mann sowieso keine Zeit. Und sie keine Geduld.

Die Zeiten waren schlecht und wurden immer schlechter. Da haben sich die beiden entschlossen, nach Amerika zu gehen. Beim Agenten eines Bremer Reeders haben sie in Storndorf ihre Karten für das Schiff gekauft, ihr Haus an ihren Nachbarn verscherbelt und nur mitgenommen, was sie tragen konnten. Und auch wenn er so schnell fort-kommen wollte, wie es ging, wollte er doch keine Karten für die Eisenbahn kaufen. „Zu teuer", hatte er gesagt. „Wir müssen unser Geld zusammenhalten. Für Amerika! Auf, wir wollen fort!"

Und so sind sie los. Es dauerte nicht lange, und ein Bauer hielt sie an. „Helft mir, mein Heu machen", rief er. „Es soll gewittern, und meine Frau ist in Hannoversch-Münden!" Was das eine mit dem anderen zu tun haben sollte, leuchtete dem Mann nicht ein, aber er sagte sich: Dieses Mal mache ich's wie meine Frau sonst und nehme mir die Zeit! Dann bin ich schnell in Bremerhaven, und wenn sie nicht hinterherkommt, bleibt sie hier, und ich kriege das Geld für die Fahrkarte wieder!

Denn es hat ihn geärgert, dass er zweimal das Nachsehen gehabt hatte. Und so wollte er sich ein Reff greifen, um dem Bauern zu helfen, und bekam einen Rechen. Seiner Frau hatte der Hektiker gesagt: „Geh du nur weiter, ich hole dich ein!" „Wenn du meinst", sagte sie, wusste aber: So eilig, wie er's immer hatte, so viel Zeit ließ er sich beim Arbeiten, weil er alles richtig machen wollte. Er konnte von Glück sagen, wenn die Hälfte des Heus in der Scheune war, wenn das Gewitter losging. Gesagt hatte sie nichts. Der Bauer aber rief ihr nach, sie solle seiner Frau einen schönen Gruß sagen.

Ihr Mann hat gearbeitet und gearbeitet, aber nicht schnell genug. „Du bist schuld, wenn mein Heu nass wird", sagte der Bauer. „Wie kommst du mir denn vor? Ich habe dir doch geholfen", rief der Hektiker. „Obwohl ich keine Zeit hatte."

„Ein guter Rat", sagte der Bauer. „Nimm dir nicht mehr vor, als du packen kannst. Und hilf Leuten, ohne etwas zu erwarten. Und höre auf deine Frau... Die ist schon lange in Bremen und wartet auf dich, wenn du Glück hast." „Ei, wie das denn", rief der Hektiker. „Das kann doch gar nicht sein!" „Meine Schwiegereltern haben ein Schiff, das fährt die Weser runter", sagte der Bauer. „Meine Frau verkauft Fahrkarten in Hannoversch-Münden. Und wenn deine Frau sie von mir gegrüßt hat, dann hat sie eine Fahrt für umsonst bekommen. Auf dich konnte sie ja nicht warten." Da ist der Hektiker nach Bremen, wie von der Tarantel gestochen, und er hatte Glück: Seine Frau hat noch auf ihn gewartet. „Du bist ein Hektiker und ein Pfennigfuchser", sagte sie. „Und ich habe überlegt, ob ich ohne dich besser dran wäre. Aber nach Amerika geht man lieber zu zweit."

Und so war's. Der Hektiker aber ist ein Hektiker geblieben, auch in Amerika, und da drüben wussten es ein paar zu schätzen. Und wenn er es auch noch so eilig hatte: Mit dem Sterben ließ er sich Zeit. Und seine Frau ist noch älter geworden, sagt man.

Der Tod hatte manchmal an ihre Tür geklopft, und jedes Mal hatte sie einen anderen Spruch auf Lager: „Mach langsam!" „Eile mit Weile!" „Nichts überstürzen!" „Gemach!" „Morgen ist auch noch ein Tag!" „Nimm dir Zeit und nicht das Leben!"

Erst, als ihr die Sprüche ausgegangen sind, hat sie zu ihm gesagt: „Ist gut. Geh schon mal vor, ich komme nach." Und wenn sie dem Tod nicht noch einmal von der Schippe gesprungen ist, dann hat sie ihm doch einen schönen Vorsprung gelassen.

*Gruß, der wie Moin ganztags verwendet werden kann. Im Original: *Gurre.*
**Im Original: *Schees* vom französischen Wort chaise (Stuhl, in diesem Fall Sänfte), abschätziges Wort für Fahrzeug.
***Im Original: *Gäisd.* Geist. *Ech huh haut kenn Gäisd,* ich habe heute keinen Geist, bedeutet, dass mir Energie fehlt.

# Das Salzfässchen

Es war einmal ein Sonntagnachmittag in Oberhessen, da war's dem Glück und dem Pech langweilig. „Lass uns wetten", sagte das Glück. „Mit dir wette ich nicht", sagte das Pech. „Du weißt, warum." „Dieses Mal kannst du auch gewinnen", sagte das Glück. „Wir bringen das Salzfässchen in Umlauf und wetten darauf, wer es heute in einem Jahr noch hat: Reiche oder arme Leute?"

Das Salzfässchen war kein einfaches Salzfässchen, nein, das hatten die Eltern des Teufels aus der Hölle mitgenommen, als sie ausgezogen sind. Des Teufels Großmutter, das alte Gewitteraas, hatte ihnen gezeigt, wo die Hölle ein Loch hat. „Wir verstehen uns zu gut", hatte sie gesagt. „Weil wir uns ähneln, mit Arsch und Kopf. Es ist mir, als ob ich in einen Spiegel glotzen würde... Raus mit euch! Euren ungeratenen Sohn könnt ihr hier lassen, das ist eine Sorte für sich." Und so sind die Eltern des Teufels aus der Drei-Generationen-Hölle ausgezogen und auf der Erde gewandelt in Menschengestalt. Wer ihnen begegnet ist und es überlebt hat, wird es nicht vergessen.

Das Salzfässchen hatten sie irgendwo stehen lassen, als sie wieder einmal Unheil stiften gegangen waren. Das war, wie ihr euch denken könnt, kein Salzfässchen wie andere auch: Nein, das hatte sich selbst wieder aufgefüllt. Und Salz war teuer damals. „Die Wette gilt", sagte das Pech. „Reiche Leute! Die sind gierig* und geben es nicht her!" „Ich halte dagegen", sagte das Glück. „Irgendwer muss ja auch zu den armen Leuten halten."

Und so haben sie das Salzfässchen in die Küche einer armen Familie gestellt. Als die Mutter das Ding am Morgen gesehen hat, war es ihr nicht geheuer. „Das gehört uns nicht", sagte sie zu ihrem Sohn und hat ihn gescholten. „Bring es dahin, wo du es her hast! Du bringst uns alle in Teufels Küche!" Wie recht sie hatte, ahnte sie gar nicht.

Ihr Sohn machte manchmal lange Finger, aber er hat geschworen, dass er das Töpfchen nirgends hatte mitgehen lassen. Weil seine Mutter keine Ruhe gab, hatte er es doch genommen und war damit in die Stadt. Die Köchin eines reichen Mannes hatte es ihm auf dem Markt abgekauft. Beim Kochen war ihr schnell aufgefallen, dass das Salz nicht weniger wurde, und sie hatte es ihren Herrschaften gemeldet.

„Wunderbar", rief der reiche Mann. „Jetzt müssen wir nicht mehr am Salz sparen. Stell's nur hier auf den Tisch, dann kann ich mein Essen immer noch nachsalzen." Denn manche Leute bekommen den Hals nicht voll. Und so hatte der reiche Mann sich seine Suppen und Soßen selbst versalzen, nur weil er es konnte. Und sein Kopf ist röter und röter geworden und er immer fetter. „Sei sparsam mit dem Salz", sagte seine Frau, der das Fässchen, das sich selbst auffüllte, sowieso nicht geheuer war. „Denk an deine Gesundheit! Der Doktor hat auch..." „Papperlapapp", unterbrach sie ihr Mann, und das war, wie man hört, sein letztes Wort. Buchstäblich.

Noch am Tag der Beerdigung hatte die reiche Frau das Salzfässchen aus dem Haus schaffen lassen. Weil sie Buße tun wollte, hatte sie es einer armen Familie geschenkt, und noch zwei Laib Brot dazu. Die arme Familie hatte sich bedankt, wusste aber nicht so recht, wie ihr geschehen war. Dass Reiche etwas zu verschenken hatten, hast du nicht alle Tage erlebt. Und so haben sie das Brot gegessen, das Fässchen mit dem Salz aber erst einmal nicht angerührt. „Das teilen wir uns ein", sagte die Mutter. „Das reicht uns ein ganzes Jahr."

Und so war's. Die Mutter und die Tochter wachten über das Salzfässchen wie zwei Zerberusse, wie man die Höllenhunde auch nennt. Mehr als einmal haben sie den Männern auf die Pfoten geschlagen, als die reichlich Salz auf ihr Ei oder in ihre Suppe machen wollten. Beim Kochen haben sie immer nur eine Prise** genommen, keinen Löffel voll, wie es andere vielleicht gemacht hätten. Und weil sie nur so wenig genommen haben, schmeckte ihr Essen ein bisschen fade***, aber es gab ja auch noch Kräuter und Knoblauch. Und es ist ihnen nicht aufgefallen, dass das bisschen, was sie zum Kochen genommen hatten, wieder dazugekommen ist. „Wir können richtig**** gut wirtschaften", sagten sich die Frauen, und das Salzfässchen war ihr Beweis. Da haben ihnen die Männer auch das Geld überlassen.

Das Jahr aber war herum, und das Glück hatte die Wette gewonnen. Das Pech war sieben Jahre lang nicht mehr zu genießen und hat es dem Glück übel genommen, dass es recht gehabt hatte. „Du hast es bei mir im Salz", sagte es, und mit einem bisschen Glück hört niemand von euch diesen Spruch, denn dann schmeckt euch das Leben nach Rache und Vergeltung, auch wenn ihr noch nie das

Salzfässchen der Eltern des Teufels in eurer Küche stehen hattet.

*Im Original: *hobbschech*, wie ein Habicht.
**Im Original: *è Poodche*. Das, was zwischen die Spitzen dreier Finger passt, etwa von Daumen, Zeige- und Mittelfinger.
***Im Original: *läbsch*. Nicht zu verwechseln mit äbsch, zickig.
****Im Original: *oarch*, arg im Sinne von sehr, sehr viel.

# Die Schneckenwirtschaft

Es war einmal ein Wirt in Oberhessen, der hieß Karl, und weil so viele Männer Karl hießen, nannte man ihn Wirts Karl*. Das war sein Dorfname und auch sein Beruf.

Wirte waren wichtig früher, immer an der Quelle, und sie waren auch im Bilde, was auf der Welt passiert ist, das heißt, im eigenen Dorf und noch drei Dörfer weiter. Damals gab es wie heute eine große Schneckenplage. Alle Gärten waren voll von Schnecken und leer von Salat und Gemüse. Die Schnecken haben sich jede Nacht den Ranzen voll geschlagen, und die Vögel konnten ihrer nicht Herr werden. Die Katzen haben einen großen Bogen darum gemacht, und die Hunde haben die Schwänze eingezogen, wenn sie in den Garten gerufen worden sind. Nachts sind die Leute mit Laternen raus, um Schnecken zu fangen, sie haben Fallen mit Bier aufgestellt und anderes mehr, aber da sind noch mehr Schnecken gekommen und haben sich eingeladen gefühlt.

Der Jammer war groß. „Was machen wir bloß", sagten die Frauen. „Was machen wir bloß", sagten die Männer. Die Kinder sagten nichts, die waren den ganzen Tag am Schneckensuchen und mussten nicht in die Schule. Tagsüber haben sich die Schnecken selten sehen lassen, und die Kinder hatten frei. Den Schnecken sei Dank!

Aber keinen Salat, keine Gurken und auch keine Karotten? Das konnte auf die Dauer niemand hinnehmen. Und so hatte ein Bürgermeister eine Belohnung ausgesetzt. Ein

Jahr lang keine Steuern zahlen und eine Kuh noch dazu! Wirts Karl war einer der Ersten, die es gehört hatten. Eine Kuh hatte er noch nie gehabt, aber gern haben wollen. Und keine Steuern zu zahlen, ein ganzes Jahr lang, das war doch was!

Und weil sich ein Wirt so viel Geschwätz anhören muss, konnte Wirts Karl mehr als einen Dialekt, Hochdeutsch natürlich auch, und ein bisschen Englisch, weil die Amis nach dem Krieg bei ihm das eine oder andere Bier getrunken hatten. Oder einen Apfelwein. Cider sagen die dazu, hatte er mal gehört und sich auch das gemerkt. Wer aber so viele Sprachen kann oder beinahe kann, der kann auch die Sprache der Schnecken lernen. Und so ist Wirts Karl raus, als der letzte Gast anschreiben ließ und verschwand. Eine Untertasse mit Bier hatte er dabei, denn Bier soffen die Schnecken ja gern. Das ist doch schon mal was, sagte sich Wirts Karl und legte sich auf die Lauer.

Es dauerte nicht lange, und die ersten Schnecken kamen angerutscht. „Bier", sagte die erste, das hätte Wirts Karl in jeder Sprache verstanden. „Schon wieder", sagte die zweite, und das war Wirts Karl unerklärlich. „Und nichts dabei", sagte die dritte. Und das konnte sich Wirts Karl gerade noch so zusammenreimen. „Menschen", sagte die vierte, „haben keine Fantasie." Wirts Karl glaubte, er habe sich verhört. Keine Fantasie? „Die denken immer nur an sich", sagte die fünfte Schnecke, und der Jammerton kam Wirts Karl bekannt vor. Den hatten manche Gäste nach dem fünften Bier und dem dritten Branntwein. „Ein wahres Wort", sagte die sechste Schnecke, und die siebte stimmte ihr zu: „Menschen sind schlimmer als Igel und Vögel!" Wirts

Karl kam nicht mehr mit, aber dass es gegen seine Leute ging, und gegen ihn auch, das hatte er verstanden. „Sauft, was ihr könnt", rief da die achte Schnecke, „und dann kriecht um euer Leben!"

Die Schnecken schlabberten das Bier und haben sich davon gemacht, so schnell sie konnten. „Auf, beeilt euch", rief die neunte Schnecke noch, und die zehnte hat ihr Häuschen gerafft und ist hinterher. Damals, müsst ihr wissen, gab's die Spanische Wegschnecke in Oberhessen noch nicht. Da hatten die meisten Schnecken von klein auf ihr Häuschen dabei und waren überall daheim.

Wirts Karl aber hat sich ins Bett** gelegt und von einer Wirtschaft geträumt, die nur für Schnecken war. „Menschen haben keine Fantasie", hatte er die Gäste noch sagen hören, als seine Frau ihn weckte. „Von wegen", sagte Wirts Karl schlaftrunken. „Von wegen was", fragte seine Frau. „Von wegen: keine Fantasie", sagte Wirts Karl, ließ das Frühstück aus und ging zu Helmut, dem Schreiner.

Am nächsten Tag hatte er beim Bürgermeister geklopft. „Stehst du noch zu deinem Wort?", hat er gefragt. „Ein Jahr lang keine Steuern und eine gute Kuh für den, der die Schnecken verjagt?" „Eine gute Kuh habe ich nie gesagt", knurrte der Bürgermeister. „Aber wenn die Schnecken weg sind und wegbleiben, ist es auch eine gute Kuh wert."

Der Bürgermeister hatte seine Hand ausgestreckt, und Wirts Karl hatte eingeschlagen. Abgemacht war's, unter Zeugen: der Frau des Bürgermeisters und dem alten

August. Wirts Karl aber hatte einen großen Kasten beim Helmut abgeholt und in seinen Garten gestellt, wie ein Puppenhaus, mit Möbeln und allem, nur dass die eingerichtet war wie seine Wirtschaft. Das Dach konnte man abheben, und vorne war eine kleine Tür. Drinnen sollte es Bier und Salat geben und zarte Blüten aus Sommerblühern, Lupinenstiele und Dahlienblätter, und ein bisschen Musik noch dazu. Auf der Bühne stand eine kleine Spieluhr, die konnte man aufziehen.

Die Frau von Wirts Karl hat nur den Kopf geschüttelt, als er mit dieser Kiste vom Schreiner gekommen war. „Unsere Kinder sind schon zu groß dafür", sagte sie. „Und Enkel haben wir noch lange keine!" „Das ist nicht für Kinder gedacht", sagte ihr Mann. „Das stell ich in den Garten." „Quatsch", rief seine Frau. „Der hat Fürze im Hirn!", sagte der Vater von Wirts Karl.

Und die Kinder sind um die Kiste herumgehüpft und konnten sich nicht satt daran sehen. „Morgen geht ihr wieder in die Schule", sagte Wirts Karl nur. „Die Schnekkenferien sind um."

Die Wirtschaft blieb an diesem Abend zu. Wirts Karl hat im Garten gesessen, als die Dämmerung kam, und hatte gewartet. Lange musste er nicht auf der Lauer liegen und Ausschau halten. Die erste Schnecke saß schon vor dem Kasten und wollte rein. Das ging aber nicht, weil das Häuschen nicht durch die kleine Tür gepasst hat.

Weil das hier ein Märchen ist, und darauf hatte Wirts Karl spekuliert, konnten die Schnecken ihre Häuschen absetzen. Und weil die Musik so schön war, und weil es nicht nur

Bier gab, sondern auch was zum Schnabulieren dazu, war eine Schnecke nach der anderen durch das Loch, das der Schreiner gelassen hatte, in die Schneckenwirtschaft gekrochen und hatte sich's gut gehen lassen. Als sie aber alle drin waren, auch die Nachzügler, die es überall gibt, hatte Wirts Karl die kleine Klappe auf den Eingang fallen lassen und hatte die Häuschen eingesammelt, die draußen lagen. Hundertsechsundzwanzig hatte er gezählt und in einen Sack geworfen. Die Schnecken aber, die jetzt nackt waren, hatte er vier Dörfer weiter im Steinbruch ausgesetzt. Da sind sie auch geblieben, weil sie so nicht unter Leute gehen konnten. Nicht einmal unter ihre eigenen.

Am nächsten Abend das gleiche Spiel. Und als der Sack bis oben voll mit Häuschen war und sich keine einzige Schnecke mehr in der Wirtschaft sehen ließ, obwohl da die Musik spielte und Kopfsalat und Feldsalat und was nicht alles auf dem Tisch stand, da ist Wirts Karl zum Bürgermeister und hat ihm den Sack mit den Häuschen gezeigt. Weil die alle leer waren wie die Kirche, wenn der Pfarrer aus dem Nachbardorf die Predigt hielt, dachte der Bürgermeister, die Schnecken hätten die Fühler für immer eingezogen.

Die Schneckenplage war vorüber. Wirts Karl bekam eine gute Kuh und musste ein Jahr lang keinen Pfennig Steuern zahlen, hatte aber gut zu tun, weil viele Leute in die Wirtschaft kamen, um sich seine Geschichte anzuhören.

Wirts Karl dachte aber nicht daran, die Wahrheit zu sagen. Wenn es wieder einmal ein Schneckenjahr gab, wollte er der Einzige sein, der wusste, wie man die kleinen Viecher wieder loswird und seinen Salat behalten kann. Also hat er den Leuten spannende Geschichten erzählt, die nicht alle wahr waren, sich aber gut anhörten. Fantasie hatte er ja.

*Die Namensüberstimmung mit einem verstorbenen Ober-Gleener Gastwirt ist kein Zufall, der Rest aber Fantasie.
**Im Original: *Näsd*, Nest.

# Was die Puppe sagte

Es war einmal, vor gar nicht allzu langer Zeit, da hatten Kinder noch keine Riesenmengen* an Spielzeug. Nicht einmal ein Zimmer voll – wenn es keine Puppenstube war. Und doch so viel mehr Sachen als ihre Eltern oder Großeltern.

Eines Tages war die Puppe abhanden gekommen und lag im Sumpf bei den Fröschen. „Was ist das denn?", hatte ein Frosch gequakt und an der Schnur am Rücken der Puppe gezogen. Die Puppe aber konnte sprechen und hatte gefragt: „Hast du mich lieb?"** Die Frösche waren ganz schön erschrocken. „Was hat sie gesagt?", wollte einer wissen, und ein anderer, der schon der Schlauste gewesen war, als sie noch Kaulquappen im Graben gewesen waren, übersetzte: *„Hossde mich geann?"*

„Ei, wieso sollte ich denn?", fragte der erste Frosch und zupfte noch einmal an dem Band.
„Ich hab dich lieb", sagte die Puppe.
*„Ech huh dich geann"*, übersetzte der Schlaufrosch.
„Du?", wunderte sich der erste Frosch.
„Nein, die Puppe. Die hat dich gern."
„Wer's glaubt", sagte der erste Frosch, und jetzt hatte ein anderer an dem Band gerissen.
„Bitte kämme mein Haar", sagte die Puppe.
*„Bidde duh merr mai Hoarn kämme"*, hieß das.
„Womit denn", lachten die Frösche. „Sehen wir aus, als bräuchten wir Kämme?"

85

„Gehen wir spazieren? Spiel mit mir", sagte die Puppe, weil wieder und wieder einer an ihrer Schnur gezogen hatte. *„Gieh merr schbille? Schbiel med merr"*, sollte das heißen. „Ei, was denn?", fragten die Frösche. „Wir kennen deine Spiele nicht, und du kannst nicht hüpfen und auch nicht schwimmen, wie es aussieht."

Die Puppe hatte sich nicht gerührt, aber weil die Frösche ihr keine Ruhe ließen, sagte sie: „Ich bin müde." *„Ech sai mied"*, übersetzte der Schlaufrosch. „Es ist besser, wir lassen sie für heute in Ruhe!" „Ich möchte schlafen", sagte die Puppe. *Ech well schloofe.* Und als noch einer an ihr herumzupfte: „Gute Nacht, Mutti!"

Da waren die Frösche gerührt. *„Genoachd, Mamme"*, hatte noch niemand zu ihnen gesagt. Und so haben sie der Puppe ein Bett aus Schilfgras gemacht und haben sie mit Seerosenblättern zugedeckt. Am anderen Morgen konnten sie es nicht erwarten, wie es weiter ging. Kaum stand die Puppe wieder auf ihren Puppenfüßen, hatte jemand an ihrer Schnur gezogen. „Guten Morgen, Mutti", sagte die Puppe. *„Gemoije, Mamme"*, hieß das, da brauchten sie keine Übersetzung. „Ich habe Hunger." *„Ech huh Hongger"*, übersetzte der Schlaufrosch wieder. Aber dann war guter Rat teuer. Was fraß so eine? Mücken wollte sie nicht, und auch für andere feine Sachen hatte sie den Puppenmund nicht aufgemacht.

Die Frösche haben das Füttern eingestellt und sich weiter mit der Puppe unterhalten. Vielleicht konnten sie ja herausfinden, wo sie her war.
„Ich will artig sein", sagte die Puppe.

*„Ech well broav sai"*, hieß das.

„Das hoffen wir doch", sagten die Frösche. „Im Sumpf ist es für so eine wie dich gefährlich."

„Bekomme ich ein neues Kleid?", fragte die Puppe.

„Bekomme ich ein Schwesterchen?"

*„Die frogd, ob sè è nau Klääd kridd. Oder è Schwesderche"*, übersetzte der Schlaufrosch, und alle lachten. „Sind wir hier bei Wünsch-dir-was oder beim..."

Das Wort Klapperstorch kam ihnen nicht über die Lippen. Wenn das, was Froschmäuler haben, Lippen genannt werden kann.

„Gib mir einen Kuss", sagte die Puppe.

Einen Kuss! „Niemand kann wissen, wie wir Frösche küssen", sagte der Schlaufrosch. „Über Wasser tun wir's nicht, unter Wasser sieht man's nicht."*** Und alle haben sich amüsiert. „Wann kommt Vati?", fragte die Puppe weiter. „Ich möchte nach Hause."

*„Wann kimmd dè Babbe? Ech well heem"*, hieß das. Die Frösche haben sich angesehen und wussten nicht, was sie sagen sollten. Heim? Wo sollte das sein?

„Erzähl mir ein Märchen", sagte die Puppe mehr als einmal, weil die Frösche wieder und wieder an ihrer Schnur gezogen hatten. Wer weiß, sagten sie sich, vielleicht verrät sie uns doch, wo sie her ist. Aber das wusste die Puppe nicht. Und so haben die Frösche ihr ein Märchen erzählt von einem großen schwarzweißen Vogel, der die Kinder aus dem Himmelsborn holte und zu Frauen brachte, die auf ein Kind warteten. Die hatte der Vogel erst ins Bein gezwickt, damit sie wussten, da war etwas Kleines unterwegs.

Und als sie so erzählten, kam ein Storch geflogen und wollte sich einen Frosch zum Mittagessen schnappen. Die Frösche aber waren schnell im Wasser und waren untergetaucht. Da hatte der Storch die Puppe gepackt und war losgeflogen. Weil er aber an ihrer Schnur gezogen hatte, fing sie an zu sprechen. „Au, du tust mir weh!" Vor lauter Schreck hatte der Storch losgelassen. Nicht nur die Schnur, auch die Puppe. Die fiel in einen großen, leeren Puppenwagen, der vor einem Haus in der Sonne stand, schlug ihre Schlafaugen auf und sagte nur: „Das Märchen war schön."

Und wenn es nicht so gewesen ist, wäre es doch schön gewesen. Und ein Märchen sowieso.

*Im Original: *enn Schdall voll*, einen Stall voll. In diesem Fall im Vergleich zu: *è Schdobb voll*, ein Zimmer voll.
**Im Original ebenfalls Hochdeutsch, gesprochen von meiner Puppe aus den Siebzigern.
***Der Spruch, mit Fischen, war früher häufiger zu hören, wenn jemand keine Antwort hatte. Die Alternative: *Merr wääses nid, merr wääses nid, merr foaschd noch*. Man weiß es nicht, man weiß es nicht, man forscht noch.

# Die Blumenfee

Es war einmal eine Frau in Oberhessen oder sonst wo, die hatte einen Blumengarten wie keine andere im ganzen Land. Die hatte, sagte man, nicht nur einen, sondern zwei grüne Daumen. Drum haben die Leute sie „unsere Blumenfee" genannt. Und wussten nicht so recht, ob sie stolz auf sie sein sollten oder Gift und Galle spucken.

Was waren die Blumen schön! Wenn der Frühling kam, steckten die Schneeglöckchen ihre weißen Köpfe dem bisschen Sonne entgegen, das es im Vogelsberg oder sonst wo gab. Krokusse haben ihnen schon bald Gesellschaft geleistet, gelbe Winterlinge und blitzeblaue Perlhyazinthen. Das hat geleuchtet, eine Freude für die Augen und für die ersten Bienen, die unterwegs waren. Woanders fanden sie so früh im Jahr noch nichts.

Wenn dann erst der Sommer kam, war der Garten voller Blüten, und es hat gesummt und gebrummt. Die Insekten hielten Kirmes. Rein in die Blüten des Löwenmäulchens, raus und weiter zum Lavendel, zu den Tagetes und den Ringelblumen, zum Rittersporn und Klatschmohn. Große Dahlienbüsche standen vor dem Zaun, am Spalier wuchs Kapuzinerkresse, und das Gartenhüttchen war über und über mit Glyzinien bedeckt. Ein Schmetterlingsflieder zog alle an, die bunte Flügel und lange Fühler hatten: Der Admiral traf sich da mit dem Kleinen Fuchs und dem Zitronenfalter, mit dem Tagpfauenauge und anderen Verwandten.

„Was ist das schön", sagten die, die es gesehen haben. Macht aber auch viel Arbeit, dachten die, die nur die

Mühe sahen, die etwas machte. Und laut sagten sie: „Aber die hat gar keinen Salat im Garten, kein Gemüse und keine Kartoffeln, nicht einmal Sträucher mit Johannisbeeren! Was will die sich für den Winter einmachen, Blumen vielleicht?" Die aß man damals noch nicht. Da haben sie alle ihre Köpfe geschüttelt: So ein Unverstand! „Geld hat sie auch nicht soviel, dass sie sich all das kaufen könnte, was wir im Garten haben", sagten sie. „Was isst die: Gänseblümchen?" „Und was trinkt die: Gießwasser?", frotzelten sie.

Ein paar hatten Steine, wo andere einen Garten hatten. Da durfte kein Hälmchen aus dem Boden kommen, schon gar kein Löwenzahn und auch kein Gänseblümchen, nichts als Schotter und Pflaster ums Haus. Und doch haben sie sich manchmal länger am Zaun dieser Frau aufgehalten, als nötig war, um nach dem Rechten zu gucken. Der Zaun war so niedrig, dass sie noch keinen langen Hals machen mussten, solange die Dahlienbüsche noch nicht groß waren.

Die Frau mit dem Blumengarten aber hatte sich selten sehen und sich nicht verrückt machen lassen. Die wusste ja, was die Leute von ihr dachten, und hatte keine Lust, sich deren dummes Geschwätz anzuhören oder Rede und Antwort zu stehen, als ob man vor Gericht stünde. Was ging das die Leute an, was sie aß und trank und ob sie überhaupt aß und trank. Sie ließ lieber ihre Blumen für sich sprechen und unterhielt sich auch lieber mit ihnen und mit den Käfern, den Bienen, den Ameisen, den Schwebfliegen und den Schmetterlingen, den Raupen, den Hummeln und den Tausendfüßlern und wer noch alles in ihrem Garten wohnte oder daran vorbeiflog oder vorbeigekrabbelt ist. Nur die Regenwürmer ließen sich nicht so gerne auf ein Schwätzchen ein, die waren lieber unter ihresgleichen unten in der Erde.

Die Frau mit dem Garten aber war eine Zauberin in Menschengestalt und hatte schon ein paar von denen, die ihr das Leben schwer machen wollten, in Dahlienbüsche verwandelt. Jeden Sommer mussten sie am Zaun wachsen, bis niemand mehr so einfach durch die Latten in den Garten blicken konnte, und dann haben sie große Blüten ansetzen müssen, gelbe, orangefarbene, weiße oder rote, mit vielen Blütenblättern aufeinander, bis sie aussahen wie Ballons oder Sterne oder wie Bommeln auf Bommelmützen. Wenn es Herbst wurde, hatte die Zauberin die Dahlienbüsche gerodet und die Knollen ausgegraben. Die kamen dann über den Winter im Keller in Einmachgläser und haben auf den Frühling gewartet. Da ging alles von vorne los.

Wenn die Zauberin gute Laune hatte, verwandelte sie Leute, die ihr nur ein bisschen blöd gekommen waren, in ein- oder zweijährige Pflanzen: in Elfenspiegel oder Strohblumen oder in lila blühendes Basilikum, das hatten die Hummeln gar zu gern.

War dann der Sommer herum und waren die Blumen abgeblüht, verwandelten sie sich wieder in Menschen, standen vorm Zaun des Blumengartens und wussten nicht, wie ihnen geschehen war. Das Summen der Bienen hatten sie noch lange im Ohr, und wenn es regnete, lächelten sie unverwandt, und wenn Wind ging, wiegten sie sich hin und her, beinahe wie zum Tanz.

Daran konnte man sie erkennen, wenn man Augen dafür hatte. Ihnen selbst aber war es nicht bewusst. Ihre Familien haben keine Fragen gestellt, weil sie nicht wissen wollten, was da für Mächte im Spiel gewesen waren. Man schämte sich, dass man so jemanden in der Verwandtschaft hatte, einen von denen, die für ein oder anderthalb Jahre verschwanden und mit leeren Händen und einem leeren Gedächtnis heimkamen. „Sich herumtreiben und dann lügen", sagten die Leute, „die haben wir so gern wie Giersch im Garten. Den wirst du nicht los, der kommt immer wieder."

„Der Unterschied ist: Giersch taugt wenigstens zu Salat", sagte eine Frau, die einen Mann mit einem bösen Mundwerk hatte, der im Frühling von einem Tag auf den anderen verschwunden war. Giersch gab es in dem Garten der Zauberin nicht, aber andere Pflanzen, die keinen guten Ruf hatten, weil sie denen, die nur auf Ordnung aus waren, zu wild waren und sich nicht richtig kultivieren ließen. Das waren ihr die liebsten, die kamen und gingen, wie sie wollten, und hielten sich nur in Gärten auf, die man später einmal naturbelassen nennen sollte.

Haben Blumen bei ihr am Zaun gestanden und gefragt, ob sie reinkommen dürften, hat sie den Riegel aufgeschoben, das Gartentürchen weit aufgemacht und sie willkommen geheißen: „Sucht euch ein schönes Plätzchen im Schatten oder in der Sonne!"

Auch Kräuter gab es in Hülle und Fülle, nicht nur Schnittlauch und Petersilie, nein, auch Salbei und Pfefferminz, Arnika, Kamille und was nicht alles. Ein paar davon hatten geheimnisvolle, schöne, aber auch schlimme Geschichten zu erzählen, von Krankheiten, gegen die es keine anderen oder gar keine Mittel gab, von weisen Frauen, die so viel übers Heilen mit Kräutern gewusst haben, dass man ihnen vorgeworfen hatte, mit dem Teufel im Bunde zu sein, und von Sprüchen, die keiner mehr kannte.

Die Zauberin aber hatte sich ihre Gießkanne genommen und ist durch ihren Garten gegangen, hatte hier und da ein bisschen gegossen und sich mit allen unterhalten, die etwas zu erzählen hatten. Dann hatte sie gefrühstückt, Brot mit Bienenhonig oder bitterer Orangenmarmelade und einen Kräutertee dazu, und hatte sich ganz klein gemacht und im Kopf der Gießkanne schlafen gelegt. Ihr Garten konnte sich allein beschäftigen, das wusste sie. Wenn man der Natur ihre Ruhe lässt, macht sie die Arbeit selbst. Das war ihr Geheimnis, und das hatte sie niemandem von denen, die am Zaun lange Hälse machten, auf die Nase gebunden.

Dass die Dahlien sich beschwert haben, wenn wieder jemand heimlich ein paar Blüten abgerissen hatte, hat nur die Blumenfee im Kopf ihrer Gießkanne gehört. „Stellt euch doch nicht an wie die Aurikelchen und die Mimosen!", rief sie. „Denkt daran: Nur die Harten kommen in den Garten."

Schon war's wieder still am Zaun. Und wenn sie noch nicht alle verblüht sind, ist es vielleicht noch Sommer. Oder schon wieder.

# Der Dummschwätzer*

Es war einmal ein Kerl in Oberhessen, der war ein Dummschwätzer. Für die Frankfurter und andere unter euch: Das ist einer, der nichts als dummes Zeug gebabbelt hat.

Der hier war eines Tages aus der Schule heimgekommen, als er noch klein war, und hatte gesagt: „Der Schullehrer belügt uns!" Seine Mutter glaubte, sie höre nicht gut. „Der Lehrer belügt euch?" „Ja", sagte der Dummschwätzer. „Er hatte gesagt, wir wären gute Schüler*. Und hat mir doch eine Fünf gegeben!" Die Mutter konnte es nicht fassen und hatte ihren Sohn am linken Ohrläppchen gepackt und war mit ihm zum Lehrer gegangen. Der wohnte in der Schule und saß gerade mit seiner Familie beim Essen.

„Mein Sohn hat gesagt, Sie hätten gesagt, sie wären gute Schüler, aber dann gab es doch eine Fünf. Wie passt das denn zusammen?", wollte die Mutter wissen, kaum war sie zur Tür drin und hatte „Guten" und „Guten Appetit" gesagt. Der Lehrer, seine Frau und seine Kinder sahen von ihrem Teller Suppe auf, und der Lehrer schüttelte nur den Kopf. „Der Schiller, nicht die Schüler", sagte er. „Und wer den Unterschied nicht kennt, hat eine Fünf verdient." „Du liebe Güte, Schiller und Goethe", sagte die Mutter zu ihrem Sohn. „Was bist du für ein Dummschwätzer. Auf, wir gehen heim!" Und so hatte er den Namen bekommen.

Lange Zeit später hatte er sich in eine junge Frau verguckt. Die hatte ihm aber einen Korb gegeben, und keinen einfachen, nein, einen mit Henkel! „Und wenn du der letzte Kerl in Oberhessen wärst", sagte sie, „ich ginge lieber nach Amerika, als dich zu heiraten!" Und als der junge Kerl heimkam, wollten seine Leute wissen, ob es eine Hochzeit gab. „Nein", sagte der Dummschwätzer. „Ich wollte sie sowieso nur aus Mitleid nehmen, damit sie nicht auswandern muss. Aber sie will nichts lieber als nach Amerika! Was willst du da machen? So sind die Frauen heutzutage."

Drei Wochen später hatte seine Schwester die junge Frau beim Einkaufen getroffen. „Was machst du denn noch hier?", wollte sie wissen. „Ich habe gedacht, du wolltest auswandern." Die junge Frau hatte gelacht und gesagt: „Wenn alle Kerle hier so wären wie dein Bruder, der Dummschwätzer, wäre ich schon dreimal in Amerika und keinmal zurück!"

Der Dummschwätzer ist ledig geblieben und wollte bei einem Kaufmann in die Lehre gehen. Der konnte ihm nicht nur nichts bezahlen, denn die Kasse war leer. Nein, wollte auch noch Geld dafür haben, dass er ihn ausbildete. „Lehrgeld habe ich im Leben schon genug gezahlt", sagte der Dummschwätzer. „Wenn du mich nicht umsonst ausbilden willst, mach ich eben etwas anderes." Und er ist nach Frankfurt an die Börse gegangen, stellte sich einfach da hin und tat so, als ob er dazu gehörte. „Na, wie stehen Ihre Aktien?", wollte einer von ihm wissen. „Wenn's noch besser liefe, wär's nicht auszuhalten", sagte er nur.

Da haben sich ein paar nach ihm umgedreht. Was waren das für Aktien, die so gut standen, dass es schon fast weh täte? Der Dummschwätzer aber hatte nur ein wichtiges Gesicht gemacht und nichts mehr gesagt. Und so haben sie ihm alle nach einander Geld für einen guten Rat versprochen. Er hatte ihnen lauter dummes Zeug erzählt, und sie haben an seinen Lippen gehangen wie das Mus am Topf.

Was ein richtiger Dummschwätzer ist, der findet immer jemanden, der ihm glaubt, denn die Leute glauben, was sie glauben wollen, und denken oft genug schlecht von den Menschen. Wie schön wäre es, wenn's ein Märchen wäre.

*In Oberhessen wird schlecht (*schlächd*) und nicht *domm* (dumm) daher geredet (*geschwassd*). Der Titel heißt also im Original: *Dè Schlächdschwäddser.*
**Im Original: *Schiller.*

# Der *Hämel*\*

Es war einmal ein *Hämel,* der war in halb Oberhessen bekannt. „Was für ein *Hämel*‘, sagten die Leute. „Der wäscht sich nicht", sagten sie. „Der weiß gar nicht, was Seife ist." „Der stinkt drei Meter gegen den Wind!" „Bis kurz vor Frankfurt riecht man den!" Und die Leute haben ihre Nasen gerümpft. Wenn sie ihn sahen, machten sie einen großen Bogen um ihn. Und ihren Kindern bläuten sie ein: „Spielt nicht mit dem *Hämel!*"\*\*

Der *Hämel* aber machte sich nichts daraus. Und die Kinder kamen zu ihm, gerade, weil sie es nicht sollten. Und saßen bei ihm und ließen sich Geschichten erzählen, von denen niemand wusste, ob sie wahr oder gut erfunden waren. Eines Tages hatte ein Kind den *Hämel* angesehen und gefragt: „Hast du keine Badewanne?" Der *Hämel* aber hat einen anderen Weg geguckt.\*\*\* „Fürchtest du dich vor Wasser?", fragte ein Mädchen. „Wasser ist zum Waschen da\*\*\*\*, sagt meine Mutter", rief ein Junge. „Auch zum Zähneputzen kannst du es benutzen", sagte ein anderes Kind, das daheim ein Grammophon hatte. Oder einen Plattenspieler. Oder was sonst zu dieser Zeit Musik abspielte.

Der *Hämel* hatte geseufzt und sich in Positur gesetzt. Schon waren die Kinder mucksmäuschenstill. „Es war einmal ein Kind in Oberhessen, das war so brav wie kein zweites", sagte der *Hämel.* „Wenn seine Eltern ihm etwas aufgetragen hatten, dann hatte es das gemacht. Es konnte gar nicht anders. Und es wusste: Wenn es immer schön gehorchte, war alles gut. Wenn es alles aufgegessen hatte, was auf seinem Teller gewesen war, hatte die Sonne am nächsten Tag geschienen. Und wenn es ungezogen war, sind Engel im Himmel gestorben. Es war aber nicht ungezogen. Die Engel mussten keine Ängste ausstehen.

Eines Tages hatte sein Vater ein ernstes Gesicht gemacht, so ernst, dass das Kind erschrocken ist. Sein Papa kam näher, beugte sich herunter und sah ihm tief in die Augen. ‚Liebes Kind', sagte er. ‚Ich muss weg. Vergiss mich nicht. Und bleib, wie du bist.' So brav, hatte er gemeint oder was weiß der Teufel, aber dann gingen ihm die Worte aus, und die Tränen standen ihm in den Augen. So hatte das Kind seinen Vater noch nie erlebt. Und bevor es sich versah, war er weg. Verschwunden. Nicht mehr zu sehen.

Das Kind hatte ihn gesucht, hatte ihn aber nicht gefunden und ist bald wieder nach Hause. Es setzte sich auf die Treppe und wartete auf seinen Vater. Aber der kam und kam nicht heim. Das Kind wollte erst nicht essen und nichts trinken, aber seine Mutter hatte das nicht zugelassen. ‚Was soll dein Papa sagen', fragte sie, schnitt dem Kind das Brot in Happen***** und fütterte es Bissen für Bissen damit. Und gab ihm Milch zu trinken und Wasser und redete ihm gut zu. Und das Kind, das brave Kind, aß und trank. In der Nacht hatte es geträumt******, sein Vater wäre wieder da und hätte es nicht mehr erkannt. Hatte er nicht gesagt: Bleib, wie du bist?

Und so wollte das Kind nicht vom Fleisch fallen und nicht verdursten, aber nicht wachsen. Das aber lag nicht in seiner Macht, es wurde größer und größer, als ob es noch einmal so schnell ging, weil es nicht wachsen wollte. Die Fußnägel und die Fingernägel und auch die Haare ließ sich das Kind schneiden, damit sich nichts veränderte, aber die Beine und die Arme und den ganzen Rest konnte man nicht kürzen, so sehr sich das Kind das auch gewünscht hätte. Und so hatte es einen Schwur getan", sagte der *Hämel.* „Es wollte sich so lange nicht waschen, bis sein Vater wieder da war. Vielleicht, mit einem bisschen Glück, erkannte er es dann wieder, einfach am Geruch. Und die Mutter konnte sagen, was sie wollte, auch schimpfen oder mit Engelszungen reden: Das Kind hatte sich nicht mehr gewaschen und ließ sich nicht mehr waschen. Es hatte gebrüllt wie am Spieß, wenn sie es mit Gewalt in die Zinkwanne stecken wollten, und mit Armen und Beinen gestrampelt. ‚Warte nur. Wenn dein Vater heimkommt, dann setzt's was', sagte die Mutter, als sie sich nicht mehr zu helfen wusste. Und das Kind sagte sich: ‚Ich warte, bis der Papa heimkommt. Und bleibe, wie ich bin.' Dreckspatz haben es die Leute gerufen, Ferkel und noch andere Namen, und sich die Nase zugehalten, wenn es in ihre Nähe kam. Das Kind aber hatte auf der Treppe vor dem Haus gesessen und auf seinen Papa gewartet, Jahr für Jahr. Wer nicht kam, war sein Papa."

Der *Hämel* saß da und guckte in die Ferne, als ob er vergessen hätte, dass er nicht allein war. „Und dann?", fragte ein Mädchen. „Nichts", sagte der *Hämel.* „Gar nichts. Wenn's regnet, stelle ich mich raus, aber bis heute habe ich mich nicht mehr mit Seife gewaschen und keine Badewanne gesehen."

So ein braves Kind hatten die Engel im Himmel selten gekannt, darum weinten sie ab und zu aus Mitleid. Und das Wasser, das dann vom Himmel fiel, erzählte von so manchem Vater, der fort ist von daheim. Die einen, um zu arbeiten, die anderen, um in die neue Welt zu gehen, wieder andere mussten ins Gefängnis oder in den Krieg. Wie viele******* sind nicht heimgekommen. Wie viele Frauen und Kinder haben umsonst gewartet. Denkt nur an den Weidig.

„Und deinen Papa hast du nie wieder gesehen?", fragte ein Junge mit großen Augen. „Jede Nacht im Schlaf", sagte der Hämel. „Darum habe ich auch keine Kinder." Sein Gelübde hatte er gehalten und darum auch keine Frau gefunden und keine Tochter und keinen Sohn bekommen, die er hätte verlassen können. Und wenn er nicht gestorben ist, wäscht er sich immer noch nicht und wartet auf einen, der nicht mehr kommt.

*Unordentlicher, ungewaschener Typ.
**Zur Erinnerung an „Spiel nicht mit den Schmuddelkindern" von Franz Josef Degenhardt.
***Hessische Ausdrucksweise für wegsehen.
****Hit der Bremer „Peheiros".
*****Im Original: *Raider*, Reiter.
******In Oberhessen kann es einem auch träumen – wie es einem auch ahnen kann. *Es dreemd merr, es oahnd merr.*
*******Im Original: *Wiffel. Wiffel* kann auch ein Ausdruck für eine unbestimmte, erstaunlich große Menge sein. *Die huh wiffel Bicher!* Die haben ganz viele Bücher!

# Grummet

Es war einmal eine junge Frau in Oberhessen, lass sie aus Lehrbach gewesen sein, die hatte einen Witwer aus Homberg an der Ohm geheiratet, der drei Töchter hatte. Seine Frau war nach der Geburt ihres vierten Kindes gestorben, am Kindbettfieber, wie so viele Frauen in alter Zeit. Der kleine Junge, ihr Sohn, war bald darauf auch nicht mehr aufgewacht in seiner Wiege, wie so viele kleine Kinder damals, und sie hatten ihn zu seiner Mutter ins Grab gelegt.

Der Mann hatte einen Stein setzen lassen, so groß wie zwei Nachtschränkchen, aber schwarz, wie es sich gehörte. Unter den goldenen Buchstaben für ihren Namen war noch Platz für seinen, und seine Schwiegermutter hatte Vergiss-meinnicht aufs Grab gepflanzt, blaue für ihre Tochter und weiße für ihren Enkel. Jeden Tag ist sie hin, gießen. Ihre Enkeltöchter hatten ständig etwas Besseres zu tun oder gar nichts, denn sie waren alle miteinander sehr verwöhnt und faul wie die Nacht.

Dass ihre Mutter nicht mehr da war, hatte sie gestört, besondere die Älteste, weil jemand auf den Gedanken kommen konnte, sie könnten ihrem Vater den Haushalt führen. Das war nichts für sie, und so lagen sie ihm andauernd in den Ohren*, er solle sich eine neue Frau suchen. Eine, die putzen, kochen, backen, waschen, flicken und die Betten machen könnte.

Und weil sie ihm keine Ruhe ließen, hatte er noch einmal Hochzeit gehalten, mit der jungen Frau aus Lehrbach, die noch keinen gefunden hatte, weil das Geld nicht für eine Aussteuer reichte. Ihre Mutter war eine Witwe, und die Verwandten wollten sie aus dem Haus haben, am liebsten alle beide.

Und so hatte die junge Frau aus Lehrbach den Witwer aus Homberg geheiratet und ist mit ihrer Mutter zu ihm gezogen. Schon bei der Hochzeit zog ein kalter Wind durch den Saal, als das Brautpaar reinkam. „Meine Tochter kann die nicht ersetzen", sagte die erste Schwiegermutter des Bräutigams. „Wenn meine Tochter Heu war, ist die Grummet! Der zweite Schnitt ist nie so gut wie der erste."

Die Braut aus Lehrbach aber konnte den Menschen bis auf den Grund der Augen schauen, wo bei den einen die Seele und bei den anderen etwas ganz anderes sitzt. Und sie hatte die Angst gesehen, die die unfreundliche alte Frau hatte, dass da eine kam, die sie wohl nicht respektieren und vielleicht sogar fortschicken würde. Da hatte die junge Frau an Weidigs Predigt gedacht, die sie in der Ober-Gleener Kirche gehört hatte. Liebet eure Feinde, hatte er gesagt, und der hatte wirklich ein paar, mächtige noch dazu. Wenn der seine Feinde lieben konnte, wollte sie es auch versuchen.

„Danke, dass Ihr mich willkommen heißt", sagte sie, als ob nichts gewesen wäre, und hatte „Ihr" zur ersten Schwiegermutter ihres Mannes gesagt, und das hatte der gefallen, auch wenn sie nicht wusste, warum die Braut sich nicht an ihrem bösen Mundwerk gestört hatte. Eine Zeitlang ging es gut auf dem Hof in Homberg, aber dann sind die drei Töchter immer frecher geworden zu ihrer

Stiefmutter. Wenn sie ihnen etwas auftragen wollte, ganz gleich, was, sagte die Jüngste: „*Häh*\*\*?" Und die zweite: „Nicht Heu, Stroh!" Und die Älteste: „Nein, Grummet!" Und sie haben ihre Stiefmutter links liegen lassen. „Du hast uns gar nichts zu sagen", haben sie gesagt. „Du bist nicht unsere Mutter!"

Die junge Frau hatte sich dann bei ihrer Mutter beschwert, aber die sagte nur: „Mach's anders!" Und meinte: Da machst du nichts! Und sagte: „Jetzt hast du dich schon ins gemachte Nest gesetzt, dann fang auch an zu brüten! Dann hast du eigene Kinder und einen besseren Stand im Haus." Und so kam es. Die junge Frau hatte einen kleinen Jungen auf die Welt gebracht, und ihr Mann war über-glücklich. Doch noch einen Stammhalter, einen Erben! Als seine Töchter das hörten, haben sie einen finsteren Plan geschmiedet: Der Junge, ihr kleiner Bruder, musste fort. Und der Stiefmutter wollten sie es in die Schuhe schieben, bis hinten an die Fersen.

Ihre Großmutter hatte das Baby fortgeschafft, rauf in den hohen Vogelsberg, nach Herchenhain, wo sie Verwandte hatte. Sie tat so, als ob sie auf den Markt wollte, und hatte doch das kleine Kind in ihrem Korb, als sie losmarschierte. Die junge Mutter hatte ihren Sohn überall gesucht. Ihr Mann hatte sie gescholten. „Wie kann man so ein kleines Kind aus den Augen verlieren", hatte er gebrüllt, „du bist wirklich dumm wie Bohnenstroh!" „Nein", sagte seine Älteste. „Wie Grummet!" Und von Stund an haben alle sie so gerufen, auch die Nachbarn.

Grummet ist wieder in andere Umstände gekommen und hatte wieder einen Jungen bekommen, und auch der ist verschwunden. Genau wie das dritte Kind, ein Mädchen mit goldenen Haaren und himmelblauen Augen. Die haben ihre Stiefschwestern schon deshalb verschwinden lassen, weil sie so schön war. Jetzt aber hatte es dem Mann gereicht, und er war in Homberg vor Gericht gezogen und hatte seine zweite Frau beschuldigt, ihre drei Kinder getötet zu haben.

Der Gerichtssaal war voll bis in die letzte Ecke, weil niemand etwas verpassen wollte. Grummet wurde reingeführt wie die Frauen, die sie früher der Hexerei bezichtigt hatten. Nur, dass es keine Folterknechte und keine Scheiterhaufen mehr gab. „Grummet, du sollst deine Kinder auf dem Gewissen haben", sagte der Richter und blickte finster. „Bekennst du dich schuldig?" „Ich? Meine Kinder?", fragte Grummet erschrocken. „Fragt meine Stieftöchter, ob sie mir so etwas zutrauen." War sie nicht immer gut zu ihnen gewesen? Aber die Stieftöchter haben es gehalten wie sonst auch. „*Häh?*", rief die eine. „Stroh?", die zweite. „Grummet", die dritte. Niemand hatte ein gutes Wort über sie gesagt, bis auf ihre Mutter, aber der hörte keiner zu. Und so hatte der Richter sie schuldig gesprochen, und die Leute haben ihr den Tod gewünscht.

Jetzt hatte der Mann einen Knoten im Hals, und seine Töchter sind auf ihrer Bank herumgerutscht. Dass es so weit kommen konnte, hatten sie nicht gedacht, die undankbaren Bälger. Ihre Großmutter aber hatte sich heimlich fortgemacht. Schon kam der Richter zum Urteil: „Sterben sollst du! Aber nicht beim ersten, sondern beim zweiten Schnitt!" Das hatte sie verdient, sagten sich die Leute, obwohl es grausam war und kein kurzer Prozess.

Grummet hat gar nichts mehr gesagt, die saß da wie aus Stein und ließ sich einsperren. Am nächsten Tag, in aller Frühe, hatte der Henker sie zum Richtplatz geführt. Eine große Menschenmenge war versammelt, mit Kind und Kegel***, und wollte sehen, wie sie beim zweiten Schnitt stirbt. Ganz hinten standen ihr Mann und ihre drei Stieftöchter. Liebet eure Feinde, dachte Grummet, doch es fiel ihr schwer. Einer hatte noch einmal das Urteil verlesen, dreifacher Kindsmord, ein schlimmes Verbrechen. Die Leute haben Gift und Galle gespuckt. Als der Henker Grummet an ihren Platz geführt hatte, wurde es still. So still, dass du ein kleines Stimmchen hören konntest: „Das ist unsere Mama! Unsere Mama!"

Der Henker hielt inne, die Leute drehten die Hälse, und da stand die erste Schwiegermutter des Mannes mit zwei kleinen Jungen und mit einem Kindchen auf dem Arm, das hatte goldene Haare und Augen, blau wie Kornblumen. Grummet hatte sich aufgerichtet und wäre beinahe in Ohnmacht gefallen. Dann aber hatte sie ihre Kinder in den Arm genommen und geherzt, und alle haben sie Rotz und Wasser geweint, auch die, die eben noch Blut hatten sehen wollen. Gerade die.

Was aus dem Mann, seinen drei Töchtern und der ersten Schwiegermutter geworden ist, weiß man nicht. Grummet aber, ihre Mutter und ihre Kinder sind nach Herchenhain, zu den Leuten, die sich um die Kinder gekümmert hatten, die ihnen die alte Frau aus Homberg vor die Tür gelegt hatte. Das waren Verwandte von ihr, um drei Ecken, und sie hatte gewusst, dass sie keine Kinder bekommen konnten, aber gerne Kinder gehabt hätten. Die drei im Wald auszusetzen, hatte sie nicht über sich gebracht.

Die Freude war groß in Herchenhain, als die Kinder wieder da waren, und nur zu gern nahmen die Leute auch Grummet und ihre Mutter auf. Grummet hat niemand sie mehr gerufen. Und wenn sie über die Bergmähwiesen lief, ging ihr das Herz über, weil die Blumen so schön waren und die Bienen und die Schmetterlinge in der Luft getanzt haben.

Einmal ist der Sensenmann gekommen und wollte sie holen, aber es war ihr noch zu früh. „Herein, wenn's kein Schneider ist****", rief sie, als es klopfte. „Ich habe doch gerade erst meine Kinder wieder. Sollen sie mich so schnell wieder verlieren?"

Und es kam, wie der Richter gesagt hatte: Sie starb nicht beim ersten Schnitt, sondern erst beim zweiten. Und wenn sie das da oben ist bei der Wiese*****, dann hatte es wohl noch Zeit damit.

*Original: *Sie woarn oo emm.* Sie waren an ihm.
***Häh?* ist das oberhessische „Wie bitte?". *Häh* heißt aber auch Heu.
***Mit ehelichen und unehelichen Kindern.
****Der Schneider in der Redensart ist eigentlich ein Schnitter, der Tod.
*****Im Original: *Wann sè's doas doa owe eas bai dè Wess.*

# Der Unflat

Es war einmal vor gar nicht langer Zeit ein Unflat in Oberhessen, der hatte sich seinen Namen verdient. Schon als er noch aus der Flasche getrunken hatte, rief er: „Mehr!" Und später in der Wirtschaft: „Mehr! Mehr!" Der Chor, der nebenan probte, dachte schon, er bekäme Verstärkung: „Doooo! Reeee...", sang der Dirigent vor, und von der Theke kam: „*Mieh*\*!"

Dem Wirt war's recht, dass er da war, aber der Frau des Unflats nicht. Wie Frauen so sind: Sie hatte ein Problem damit, dass er besoffen heimkam und ständig mehr Geld für Bier und Branntwein ausgab und sie immer weniger hatte, um etwas zu essen zu kaufen und Anziehsachen für die Kinder. Auch bei Tisch kannte der Unflat keinen Anstand. „Mehr", rief er, wenn seine Frau ihm nicht den Teller bis übern Rand voll machte, und es war ihm egal, ob die anderen satt zu essen hatten. „Gib dir ein bisschen mehr Mühe\*, dann ist auch mehr auf dem Tisch", sagte er, denn auch mit guten Ratschlägen für andere sparte er nicht.

Im Geschäftsleben hatte er zugesehen, dass er immer seinen Vorteil hatte, und hatte gekauft, was andere verkaufen musste, und hatte mehr und mehr Geld damit gemacht. Jetzt hatte seine Frau keine Sorgen mehr, das Geld könnte nicht reichen, aber kurz gehalten hatte er sie doch. Und so hatte sie auf drei Kirmessen im selben Kleid getanzt und hatte ihn im vierten Jahr alleine hingehen lassen, weil sie sich schämte.

„Siehst du, geht doch", sagte der Unflat nur. „Mir war sowieso nicht nach Tanzen." Seine Frau aber hatte heimlich eine Frau besucht, die vom fahrenden Volk war, wie die Leute damals sagten, und von der sie gedacht hatte, sie könne ihr die Zukunft voraussagen. Die Sintezza, so hießen die Frauen dieses fahrenden Volkes wirklich, hatte ihr erst nicht aus der Hand lesen wollen. Was, wenn sie etwas Schlechtes sah? Sie wollte nicht lügen, auch nicht heucheln, wie so viele von denen, die das Gerede der Leute in ihrem Dorf mehr fürchteten als Tod und Teufel.

Von diesem Unflat hatte sie schon gehört, der hatte noch nie wem etwas gegeben, der bei ihm an die Tür geklopft hatte. Die Frau aber, das wusste die Sintezza, war dann immer schnell zur Hintertür raus und hatte dem Hausierer und den Bettlern und anderen armen Leuten etwas zugesteckt. Und deswegen wollte sie ihr nichts Schlechtes sagen und sie auch nicht belügen. Die Frau hatte aber nicht kleinbei gegeben und sie angefleht: „Ich muss wissen, wie mein Leben mit dem Unflat weitergeht! Verlassen kann ich ihn nicht, wegen der Kinder! Ändert der sich noch einmal? Und zum Guten?"

Die Sintezza hatte die Hand der Frau genommen und lange auf die Linien geguckt, die sich über den Handteller zogen wie Sprünge über eine alte Schüssel. „Ich sehe eine Schüssel", sagte sie. „Eine Schüssel ohne Boden." „Eine Schüssel ohne Boden?", rief die Frau des Unflats. „Das ist mein Mann, wer sonst? Was ist mit ihm?" „Er bekommt solange den Hals nicht voll, bis die Augen größer sind als der Magen. Und dann ist er für alle Zeiten kuriert." Mehr wollte die Sintezza nicht sagen, obwohl sie mehr wusste.

Schicksal zu spielen, hieß, sich versündigen, und konnte schief ausgehen. Und wer war dann wieder schuld?

Die Frau des Unflats konnte fragen, wie sie wollte, mehr hatte sie nicht erfahren, und so ist sie am nächsten Tag nach Ober-Gleen, zu *Braurods* Hof**, da gab es Schüsseln, Töpfe und anderes Zeug zu kaufen. „Ich brauche eine Schüssel, die nicht voll wird", sagte die Frau. „Ganz muss sie sein und doch ein Loch haben, aber eins, das man nicht sieht. Kein Mensch darf es sehen!" „So etwas haben wir nicht", war die Antwort. „Aber es gibt alte Sprüche***, Schäfer wissen so etwas, die können unsichtbare Löcher machen und unflätige Menschen heilen. Das ist doch, was du willst? Du bist nicht die Erste, die so etwas sucht."

Die Frau des Unflats ist heim und am nächsten Tag, dem dritten Kirmestag, zum  Schäfer. Der wusste, wer sie war, und hatte ihr etwas geflüstert, einen Spruch aus ganz alten Zeiten, der noch nie seine Wirkung verfehlt hatte. „Nimm Hafersuppe", sagte er noch. „Und koch mehr als genug. Sehr viel. Mach weniger Wasser rein als sonst, und ein paar Kräuter." Er gab ihr ein kleines Säckchen mit Getrocknetem und wollte nichts dafür haben. „Ich bin das Gegenteil von einem Unflat", sagte er. „Ich brauche nicht viel zum Leben, nur meine Freiheit. Und keine unflätigen Menschen, die sie mir einschränken wollen. Ein Unflat weniger auf dieser Welt – umso besser geht es uns allen." „Um Gottes Willen", rief die Frau und hätte beinahe das kleine Säckchen mit den getrockneten Kräutern fallen lassen. „Das ist doch kein Gift? Er wird doch nicht sterben?" „Davon nicht", sagte der Schäfer. „Irgendwann aber schon. Wie wir alle. Vielleicht lebt er sogar länger, wenn er kein Unflat mehr ist..."

Als ihr Mann von der Kirmes kam, drei Tage lang gefeiert hatte, war ihm nach etwas zu essen. Aber bloß nichts Fettes! Der Magen drückte ihn ein bisschen. „Ich habe es mir gedacht und dir eine Hafersuppe gekocht. Wenn die alle ist, geht es dir besser!", sagte seine Frau. Der Unflat hatte sich an den Tisch gesetzt, vor eine Schüssel voll Hafersuppe, und hatte gelöffelt und gelöffelt und geschlabbert und geschlürft und konnte nicht aufhören. Die Schüssel aber wurde gar nicht leer, die Frau tat immer noch etwas hinein, und er kam nicht mit dem Essen nach. Sein Atem ging schon schwer, er dachte, es käme ihm gleich zu den Ohren raus, aber die Hafersuppe wurde und wurde nicht alle. Da hatte er die Wut gekriegt und die Schüssel angesetzt und die Suppe gesoffen, so schnell, dass er beinahe im Topf untergegangen wäre wie ein Brocken eingeweichtes Brot. Und doch nahm es kein Ende.

Der Unflat hatte es mit der Angst bekommen und beim Essen geschwitzt und geweint, aber es half ihm alles nichts, die Hafersuppe war Sieger. Irgendwann hatte es dann einen lauten Knall getan, einen Donnerschlag, und der Unflat war geplatzt. Wo er eben noch gesessen und gegessen hatte, saß ein anderer Kerl, der sah ihm ähnlich wie ein Zwillingsbruder und war doch ganz anders.

„Liebe Frau", sagte der Kerl. „Danke für die Suppe, die hat mir sehr gut geschmeckt, aber jetzt reicht's. Drüben auf dem Bett liegt ein neues Kleid für dich. Zieh's an, und wir gehen nach Angenrod, da ist Tanz heute Abend." Die Frau hatte ihr Glück nicht fassen können und der Töpferfamilie und der Sintezza und dem Schäfer im Stillen gedankt. Schnell hatte sie das neue Kleid an, und dann ging's ab nach Angenrod, und nichts wie zum Tanzen. Und wenn sie nicht gestorben sind, dann tanzen sie immer noch, denn wenn's ums Tanzen ging, konnte sie nicht genug bekommen. Und da gibt's keinen Spruch dagegen. Nur dafür.

*_Mieh_ heißt mehr, als Hauptwort Mühe.
**Eine der letzten Töpfereien von Ober-Gleen, bis im späten 19. Jahrhundert noch in Betrieb. Mehr dazu in unserem Buch „_Naut wie Ärwed_" und im Museum der Stadt Kirtorf.
***Gesan, ein uralter Heil- oder Bannspruch. Mehr dazu in „_Himmel un Höll_".

# Das Schadchen und der Schaude

Es war einmal ein Schadchen* in Oberhessen, das hatte mehr Ehen gestiftet als andere, weil es ganz schön herumkam. Es hatte allerhand Zeug verkauft und ist über Land gekommen, von Nord- bis nach Südhessen, und hatte in jüdischen Familien Ausschau gehalten nach jungen und nicht mehr ganz jungen Leuten, die noch nicht geheiratet hatten. Ladenhüter waren ihm am liebsten.

Wenn niemand mehr daran glaubte, dass der Deckel noch einen Topf finden konnte, hatte das Schadchen die Ohren gespitzt. Eine Familie in Grünberg hatte eine Tochter, die war zu gescheit für die Männer, die ihre Aussteuer zu gerne genommen hätten. Wie oft hatten sie sie bei der Verwandtschaft vorgeführt, bei Hochzeiten, bei Beerdigungen, an Yom Kippur und den anderen hohen Festen. Wie es damals Mode war, hatte sie sich ein langes Kleid angezogen, mit langen Ärmeln und hoch geschlossen. Und wenn sie dann heimkamen, ist sie durch die Tür und sagte ihren Schwestern auf den Kopf zu: „Da habe ich mir meinen Hals wieder umsonst gewaschen. Ihr werdet sehen."

Und so war es. Die Kerle hatten es nicht gern, wenn eine Frau das letzte Wort hatte, und sie hatte nicht klein beigegeben und sich nicht dümmer gestellt als sie war. Das Schadchen hatte sich die Geschichte angehört und nur gelächelt. „Ihr glaubt nicht, wie viele gescheite Frauen doch noch einen Mann fürs Leben gefunden haben", sagte es. „Gewusst, wie."

Und es hatte die Augen aufgehalten und sich die Männer einzeln vorgeknöpft, die heiraten wollten oder sollten. „Wie gescheit bist du, von eins bis zehn?", fragte es, und die meisten sagen neun. Oder acht. Bis auf einen. In Gießen. „Zehn", sagte er. „Mit Zahlen habe ich's nicht so, aber meine *Mamme*\*\* sagt manchmal zu mir: Muss ich dir denn alles zehnmal sagen? Und mein *Tate*\*\*\* sagt: Ich zähle bis zehn!" „So", sagte das Schadchen. „Dann hast du die Zahl schon so oft gehört, dass du sie dir gemerkt hast." „Ja", sagte der Kerl. „Ich merke mir ganz schön viel, den lieben langen Tag. Morgens merke ich mir, wie ich heiße, denn mein Vater erinnert mich daran. Kaspar, willst du nicht aufstehen, ruft er. Und dann denke ich mir: Es ist sonst niemand mehr im Bett, dann werde ich wohl der Kaspar sein. Und so ist es dann auch."

„Was du dir alles merken kannst", sagte das Schadchen. „Wie war das dann bei der Bar Mizwa? Hast du da schön vorgelesen?" „An der Bar Mizwa\*\*\*\* war ich nicht in der Schul\*\*\*\*\*", sagte der Kaspar. „Der Rabbi hatte gesagt: Jeder blamiert sich so gut, wie er kann. Aber niemand so gut wie du. Bleib schön zu Hause und zähl die Kerzen am Leuchter. Wenn du fertig bist damit, sind wir alle wieder da, und es wird gefeiert. Und so haben wir's gemacht." Das Schadchen hat gelächelt. „Du hörst auf den Rabbi", sagte es. „Das ist schön. Und wie viele Kerzen sind auf dem Leuchter?" „Was weiß ich", sagte der Kaspar. „Die waren so schnell wieder da, ich war noch nicht fertig mit Zählen."

„Wie gut, dass du dich nicht langweilst", sagte das Schadchen. „Das kannst du sagen", sagte der Kaspar. „Die Zeit vergeht so schnell, da kann ich nicht hinterher. Meine *Bubbe*\*\*\*\*\* ruft manchmal: Wird's bald? Und dann weiß ich, ich bin gemeint. Aber nicht, was sie meint." „Man kann nicht alles wissen", sagte das Schadchen. „Weißt du denn, ob du ein guter Kerl bist?" „Frag die Leute", sagte der Kaspar. „Die wissen das besser als man selbst." „Wie wahr", sagte das Schadchen. „Und was sagen die Leute?" „*Schaude*", sagte der Kaspar. „Das sagen sie aber nur, wenn sie denken, ich höre es nicht. Es ist gewiss nichts Böses, denn ich kenne nur gute Leute und kann sie alle leiden."

Das Schadchen hatte genug gehört. „Sag mal, willst du denn heiraten", fragte es den Kaspar. „Gern, wenn's nicht weh tut", sagte er. „Sie reden alle darüber, aber niemand hat mir verraten, was damit gemeint ist." Das Schadchen hat gelächelt. Der ist zu dumm oder zu gescheit für die Welt, sagte es sich. Macht, was man ihm sagt, und glaubt an das Gute, sogar im Gerede der Leute. Kein Wunder, dass sie ihn Schaude nennen. Gesagt hatte es: „Komm mit mir auf eine Hochzeit in Lich, dann siehst du, wie es geht. Und tanzen kannst du da auch." „Tanzen tu ich gar zu gern", sagte der Kaspar. „Auch wenn ich mir die Schritte nicht merken kann. Der Tanzlehrer hatte einmal zu mir gesagt: Du tanzt wie ein Bär auf dem heißen Ofen*******. Den Mädchen hat es aber gefallen, glaube ich. Die haben gelacht."

Das Schadchen hatte seine Sachen gepackt und den Kaspar aus Gießen mit nach Lich genommen. Auf dieser Hochzeit, wusste es, war die junge Frau aus Grünberg, die noch keinen gefunden hatte und noch von niemandem gefunden worden war.

Als der Kaspar anfing zu tanzen, konnte sie sich vor Lachen nicht mehr halten. Und das Schadchen konnte sehen, wie sie ihren Hals gereckt hatte. Diesmal hast du ihn nicht umsonst gewaschen, dachte das Schadchen und stellte sich neben sie. „Das ist der Kaspar aus Gießen", sagte es. „Ein guter Kerl, nicht der Hellste. Der merkt nicht, wie gescheit du bist, und kennt keine Langeweile. Mit dem hast du immer was zu lachen, und wenn's über ihn ist."

„Ein *Schaude*", sagte die junge Frau aus Grünberg, die Elfriede hieß. „So sagen die Leute", sagte das Schadchen. „Aber die sagen auch, du würdest im Leben keinen mehr finden." Die Elfriede hatte sich den Kaspar angesehen und eine Tasse Kaffee mit ihm getrunken und sich mit ihm unterhalten. Das heißt, sie hatte geredet, und er hatte ihr tief in die Augen gesehen, so tief, dass er nicht mehr hinausfinden konnte. Und bevor sie sich umsah, hatte sie sich verguckt. Was sage ich: Hals über Kopf verliebt. Auch wenn man so was in Oberhessen nicht gesagt hat.

Als sie heirateten, saß das Schadchen am Tisch und hatte sich ein Paar langer Stiefel******** verdient. Der Bräutigam tanzte, und alle anderen amüsierten sich über seine Verrenkungen. Alle bis auf eine. „Ich würde ja auch gerne lachen", sagte die Braut. „Aber **der** *Schaude* ist mein *Schaude*. Und wir beide lachen nur zusammen."

Da wusste das Schadchen, es hatte eine Mizwa getan, ein gutes Werk. Und wenn es nicht gestorben ist, dann findet es noch Töpfe für Deckel und Deckel für Töpfe. Und tanzt auf Hochzeiten.

*Jüdisches Wort für Heiratsvermittler, häufig über Land reisende Händler.

**Jiddisch und Oberhessisch für Mama.

***Jiddisch für Papa, *Babba*.

****Bar Mizwa bedeutet Sohn der Pflicht. Ein jüdischer Junge kann am Sabbat nach seinem 13. Geburtstag als religionsmündig in die Gemeinde aufgenommen werden. Jüdische Mädchen können im Alter von zwölf Jahren ihre Bat Mizwa (Tochter der Pflicht) feiern.

*****Synagoge. Auch unsere christlichen Zeitzeuginnen und Zeitzeugen waren mit dem Wort vertraut.

******Jiddisch für Oma. Ruth Stern Gasten aus Nieder-Ohmen, die als Kind vor den Nazis fließen musste und in Livermore eine zweite Heimat gefunden hat, ist eine mehrfache, und inzwischen sogar Urgroßmutter.

*******Tanzbären, die noch im 20. Jahrhundert in Oberhessen vorgeführt wurden, waren häufig auf heißen Eisenplatten abgerichtet worden. Tanzlehrer wiederum gab es auf dem Land noch in der Weimarer Zeit auch für Kinder. Siehe „*Schbille gieh un feiern*".

********Mit der Vermittlung einer Ehe konnte man sich unter anderem Stiefel verdienen.

# Das Musikhannschen

Es waren einmal reiche Leute, die hatten eine Tochter, die sich im Kuhstall wohler fühlte als in der guten Stube. Ihre jüngeren Schwestern haben sich über sie lustig gemacht und hielten sich die Nase zu, wenn sie reinkam. „Bist du mal wieder ein bisschen zu nah an der Jauchegrube vorbei gegangen", sagten sie, und weil sie Französisch lernen durften, riefen sie ihr nach: „Eau de Campagne statt Eau de Cologne!"*

Die Älteste hatte sich aber nichts daraus gemacht und ist weiter in den Kuhstall, zu den Kühen und den Kälbern und den Bullen und den Ochsen. Ein Kälbchen hatte es ihr besonders angetan, ein braunweißes mit großen treuen Augen und einer langen, rauen Zunge. Es hatte geguckt, als ob es alles verstünde, und war zahm. „*Muhhanns-che*\*\*", sagte die Tochter der reichen Leute. „Du bist meine beste Freundin auf dieser Welt." Und was war sie überrascht, als das Kälbchen antwortete: „Ei, ja!"

Das Muhhanns-che konnte nicht nur sprechen, es konnte auch singen und hat immer neue Lieder gelernt. „Aber verrate mich nicht", sagte es. „Sonst komme ich zum Schlachter wie das Kälbchen in dem Lied\*\*\*."

Und die Kuh, die Rosi\*\*\*\*, ist gewachsen, und das Mädchen auch. Ihre Schwestern haben gedrängelt, sie sollte heiraten, und irgendwann kam sie nicht mehr drum herum. Ein großer Bauer in der Wetterau hatte einen Sohn, der wollte nur eine haben, die singen konnte. Und die Tochter der reichen Leute war bekannt für ihre schöne

Stimme. Gesungen hat sie aber nur im Kuhstall. „Wenn die Rosi nicht dabei ist, krieg ich keinen Ton raus", sagte sie, wenn sie in der Kirche oder auf Festen singen sollte. „Nicht einmal Anton."*****

Weil sie fort wollte von daheim und die Rosi nicht zum Schlachter sollte wie all die anderen Kühe, wenn ihr Tag gekommen war, hatte die junge Frau ja gesagt. „Ich gehe aber nur, wenn die Rosi zur Aussteuer gehört", sagte sie. „Und die Tochter unserer Nachbarn, die bei uns im Stall arbeitet, soll mitkommen und sich um die Rosi kümmern. Und ich will niemanden von euch wiedersehen. Auch nicht auf meiner Hochzeit." Den Eltern war's recht, die wollten ihre Ruhe und keinen Streit, und die Schwestern waren froh, dass die Älteste aus dem Haus war. Auf Niemehrwiedersehen.

Die Tochter der armen Nachbarn hatte auch nichts dagegen, von daheim wegzugehen. Arm konnte sie auch in der Wetterau sein, und wer weiß, vielleicht war das Leben da doch ein bisschen leichter.

Als sie aus dem Dorf raus waren, ist die Tochter der reichen Leute stehen geblieben und hatte der anderen befohlen, sich splitterfasernackt zu machen. „Zieh all deine Sachen aus und lege sie hier hin", sagte sie und deutete auf einen großen Stein. Die andere hatte nicht gelernt, reichen Leuten Widerworte zu geben, und tat wie geheißen.

Die Braut nahm die Sachen und ging hinter den Stein. Als sie wieder nach vorne kam, hatte sie sich die Kleider angezogen, die die andere angehabt hatte, einen dunkelblauen Rock aus dickem Stoff und ein weißes, grobes Hemd und ein Kopftuch. „Und jetzt du", sagte sie zu ihr und gab ihr ihre eigenen Sachen, ein langes Kleid mit Spitzen am Kragen. Das hatte die arme junge Nachbarin angezogen, und schon sah sie nicht mehr arm aus. Wie sagte man: Kleider machen Leute. Schüchtern, wie sie war, hatte sie auf ihre Füße geguckt.

„Hier spielt die Musik", sagte da die Tochter der reichen Leute und hatte ihr auch ihren Schmuck gegeben. Den wollte sie erst nicht annehmen, aber da war nichts zu machen. „Du bist jetzt ich, und ich bin du", sagte die, die die Braut gewesen war. „Singen kannst du, das habe ich in der Kirche gehört. Und wie schön! Das wird ihm gefallen, und du setzt dich ins gemachte Nest." „Und du?", fragte die, die jetzt die Braut war. „Ich habe meine Ruhe und kann bei meiner Kuh sein. Du musst deinem Mann nur sagen, dass er die Rosi nicht verkaufen darf, dass sie mir versprochen ist, weil ich dir immer gute Dienste geleistet habe."

Und so haben sie's gemacht. Der Bräutigam hat seine Braut in Empfang genommen und sich etwas vorsingen lassen. Was er gehört hatte, hatte ihm gefallen, und sie hatte auch schon Kerle gesehen, die einen schlechteren Eindruck auf sie gemacht hatten. Er war freundlich, und Musik hatte ihm mehr bedeutet als eine große Aussteuer. Wo gab es das schon?

Als die Kuh in den Stall sollte, hatte der Schwiegervater was dagegen. „Wenn das nicht unsere Kuh ist, kommt sie auch nicht in unseren Stall", schrie er. „Wo hat man so etwas schon gehört, dass eine Magd eine Kuh bekommt! Nicht bei uns! Ich bestelle den Schlachter für morgen, und dann gibt es die Kuh bei der Hochzeit zu essen! Den Kopf kann sie haben, deine Freundin!"

Die Bauerstochter, die echte, war erschrocken, und die falsche Braut auch, aber sie hatte nichts zu sagen und auch nicht gelernt, beizeiten zu widersprechen. Am meisten aber hatte sich die Kuh gefürchtet, sie hatte ja jedes Wort verstanden und wusste, es ging um ihren Kopf. Und so hatte sie, auch wenn der Hof voller Leute war, angefangen zu singen. Die Bauerstochter aber, die echte, hatte ihre Lippen dazu bewegt, und die falsche Braut hatte sich dazu gestellt und die zweite Stimme gesungen.

Da stand ihnen allen das Maul sperrangelweit auf, auch denen, die gar keine Rindviecher waren! „So was, nein", sagte der Bauer, als es wieder still war. „Mit dieser Nummer könnt ihr im Zirkus auftreten!" Und gegen seinen Willen musste er lachen. „Wenn du die Lippen nicht bewegen würdest, könnte man glauben, es wäre die Kuh, die singt. Und wie schön!" „Lasst sie am Leben", sagte die Bauerstochter, die echte, „und wir treten auf der Hochzeit auf." Und alle auf dem Hof haben gelacht und geklatscht. „Das wird ein Spaß!"

Auf der Hochzeit sind die Bauerstochter, die echte, und die Kuh Rosi groß angekündigt worden. Sie hatten gesungen, und die Bauerstochter, die echte, hatte dieses Mal ihren Mund gehalten. Bauchredner nannte man das im Zirkus, aber da waren das Puppen, und hier sang eine lebendige Kuh. Ein Musikhannschen!

„Von der Hochzeit sprechen sie noch in hundert Jahren", sagte die Schwiegermutter der Braut und trocknete die Tränen, die ihr beim Lachen gekommen waren. „So was, so was!" Die Bauerstochter, die echte, hatte die Rosi gefüttert und hatte ihr Wasser gegeben und sie gestriegelt und ist fort mit ihr. Von Prämienmarkt zu Prämienmarkt sind sie gezogen und berühmt geworden landauf, landab. Auch im „Astoria"****** in Bremen sind sie aufgetreten und in anderen großen Häusern. Das Publikum stand kopf.

Und wenn sie nicht gestorben sind, dann singt die Rosi heute noch. Gesprochen hatten sie nie darüber. Nicht vor anderen Leuten.

Die Schwestern der Bauerstochter aber haben nie geheiratet. Niemand, der um ihre Hand anhielt, war ihnen der Nase nach, und die, die sie gerne gehabt hätten, wollten sie nicht. Einmal wären sie beinahe auf ein Konzert des Musikhannschens gegangen, aber es gab keine Karten mehr. Und so haben sich die Schwestern nie wieder gesehen.

Die Bauerstochter aber hatte sich von dem Geld, das sie mit dem Musikhannschen gemacht hatte, einen eigenen Hof gekauft und Kühe aufgenommen, die geschlachtet werden sollten, weil sie nicht mehr genug Milch gaben. Ein paar davon hatten schöne Stimmen.

*Wasser vom Land statt Kölnisch Wasser!
**Hanns-che rief man früher liebevoll die Kühe.
*** Dos Kelbl. Die Aufnahme, die im Blog zu hören ist, stammt von den Alsfelder Kulturtagen 2022.

****Rosi hieß die Kuh von Ruth Stern in Nieder-Ohmen. Ruth Stern Gasten erwähnt sie in ihren Memoiren „An Accidental American", „Zufällig Amerikanerin", das sie 2017 im Ulmbach, Nieder-Ohmen, Bremen und Bremerhaven vorgestellt hat.

*****Das war eine stehende Redewendung, meist als Warnung: Kein Ton, nicht einmal Anton!

******Siehe „Unser Astoria", das Buch, mit dem die Arbeit unseres Geschichtsvereins 2008 begonnen hat.

# Als die Lebensfreude weg war

Es war einmal in einem kleinen Städtchen in Oberhessen, lass es Alsfeld oder Lauterbach gewesen sein, da hatte jemand morgens aus dem Fenster gesehen und gesagt: „Ich glaube es nicht: Die Lebensfreude ist weg!"

Andere kamen dazu und machten lange Hälse, konnten aber auch nichts sehen.
„Du wirst verrückt", riefen sie.
„Geh weg!"*
„*Schisskajenno*!**"
„Eieieieieieiei!"
„Ochochochochoch!"
„Kerle, Kerle!"
„Ich glaube, es butzelt!"
Und so weiter. Gesehen haben sie nichts, bis auf *Schmidds* Lina, die auf den Friedhof wollte, und ein Kind, das ganz allein mit Murmeln gespielt hatte, draußen auf der Straße. Es hatte keine Sonne geschienen und hatte auch nicht geregnet. Eigentlich sah alles aus wie sonst auch, nur dass die Lebensfreude weg war.

„Ach", hat jemand geseufzt. „Schade." „Schadet nichts", sagte eine, die keine Lebensfreude kannte. „Da seht ihr mal, wie es mir die ganze Zeit geht!" Vermissen kann man halt nur, was man kennt. „Könnte es sein, dass sie sich nur versteckt hatte", fragte ein alter Opa, der manchmal was verlegt hatte. „Dann müssten wir sie suchen", sagte seine Tochter. „Aber wo?", sagte sein Sohn. „Und wer soll das machen", sagte seine Schwiegertochter. „Haben wir nicht alle einen Stall voll Arbeit? Und die Kinder müssen gleich in die Schule. Es wird auch mal einen Tag ohne Lebensfreude gehen." „Ja", sagte die, die keine Lebensfreude kannte. „Das geht. Kein Problem."„Alles gut", sagte jemand, um sich und die anderen zu beruhigen. „Das Leben geht weiter. Und wir haben all zu tun. Da kommt niemand auf dumme Gedanken." „Wer braucht schon Lebensfreude?", sagte einer, der sich das Geschwätz nicht länger mit anhören, sondern Kaffee trinken wollte. „Ist bald einmal was auf dem Tisch? Ich habe keine Zeit zu verlieren, die Arbeit ruft!"

Und so haben sie aufgehört, sich die Hälse zu verrenken, und sind alle ihrer Wege gegangen. Es gab ja immer etwas zu tun, und in so einem Werktag war eigentlich gar kein Platz für Lebensfreude. Ganz innen drin hatte sich's aber doch nicht gut angefühlt, immer nur in ernste Gesichter zu gucken, niemanden lachen und schon gar keinen singen zu hören. Die Kinder sind in die Schule geschlurft und wieder heim. Wenn sie etwas gespielt haben, dann meist allein oder nur Spiele mit so vielen Regeln, dass man dauernd etwas verkehrt machen konnte, und dann haben sie sich gestritten wie die Kesselflicker.***

Ein paar Erwachsene haben schon nicht mehr miteinander gesprochen, so böse waren sie aufeinander. Und die Milch im Topf wurde sauer****. In der Wirtschaft hatte das Bier nicht so geschmeckt wie sonst. In Büchern stand nichts mehr Spannendes drin. Niemand machte Musik. Kein Mensch malte oder schrieb Gedichte. Und wenn die Bärbel Butter machte, dann verzierte sie sie nicht wie sonst mit Herzen und Kleeblättern. „Das geht auch so", sagte sie und hatte auch keine Blumen mehr in ihrem Garten haben wollen. „Wenn es wieder losgeht, setze ich da Kartoffeln. Da haben wir mehr davon."

An dem Tag, an dem die Lebensfreude verschwunden war, sind sie alle früh ins Bett, weil sie so fertig waren, müde wie ein Hund, aber wie einer, den du geschlagen hast. Die Kinder wollten keine Gute-Nacht-Geschichten vorm Ein-schlafen hören, die Pärchen haben sich nicht geküsst, geschweige denn noch mehr gemacht, die Opas haben sich keine Pfeife gestopft, bevor es ins Bett ging, und die Omas sind nicht noch einmal ans Fenster, um die Sterne glitzern zu sehen.

Drei Tage haben sie es ausgehalten, ganz ohne Lebens- freude, aber dann sind Tränen geflossen, erst bei den Kindern und den alten Leuten, dann bei den Konfirman- den und denen, die noch ein bisschen älter waren, dann bei den unglücklich Verliebten, aber da hatte es keinen gewundert, dann bei den Frauen und zuletzt bei den Männern, die gar nicht wussten, wie ihnen war. Die Tränen tropften nicht, tröpfelten nicht, sondern flossen wie der Bach, wenn es die ganze Zeit heftig geregnet hatte. Arbeiten konnte niemand mehr, weil niemand mehr etwas sah, und die Kinder konnten auch nicht in die Schule.

„Wir müssen was unternehmen", sagte einer, der dauernd das erste Wort hatte. Was er nicht hatte, waren gute Einfälle, aber das ist niemandem aufgefallen. Er konnte hinterher sagen, er hätte den Anfang gemacht.*****

Und so saßen sie zusammen in der Wirtschaft und weinten und überlegten, was sie tun könnten. „Wir müssen sie

suchen", sagte der Dieter, der Feuerwehrhauptmann.
„Aber wie sieht sie denn eigentlich aus?", fragte die Katharina, die sie schon lange nicht mehr gesehen hatte.
„Bunt", sagte die Eva, die Farben mochte.
„Groß wie ein Baum", sagte der Förster.
„Klein wie ein Säugling", sagte eine Mutter.
„Rund wie ein Rad", rief der Briefträger, der sich eins wünschte.
„Eckig wie ein Würfel", sagte ein Nichtsnutz, der beim Spielen mehr Glück als Verstand hatte.
„Lang wie der Weg nach Gießen", sagte der Schäfer, der gerne unterwegs war.
„Kurz wie das Fädchen, wenn alles gestopft ist", sagte eine Frau, die eine große Familie hatte.
„Weiß wie ein Hochzeitskleid", sagte eine, die schon sehr lange verlobt war.
„Meins war schwarz", sagte eine ältere Frau. „Das konnte ich dann auch auf Beerdigungen anziehen und musste nicht noch einmal Geld ausgeben..."
Aber die anderen haben ihr schon nicht mehr zugehört, sondern andauernd dazwischengerufen, bis du dein eigenes Wort nicht mehr verstanden hast.
„Ein eigener Ofen", sagte der Egon******, der im Krieg alles verloren hatte, auch seine Heimat.
„Einen Elfmeter", rief der Hans. „Für uns, natürlich!"
„Ein Faschingskostüm", sagte die Meline und musste schon nicht mehr weinen.

„Hört auf", sagte die Regina. „So kommen wir nicht weiter. Packen wir's an, anstatt zu jammern! Es reicht nicht, sich Gedanken zu machen! Wir müssen die Lebensfreude suchen, miteinander, aber erst einmal jeder und jede für sich. Denn was die eine schön findet, muss anderen noch lange nicht gefallen." „Du meinst, Lebensfreude ist Geschmackssache?", fragte jemand. „Bis zu einem gewissen Punkt schon", sagte die Regina. „Und auch den müssen wir finden." Und so sind sie erst einmal in sich gegangen und haben sich überlegt, wann sie die Lebensfreude zuletzt gesehen hatten und wie sie ausgesehen und sich angefühlt hatte. Je länger sie nachgedacht hatten, desto weniger Tränen sind geflossen, und hier und da hast du sogar ein kleines Lächeln oder Schmunzeln über ein Gesicht huschen sehen.

Was ihnen da alles eingefallen ist! Auch einiges, das lange schon vergessen war, und Leute, die dabei gewesen waren. Und sie haben auch an Dinge gedacht, die waren so winzig, dass sie ihnen bei all der Plackerei nicht mehr aufgefallen waren. Oder so groß, dass sie gestört hatten, weil sie ihnen im Weg waren in ihrer Hektik.

Und sie saßen da, alle miteinander, und machten Gesichter, als ob sie träumten, und niemand wollte so recht aufwachen. Nicht alles, was sie gesehen hatten, war für alle Leute bestimmt. Die Lebensfreude konntest du nicht mit jedem teilen, und manchmal war was nur für eine oder einen oder nur für zwei gedacht und blieb besser ungesagt und geheim gehalten, ein Leben lang.

Andere Dinge und Momente aber waren schöner, wenn du sie mit anderen erlebt oder anderen davon erzählt hast. Es kam ihnen wie eine Ewigkeit vor, die kürzeste aller Ewigkeiten, eine, die nie enden sollte, aber doch rasch enden musste, weil ihnen war, als ob sie sonst platzen müssten vor lauter Gedanken und Erinnerungen und Gefühlen.

Was sie erlöst hatte, kam von draußen und war ein Kinderlachen. Als die Erwachsenen in der Wirtschaft gesessen und geweint und gejammert und nachgedacht und geschwiegen hatten, waren die Kinder unbeobachtet draußen gewesen und hatten wieder angefangen, zusammen zu spielen. Das waren Spiele ohne Rechnen, bei denen du nichts falsch machen konntest und bei denen ihnen die Fantasie ständig etwas Neues eingegeben hatte.

Kein Opa und keine Oma, keine Mama und kein Papa, keine Tante und kein Onkel, kein Lehrer und keine Frau im Kindgarten sagte ihnen, was sie tun und was sie lassen sollten. Die Sonne hatte geschienen oder nicht, es war warm oder kalt, ein Dienstag oder Donnerstag, und bevor sie alle sich versahen, war sie wieder da, die Lebensfreude, und sie haben es alle miteinander gemerkt, ohne zu wissen, wie sie das gepackt hatten. „Hier bin ich", sagte die Lebensfreude, „wer mich verliert, verliert sich selbst."

Und wenn die, die dabei waren, sich immer noch darüber freuen, dass sie sich wiedergefunden haben, dann ist es da, wo sie sind, schön und friedlich. Denn wo die Lebensfreude ist, da ist kein Platz für Angst und Schrecken und Ungerechtigkeit. Und selbst die Arbeit macht mehr Spaß, das lasst euch gesagt sein. Ob auch die Schule, kommt auf die Lehrer an.

*Im Original: *Gieh foadd!* Wer das sagt, will in der Regel nicht, dass jemand geht, sondern drückt Erstaunen aus. Anders ist es mit: *Mach dech foadd!* Ein eindeutiger Rauswurf.

**Mist! Das Wort soll aus dem Polnischen stammen.

***Im Original: *Kannefligger.*

****Milchtöpfe, in denen die Milch sauer und dick werden durfte, gab es in vielen Haushalten.

*****Im Original: *Oschdell*, Initiative.

******Egon Brückner, der Älteste unserer im Sudetenland geborenen Ober-Gleener Zeitzeugen, wäre 2024 hundert Jahre alt geworden. Seine Autobiografie „Mein Leben" ist 2014 zu seinem 90. Geburtstag erschienen.

# Das Grappagespenst

Es kam einmal ein wüster Krach aus Frankfurt, Darmstadt, Offenbach. Gnadenlos laut war es in Kassel, Gießen und Wiesbaden. Den Bayern, den Schwaben und den Friesen war es ein Graus. Wenn sie oberhessische Reisende sahen, schrien sie: „Erbarme, zu spät, die Hesse komme!"* Die Münchner wollten keinen Apfelwein auf ihrem Oktoberfest, die Hamburger keinen Handkäse auf ihrem Fischmarkt. Berliner aber, die hipp sein wollten, haben Rippchen mit Kraut oder Beurelches** probiert, und im Ruhrgebiet hat man wirklich und wahrhaftig manchmal Leute *Haddekuche**** essen oder damit kochen sehen.

Ein paar Musiker aus Rodgau haben ein Lied darüber geschrieben, das war bald überall zu hören. Wären sie aus Oberhessen gewesen, hätte das, was sie da gerappt hatten, stellenweise so geklungen: *„Ai, woas mächsde dann med memm Bladdeschbieler?"* „Kabodd." „Du *Dreggsagg!"*

Der Ton war so schön rau wie die Zunge eines Kalbes, und der Humor auch. Nicht alle in Hessen haben Spaß verstanden, wenn er auf ihre eigenen Kosten ging. Die meisten aber machten sich lieber über sich selbst lustig, als es anderen zu überlassen. Gewusst, wie! Auch der Rap, mehr gesprochen als gesungen, kam ihnen bekannt vor, denn im Vogelsberg sagte so manche alte Oma zum Besuch, wenn es nichts mehr zu erzählen gab: „Ich will euch mal was *robbmache****."* Ihre Generation hatte halt in ihrer Jugend noch keinen Fernseher, aber strenge Lehrer und Geistliche gehabt und konnte allerhand Gedichte und

Psalmen und Gesangbuchverse auswendig. Noch und nöcher! Und dann mussten die Leute zuhören, wenn sie wollten, dass die liebe Seele Ruh hatte. Das Lied über die Hessen aber lief irgendwann nicht mehr im Radio und wurde nicht mehr überall gesungen.

Viel Wasser war die Schwalm und die Eder hinuntergeflossen, viel war in Hessen getrunken worden und wurde immer noch getrunken. Manchmal mehr als gedacht. Eines Tages war dem Andrea aufgefallen, dass in seiner Alsfelder Eisdiele der Grappa über Nacht weniger geworden war, und er hatte sich gewundert. „Hast du einen Grappa gehabt, oder zwei?", fragte er die Sabrina, als sie am Morgen an die Arbeit kam. „Io?", fragte die auf Italienisch zurück und machte große Augen. „Mai!" Ich? Niemals!

Aber auch am nächsten Tag war weniger in der Flasche als am Abend zuvor. „Ich verstehe das nicht", sagte der Andrea. „Die Türen waren alle zu, die Fenster auch, und ich habe gestern den Grappa in einen Schrank eingeschlossen... Das geht nicht mit rechten Dingen zu!" Nichts anderes hatte gefehlt, die Schlösser waren heil, und niemand hatte etwas gesehen oder gehört. Nachtwächter gab es ja nicht mehr in Alsfeld und anderen Städten in Oberhessen, und die Polizei konnte nicht überall sein. Da mussten die Leute selbst aufpassen.

„Heute Nacht lege ich mich auf die Lauer", sagte der Andrea. Ganz geheuer war es ihm nicht, aber was willst du machen, wenn guter Rat teuer ist? So ist er nachts in der Eisdiele gewesen und hatte sich unter einem Tisch versteckt. Um Mitternacht war ihm, als ob da einer wäre, er glaubte, er würde Kümmel und Knoblauch riechen, hörte aber nichts, und sehen konnte er auch nichts. Irgendwann ist er dann eingeschlafen und erst aufgewacht, als es nicht mehr dunkel war. Die Sonne war aufgegangen, draußen gingen die Kinder vorbei auf ihrem Weg in die Schule, und die Tür der Eisdiele war zu, die Hintertür auch.

Und der Grappa? War noch weniger geworden. Schon kamen Leute in die Eisdiele, um sich einen Grappa zu bestellen. „Solange noch was da ist", sagten sie, und ein paar frotzelten: „Ist bald alles alle?" Nicht nur Schötter sind Spötter*****.

Dem Andrea aber hatte es gereicht. In der nächsten Nacht hatte er den Grappa aus dem Schrank und mit unter den Tisch genommen. Als die Glocke der Walpurgiskirche zwölfmal geschlagen hatte, waren wieder Kümmel und Knoblauch zu riechen, noch deutlicher als in der vorigen Nacht. Die Schranktür klapperte wie die Zähne von Menschen, die Angst haben, und die Gläser klirrten wie die Glöckchen bei der Petersburger Schlittenfahrt. Auf einmal wurde ihm eiskalt in seinem Versteck, obwohl kein einziges Fenster und keine Tür auf war, und dann war was zu hören, was seinen Ohren fremd war.

*„Woas hoddn doa dè Babba doa?"*
*„Der hodd è Flasch Grappa doa, dè Babba."*
*„Wu hodd dann dè Babba die Flasch?"*
*„Dè Babba hodd dè Grappa ean dè Dasch."*

Das konnte doch nicht sein, sagte er sich. Das war doch Rap, und dann auf Hessisch! Verstanden hatte er alles, weil er nicht nur Italiener, sondern auch Pfälzer war, aber einen Reim konnte er sich doch nicht darauf machen. War er entdeckt worden? Er hielt die Luft an und dachte, sein letztes Stündchen hätte geschlagen. Um ihn herum rumpelte und pumpelte, kreuchte und schläuchte es, und dann war es wieder still. Aus der Flasche aber, die er die ganze Zeit in der Tasche gehabt hatte, hatte jemand Grappa gesoffen. Die war bloß noch halb voll.

Schnell hatte sich das herumgesprochen, weit über Alsfeld hinaus. Und es ist einer gekommen, der sich mit solchen Phänomenen auskannte. „Ich will euch helfen", sagte er zum Andrea und zur Sabrina. „Lasst mich heute Nacht allein in der Eisdiele, und ich mach dem Spuk ein Ende!" Der Kerl hatte eine neue Flasche Grappa und einen alten Plattenspieler dabei, den stellte er auf den Schanktisch, und dann setzte er sich daneben. Kurz bevor es Mitternacht schlug, hatte er einen Handkäse ausgepackt, der mit Kümmel, jeder Menge Öl und Zwiebeln angemacht war, und hatte ihn auf einen Teller getan. Beim letzten Schlag der Glocke ließ er das Lied auf Oberhessisch abspielen:

*„On äis on zwä on Abbelbraai,*
*on drei on vicher, schmeggd besser wie Bier.*
*On dè hibb on dè hobb on dè Schobbe ean dè Kobb,*
*on finnef on seggs, doa lachd die Gommiheggs!"*

Da hatte eine unsichtbare Hand den Schanktisch abgeräumt, und alles flog durch die Gegend und war in tausend Stücken. Der Gespensterjäger aber blieb ganz gelassen. Er rief nur laut: *„Ai, woas mächsde dann med memm Bladdeschbieler?"* Und eine Stimme sagte: *„Kabodd."* Und kicherte. Und er konnte sich das Grinsen nicht verkneifen und rief: „Du *Dreggsagg!"*

Da lachte jemand, dass das Haus wackelte. Die Schranktüren gingen auf und wieder zu, das ganze Lied war zu hören, obwohl der Plattenspieler nicht mehr ging. Die Platte schwebte in der Luft und drehte sich wie ein Kreisel um sich selbst. Das war noch nicht alles: Der Handkäseteller war leer, die Grappaflasche aber immer noch voll bis oben hin. Von Stund an blieb über Nacht darin, was am Abend dringewesen war. Wer aber in den nächsten Jahren im Dunkel an der Eisdiele vorbeikam, tat besser daran, zehn Töne zu pfeifen: *„Erbarme! Zu spät! Die Hesse komme!"*

*Hessen-Hymne der Rodgau Monotones aus den Siebzigern. Die Band tritt heute noch auf.
**Oberhessisches Traditionsgericht.
***Spezialität aus Frankfurt und Rheinhessen, ein knochenharter Pfefferkuchen. Nicht zu verwechseln mit *Maddeküche*, Käsekuchen, der auf der Zunge zergeht.
****Runtergemacht, aber besser nicht im Sinne von runtergeleiert.
*****Auf den Spruch „Schötter sind Spötter" geht der Ortsuzname von Schotten (Spötter) zurück. Mehr dazu in einem unserer zwölf Ortsuznamensbichelchen.

# Was die Toni so sah
# und die Hildegard finden konnte

Es war einmal eine Dreizehnjährige in Oberhessen, die trieb gern Unfug, und sie hatte eine Fantasie, die war zu groß für das Leben, das ihr bestimmt war. Ihre Eltern waren früh gestorben, und so ist sie bei ihrer Großmutter aufgewachsen, einer Witwe, die nicht mehr gut gucken und nicht mehr weit laufen konnte und so streng war wie nur was. Wenn die Toni einmal heiraten sollte, musste sie einen guten Ruf haben, wo doch schon kein Geld im Haus war und es wohl noch zwanzig Jahre dauern konnte, bis die Aussteuer zusammen war.

Und so hatte die Großmutter ihrer Enkelin andauernd in den Ohren gelegen, fleißig zu sein. „Ohne Fleiß kein Preis!", sagte sie und klang wie ein Poesiealbum*. „Sei wie das Veilchen im Moose, sittsam, bescheiden und rein, nicht wie die stolze Rose, die nur bewundert will sein..." Die Toni konnte es schon in- und auswendig. Was sie nicht konnte, war sticken und häkeln. Und als das Stricken aufkam, hatte sie sich angestellt wie die Kuh beim Krapfenbacken** und die Nadeln angepackt, als ob sie damit essen wollte. Irgendwo auf dieser großen Welt, sagte sie sich, wird es schon Leute geben, die nicht mit Gabeln und Löffeln essen, sondern so!

Aber ihre Großmutter wollte nichts davon hören. „Du lernst das jetzt, und wenn du eine Handbreit gestrickt hast, gehst du aufs Feld und liest Steine. Kein Widerwort

136

oder es setzt was! Früh übt sich..." Ja, ja, dachte die Toni, und früh krümmt sich, wer sein Lebtag nichts als arbeiten muss. So weit kommt's noch! Es muss doch auch Länder auf dieser Welt geben, wo die Leute es sich gut gehen lassen. Und wo die Steine, die gelesen werden, aus Gold sind. Aber wenn die Großmutter sagte, was zu tun war, musste sie gehorchen. Wo hätte sie denn auch sonst hingewollt?

Draußen wartete schon ihre Freundin, die Hildegard. „Kommst du mit an den Bach?", rief sie. „Lass uns ein paar Schiffchen bauen! Wir lassen sie fahren bis an die See! Oder wir fangen Frösche und legen sie den Leuten ins Bett wie letztens!" Die Hildegard hatte ständig Einfälle, die am besten Einfälle blieben, denn das gab sonst Ärger!

„Ich kann nicht mit", sagte die Toni, der Ärger immer noch lieber gewesen wäre als Stricken und Steinelesen. „Ich muss eine Handbreit stricken an dem Schal hier und dann aufs Feld, Steine lesen." „Das wollen wir doch mal sehen", sagte die Hildegard. „Zeig mir mal, wie das geht mit dem Stricken." „Du willst stricken?", fragte die Toni und staunte nicht schlecht. „Im Gegenteil", sagte die Hildegard. „Man muss nur schlau genug sein, um einen Dummen zu finden."

Die Toni wusste nicht, was gemeint war, hatte der Hildegard aber beigebracht, was sie vom Stricken verstanden hatte. „Pass auf mit der Wolle", sagte sie noch. „Den weißen Faden kannst du zweimal um den Finger wickeln, den braunen aber nur einmal, und den schwarzen am besten gar nicht, der reißt sonst wie nichts Gutes." „Das muss von schwarzen Schafen sein", sagte die Hildegard und lachte. „So wie wir. Wir reißen eines Tages aus! Du wirst schon sehen."

Die Toni hatte ihre Freundin gemustert, wie um zu sehen, ob sie es so gemeint oder Spaß gemacht hatte. Aber die Hildegard hatte sich schon die Nadeln und die Wolle geschnappt und sich in eine Ecke des Hofes gesetzt, die die Großmutter von ihrem Fenster aus nicht sehen konnte. Bald kamen andere Kinder vorbei und wollten weiter an den Bach und freuten sich auf die Spiele, die sich die Toni und die Hildegard einfallen ließen. Aber Pustekuchen***! „Heute geht's nicht und morgen nicht gleich", sagte die Hildegard. „Ich stelle einen Weltrekord im Stricken auf. Ein Kinderspiel ist Dreck dagegen. Lasst mir meine Ruhe, ich muss mich ranhalten, es muss vorangehen, sonst wird das nichts!"

Die Kinder staunten nicht schlecht: Ein Weltrekord! Da wollten sie dabei sein. „Dürfen wir auch einmal?", fragte eins. „Ihr?" Die Hildegard hatte von ihren Nadeln aufgesehen und ungläubig den Kopf geschüttelt. „Da könnte ja jeder kommen. Nein, nein, das ist nichts für Kinder!" Jetzt ging das Quengeln los. Alle wollten sie stricken und beim Rekord dabei sein. Irgendwann hatte die Hildegard ihre Nadeln wieder sinken lassen und geseufzt. „Weil ihr's seid! Unter Freunden muss man Ausnahmen machen. Aber ihr müsst bis auf sonntags jeden Tag wiederkommen, damit es was wird. Tonis Großmutter darf es nicht gewahr werden und auch sonst niemand. Und wenn ihr mitmachen wollt, dann geht das auch nicht umsonst." „Was willst du denn dafür?", fragte ein Junge, der es nicht erwarten konnte, Stricken zu lernen und beim Weltrekord mitzumachen. „Wer stricken will, geht erst einmal eine Stunde auf den Kartoffelacker von Tonis Großmutter, Steine lesen", sagte die Hildegard und wunderte sich selbst, dass sie alle einverstanden waren.

Und so sind die Toni und ihre Freundin Hildegard alleine an den Bach und haben Abenteuer erlebt, von denen niemand etwas wusste und die keinem erzählt worden sind. Und sie haben Klingelstreiche**** gemacht, sind auf Kirschbäume geklettert und haben sich Süßkirschen pärchenweise über die Ohren gehängt und die Kerne durch Ottos Schlafzimmerfenster gespuckt, das offen stand. An einem anderen Tag haben sie die Gummistiefel, die neben den Stalltüren standen, vertauscht und Dickwurzmännchen***** geschnitzt, eine Kerze hineingestellt und Leuten, die am Abend auf den Friedhof wollten, einen Schrecken eingejagt.

Niemand hat herausgefunden, wer ihnen die und andere Streiche gespielt hatte. „Ist denn alle Tage Walpern******", sagte ein alter Mann, der seine langen Unterhosen nicht an der Wäscheleine, sondern im Garten wiedergefunden hatte. Und in jedem Bein steckte eine Bohnenstange. Der Schal aber ist gewachsen und gewachsen wie der Giersch im Garten, und auf dem Kartoffelacker von Tonis Großmutter waren weniger Steine, als in der Galle des Großvaters gewesen waren.

Das ganze Dorf hatte über die Toni gesprochen: Was für ein fleißiges Mädchen das war! Nicht wie die anderen Kinder, die den lieben, langen Tag nicht zu sehen waren, und niemand wusste, was sie getan hatten. „Die spielen, und die arbeitet", sagten die Leute. Und so war die Toni zu ihrem guten Ruf gekommen, und die Großmutter, der das alles nicht ganz geheuer war, hatte nicht viel gefragt. Hauptsache, die Leute waren zufrieden!

Eines Tages ist ein reicher Mann ins Dorf gekommen und wollte das fleißigste Mädchen, das man dort kannte, in Stellung nehmen********. „Die Toni", riefen die Leute. „Schnell! Holt die Toni!" Aber die war nicht mehr da. Und die Hildegard auch nicht, nicht einmal der älteste Gaul des Müllers, der am nächsten Tag zum Abdecker sollte. Auf dem waren die beiden in den Sonnenaufgang geritten. Erst einmal zum Horizont und dann ein bisschen weiter.

Und wenn sie nicht gestorben sind, machen sie immer noch Unfug. Oder haben Steine gelesen und Gold gefunden.

*Wer an Tom Sawyer und Huckleberry Finn denkt, denkt an Mark Twain, selten aber auch an die gebürtige Alsfelderin Henny Koch (1854-1925), die im 19. Jahrhundert eine Übersetzung veröffentlicht hat.
**Analoges Facebook im Biedermeier. Nur Freundinnen durften reinschreiben.
***Ungeschickt lässt grüßen.
****Im Original: *Scheassgepeaffe*! Schissgepfiffen!
*****Im Original: *Schennklobbe*. Schellenklopfen.
******Die oberhessische Variante der Kürbisgesichter.
*******Streiche, die traditionell in der Walpurgisnacht, der Nacht zum 1. Mai, gespielt werden, wobei es gelegentlich aber auch zu Vandalismus und sogar zu Diebstahl kommt.

\*\*\*\*\*\*\*\*Wenn Vierzehnjährige früher beispielsweise nach Frankfurt gingen, um in einem bürgerlichen Haushalt zu arbeiten, dann gingen sie in Stellung. *Dann geangge sè ean Schdellung.*

# Das letzte Wort

Es war einmal ein sehr wichtiger Mann in Oberhessen, der wollte andauernd das letzte Wort haben und ging allen anderen damit auf die Nerven. „Lasst mich nur machen", sagte seine Tochter, „Ich gewöhne es ihm ab." Und alle waren sie gespannt wie ein Flitzebogen*, wie sie das anstellen wollte. Das Mädchen hatte nicht lange in die Schule gehen dürfen, wie es damals üblich war, aber auf den Kopf gefallen war sie deswegen noch lange nicht.

„Papa", sagte sie eines Abends. „Ich würde dich zu gern einmal begleiten, wenn du wieder nach Frankfurt fährst." Ihr Vater hatte von der Zeitung aufgesehen. „Was willst du denn da?", fragte er und runzelte die Stirn. „Ei", sagte seine Tochter, „ich habe gehört, dass die Leute da nicht reden, sondern babbeln, und ich wüsste zu gerne, was das ist und wie sich das anhört." „Wie soll sich das schon anhören", sagte ihr Vater. „Wie *Gebabbel* halt. Die Frankfurter babbeln, wie ihnen der Schnabel gewachsen ist." „Aber wenn ich nicht weiß, was das ist, dann nützt mir das nichts", protestierte seine Tochter. „Wenn ich das nicht mit eigenen Ohren gehört habe, glaub ich's nicht." „Dann glaubst du's halt nicht", sagte ihr Vater unwillig. „Du bleibst hier und gibst ein für allemal Ruhe! Es wäre ja noch schöner, wenn ich dir nachgeben würde! Was willst du dann als Nächstes? Hören, wie die Leute in China reden?" Und hatte die Tür zugeknallt, dass sie beinahe aus den Angeln gesprungen wäre.

Die Tochter aber hatte nichts mehr gesagt, und er hatte das letzte Wort. Am nächsten Tag haben sich alle beim

Kaffee unterhalten, bis auf die Tochter, die sonst immer etwas erzählt hatte. Die schwieg wie ein Grab. „Jetzt ist sie beleidigt und schmollt", rief der Vater. „Man steht's nicht aus! Wenn die Jugend von heute nicht alles bekommt, was sie will, dann ist sie eingeschnappt. Nicht mit mir! Das lass dir gesagt sein!"

Aber die Tochter hatte ihn reden lassen und den Mund gehalten. Auch am nächsten Tag. Und in der nächsten Woche. Sie blieb stumm und schrie nicht einmal „aua", wenn sie sich mit einer Nadel gestochen oder am Bügeleisen verbrannt hatte. Kein Mucks kam ihr über die Lippen. Ihrem Vater wurde es angst und bange. Seiner Tochter hatte es die Sprache verschlagen, und er wusste, er war schuld daran. Hatte er ihr nicht gesagt, sie sollte ein für allemal Ruhe gegeben? Und jetzt gab sie nichts anderes.

Zu gerne hätte er sich wieder mal mit ihr gestritten, aber da war nichts zu machen. Sie sah ihn nur an, als ob sie ein Bild betrachtete, das falsch herum an der Wand hing, und legte den Kopf schief. „Jetzt verliert sie auch noch den Verstand", rief der Vater, dem es schon lange nicht mehr geheuer war. Auch wenn er nie zugegeben hätte, dass sie ihm leid tat: Das hatte er nicht gewollt.

Schreiben konnte ihm seine Tochter nicht viel, weil sie nicht lange genug in die Schule gegangen war. Und ihre Zeichensprache hat nur der Hund verstanden. Der heulte manchmal, wenn sie ihm Zeichen gemacht hatte, und wedelte ein andermal mit dem Schwanz. Warum, wusste niemand. Und der Hund hat es nicht verraten.

Eines Tages kam ein junger Doktor aus Gießen durchs Dorf, von dem es hieß, er sei sehr gut. Die Mutter hatte den Vater hingeschickt. Er sollte ihn fragen, ob er auch Stumme heilen konnte. „Ich bin nicht der Heiland und kann keine Wunder vollbringen", sagte der Doktor. „Aber was Menschen möglich ist, will ich gerne versuchen. Wo ist denn eure Tochter?"

Und der Vater hatte ihn mit heimgenommen. Der Doktor aber war kein Doktor, der Medizin studiert hatte, sondern ein Philologe, einer, der seinen Doktor in Philosophie und Sprachen gemacht hatte, und außerdem der heimliche Verlobte der Tochter. Die beiden hatten sich etwas überlegt, weil sie wussten: Auch wenn's ums Heiraten ging, wollte ihr Vater das letzte Wort haben. Und darauf wollten sie es nicht ankommen lassen. Was war schon ein Doktor der Philosophie gegen einen Bauern oder Handwerker?

Als der Doktor ins Haus kam, saß die Tochter am eisernen Ofen und hat sich nichts anmerken lassen. „Die spricht nicht mehr", sagte der Vater. Und die Tochter sagte nichts. „Gar nichts mehr?", fragte der Doktor, der nicht nur Latein, Altgriechisch, Hebräisch, Französisch, Italienisch, Englisch und Polnisch, sondern auch Oberhessisch konnte.
„Wenn ich es Euch doch sage", sagte der Vater.
„Kein Sterbenswörtchen", sagte die Mutter.
„Und wie lange ist sie schon so?", fragte der Doktor und machte ein todernstes Gesicht.
„Lange", sagte die Mutter.
„Viel zu lange", sagte der Vater.

„Was war das letzte Wort, das sie gesagt hat?", erkundigte sich der Doktor.

„Ich weiß es nicht", sagte der Vater, und der ahnte gar nicht, wie recht er hatte.

„Ein schwerer Fall", sagte der Doktor. „Was bekomme ich, wenn ich sie kuriere?"

Darüber hatte der Vater noch nicht nachgedacht. Weil er ein alter Geizkragen war, log er: „Geld habe ich nicht so viel wie Sorgen." „Dann will ich Euch zwei Sorgen abnehmen", sagte der Doktor. „Eure Tochter wieder zum Sprechen bringen und sie heiraten." Der Vater, der sonst um keinen Kommentar verlegen war, wusste nicht, was er sagen sollte. Unterm Tisch aber hatte ihm seine Frau einen Tritt verpasst, dass er „Ist gut, ist gut" rief. Und so hatte sich der Doktor aus Gießen im Haus einquartiert und sich zur Tochter an den eisernen Ofen gesetzt, stundenlang ihr Mienenspiel studiert und ihre Gesten, die unverwandten Bewegungen und die, die sie absichtlich* machte.

Er hatte ihr Bilder gezeigt von allerhand Dingen, Tieren und Menschen und die Buchstaben der oberhessischen Worte dazu: A wie *Aangk*, B wie *Boirel*, D wie *Dabbeede*, E wie *Eemer*, F wie *Firgel*, G wie *Giggel*, H wie *Hinggel*, I wie *Ihrn*, J wie *Joggodd*, K wie *Knäibche*, N wie *Noas*, O wie *Olwl*, P wie *Prieb*, R wie *Riwwn*, S wie *Sennefd*, Sch wie *Schougelgaul*, Schd wie *Schdallsdier*, T wie *Torm*, U wie *Unggel*, V wie *Vochel*, W wie *Wollge*, Z wie *Zwiwwl*.**

Die junge Frau hatte sich die Bilder alle angesehen und ein paar Grimassen geschnitten***. Irgendwann aber hatte sie angefangen zu weinen, ganz ohne einen Mucks von sich zu geben. „Eieieieieieiei", machte die Mutter, die mit den beiden unter einer Decke steckte. „Tut doch was! Das kann man sich doch nicht mehr mit ansehen!" Der Doktor aber hatte den Kopf geschüttelt. „Ich weiß nicht, ob ich wirklich bis zum Äußersten gehen soll. Wer weiß, was passiert, und ob es Euch recht ist!" „Egal", rief der Vater und sollte wieder das letzte Wort haben, wenn auch nur noch dieses eine Mal.

Und so hatte der Doktor aus einem kleinen Fläschchen einen kräftigen Schluck genommen. „Medizin", sagte er, auch wenn es ein Selbstgebrannter war. Er machte das Fläschchen wieder zu und holte sich ein Kissen vom Sofa und legte es auf die Erde. Dann zog er seine Jacke aus, krempelte die Ärmel seines Hemdes auf und nahm den Zylinder ab. In der guten Stube**** war es so still, man hätte eine Nadel fallen hören können. Aber es fiel keine.

Der Doktor holte noch einmal tief Luft, und bevor es sich die Eltern versahen, hatte er sich auf das Kissen gekniet. Von da unten hatte er ihrer Tochter so tief in die Augen gesehen, als ob er sie hypnotisieren wollte. Und als sie seinen Blick erwiderte, rückte er raus mit der Sprache und fragte: „Liebe Amalie, sag: Willst du meine Frau werden?" Die Amalie lächelte, wie es nur die Amalie konnte. Und dann, als wär's ganz leicht, machte sie den Mund auf und sagte so deutlich, dass es auch die verstehen konnten, die draußen am Fenster die Ohren gespitzt hatten: „Ja, Friedrich, das will ich. Und dann fahren wir nach Frankfurt und hören uns an, wie sie babbeln. *Gelle*\*\*\*\*\*, *Babbe*\*\*\*\*\*\*, es ist dir recht?"

Und ihr Vater hatte nach Luft geschnappt wie eine Forelle auf dem Trockenen, aber keinen Ton gemacht. Seinen Segen hatte er ihnen ja schon gegeben.

Und wenn die beiden nicht angefangen haben zu babbeln, dann *schwaddsesse*\*\*\*\*\*\*\* noch heute. Und mit einem bisschen Glück hat mal die eine und mal der andere das letzte Wort – und lebt doch weiter.

\*Im Original: *med Flääs*, mit Fleiß. Als Vorwurf: *Doas hossde doch med Flääs gemoachd!*
\*\*Genick, Beutel, Tapete, Eimer, Ferkel, Hahn/Hähne, Huhn/Hühner, Hausflur, Joghurt, kleines Küchenmesser, Nase, Brief, Streusel, Senf, Schaukelpferd, Stalltür, Turm, Onkel, Vogel, Wolke/Wolken, Zwiebel.
\*\*\*Im Original: *Krafahne gemoachd!*
\*\*\*\**Die gudd Schdobb* war auf größeren Höfen das Zimmer, das für besondere Anlässe reserviert war.
\*\*\*\*\**Gelle* im Sinne von nicht wahr wird in Oberhessen seltener gebraucht als in Frankfurt oder Hanau, manchmal am Ende eines Satzes aber durch „*gě*" ersetzt.
\*\*\*\*\*\*Papa. Nicht verwechseln: Das Verb *babbe* heißt kleben. *Babbedeggel* sind Pappdeckel. Und in Oberhessen ließ sich früher niemand gerne nachsagen, er oder sie babbele. Da wurde *geschwassd* oder *geschwadsd*. In Bremen sind Babbeler übrigens Lutschstangen. Aber das nur nebenbei.
\*\*\*\*\*\*\*sprechen, auch: *schwassesse*.

# Die goldenen Popel

Es war einmal ein Kerl aus Sachsenhausen, der soff gerne Apfelwein. „Mai *Schdeffche\**", sagte er, denn er war aus Oberhessen. Das konnte man hören, auch wenn er vor langer Zeit zum Arbeiten nach Frankfurt gezogen war und dort geheiratet hatte. Wenn andere morgens Kaffee tranken, trank er einen heißen Apfelwein, und mittags gab es einen tiefer Gespritzten\*\* gegen den Durst. Abends kamen dann noch ein paar Gläser dazu, wenn nicht sogar ein paar Bembel\*\*\*.

„Ei, trink *donnet* so viel *Äbbelwoi\*\*\*\**", sagte seine Frau, die aus Frankfurt war, aber oberhessische Eltern hatte. Die sprach deshalb ein bisschen Frankfurterisch und ein bisschen Oberhessisch. Manchmal auch, damit er wusste, dass er gemeint war. „Ich trink *Abbelwai\*\*\*\** und wenn ich *verbladds\*\*\*\*\**", sagte ihr Mann nur und schüttete sich immer noch was ins *Gerippte\*\*\*\*\*\**. „*Verbladdse* wirst du nicht gerade, aber pass auf, du bekommst noch goldene Popel", sagte seine Frau und hatte eine Hand auf die Bibel gelegt. „Dann wirst du sehen, was du davon hast. Alkohol ist Teufelszeug!" „Ei, wenn meine Popel golden sind wie mein Abbelwai, was schadet es mir?", hatte ihr Mann gerufen und gelacht.

Am nächsten Tag saß er auf einer Bank auf dem Rossmarkt, wollte ein Päuschen machen und popelte\*\*\*\*\*\*\* sich in der Nase. Und siehe da, was ihm am Finger pappte, war gelb wie Bernstein, wurde schnell trocken und sah aus wie ein ganz kleiner Klumpen Gold. „Ei, guck doch mal da", sagte

der Frankfurter Oberhesse. „Meine Frau hatte doch recht."
Schon bald hatte er drei, vier, fünf kleine Goldklumpen
zusammen, und eine Menschentraube******** bildete sich
um ihn herum. Alle wollten sie sehen, was er da machte,
und es dauerte nicht lange, da waren die Gendarmen da
und haben ihn mitgenommen.

Der Frankfurter Oberbürgermeister ließ den Kerl in den
Römer bringen und wollte die Goldklümpchen sehen. Als
er hörte, dass das wahrhaftig goldene Popel waren, rief
er: „Das ist gegen alle Gesetze! Der Reichtum steht dir
nicht zu!" Er ließ den Richter kommen, und der Oberhesse
wurde in den Eschersheimer Turm gesperrt, bei Apfelwein
und Brot. Unsere Geldsorgen sind wir los, dachte sich der
Oberbürgermeister und machte Pläne für ein neues
Opernhaus und was nicht alles. Der arme Oberhesse hätte
lebenslang in dem Eschersheimer Turm gesessen, hätte
seine Frau kein Mitleid mit ihm gehabt. Gekleidet wie eine
städtische Bedienstete, hatte sie ihm Apfelsaft statt
Apfelwein gebracht. „Wenn du mir versprichst, dass du
keinen Alkohol mehr trinkst, wenn du hier rauskommst,
dann komme ich jeden Tag wieder", sagte sie. Und ihrem
Mann war die Freiheit dann doch lieber als aller Apfel-
und Branntwein auf dieser Welt.

Nach drei Wochen waren seine Popel nicht mehr golden,
sondern sahen aus wie die aller anderen Menschen. Der
Oberbürgermeister konnte kein neues Opernhaus mehr
bauen lassen. Was schade war. Der Oberhesse aber kam
frei, denn jetzt war er ja zu nichts mehr nütze, wenn er
im Turm blieb, und kostete nur noch Geld. Er machte sich
heim zu seiner Frau, so schnell, wie er konnte, und hat

Wort gehalten. Wenn ihm jemand einen Apfelwein anbot, schrie er: „*Nid ims Verbladdse!*"****

Und in der Nase gepopelt hat er auch nicht mehr. Man weiß ja nie, sagte er sich, was dabei rauskommt.

*Mein Stöffchen!
**Apfelweinkanne aus Westerwälder Steinzeug.
**Ein tief gespritzter oder tiefer gespritzter Apfelwein hat als Sauergespritzter einen erhöhten Anteil an Mineralwasser.
***Süd- und oberhessische Ausdrücke für den Stoff, der aus den Äpfeln kommt.
****Wer zum Äußersten entschlossen ist und nicht nachgeben will, sagt: „*On wann ech verbladds!*" Und wenn ich verplatze! Und wenn jemand etwas auf keinen Fall tun will: Nicht ums Verplatzen! Das tu ich ums Verplatzen nicht! *Nid ims Verbladdse! Doas duh ech ims Verbladdse nid!*
****Traditionelles Apfelweinglas mit Rauten. Inzwischen hat Frankfurt auch das Hochhaus dazu.
******Im Original: *bibben. Ech huh gebibbeld.* Und der Popel heißt *Bibbel* und ist im Dialekt nicht zu verwechseln mit dè *Biewel*, der Bibel.
*******Im Original: *è Headd Mensche*, eine Herde Menschen.

# Das Wurstmännchen und die Liebe

Es war einmal ein Wurstmännchen* in Nordhessen, das hauste irgendwo zwischen Melsungen, Eschwege und Homberg an der Efze und stellte Menschen auf die Probe. An einem Tag im Frühling, wann genau, wissen nur die, die dabei waren, kam ein junger Mann daher. Der hatte einer jungen Frau schöne Augen gemacht, und die ihm auch. Aber der Gemeinderat hatte nicht zugelassen, dass die beiden heirateten. „Ihr seid viel zu jung, Fiddi on Gitta", hatte es geheißen.

Und damit sie nicht auf dumme oder ganz andere Gedanken kamen, hatte der Bürgermeister zum Fiddi gesagt: „Du gehst jetzt in die Welt und lässt nichts von dir hören und sehen und kommst erst wieder, wenn du was Gescheites gelernt und Geld in der Tasche hast, genug, um ein kleines Häuschen zu bauen und eine Familie zu unterhalten. Kommst du früher zurück, dann sollst du was erleben, aber nichts Schönes. Und die Gitta bleibt hier und lernt auch was. Wer weiß, ob du noch einmal auf der Bildfläche erscheinst. Und wenn sie auf keinen Fall** einen anderen heiraten will, muss sie sich ja auch selbst ernähren können."

So ein klein bisschen fortschrittlich waren sie in Nordhessen damals auch schon – aber nicht übertreiben! Und so gab's einen Abschied unter Tränen, und der Fiddi ist fort. Nicht weit von daheim hatte er eine Frau getroffen, die weinte. „Ei, was hast du denn?", wollte er wissen. „Mein Eimer hat ein Loch", sagte die Frau. „Und wenn ich Wasser vom Brunnen holen will, läuft es unterwegs wieder raus. So schnell kann ich gar nicht laufen! Ich habe es schon mit Stroh versucht, aber vergeblich! Das hält nicht vom Morgen bis zum Mittag!"

„Ei, ich weiß dir was", sagte der Fiddi. „Gib mir mal deinen Eimer. Ich bin schnell wieder da." Und ist zum Schmied und hat nach dem gefragt, der Fässer machte. Und der hatte Teer auf den Eimer gestrichen, und da war er wieder dicht! Die Frau hatte sich gefreut wie nur was, dass sie jetzt wieder Wasser ins Haus tragen konnte, ohne die Hälfte zu verlieren.

Der Fiddi ist weiter und kam an ein Haus im Wald, da hatte er angeklopft. Ein alter Mann hatte ihn reingelassen, hatte aber auch gleich gesagt, es sei furchtbar*** kalt bei ihm. Und da hatte er nicht übertrieben. Die Zähne klapperten, wenn man noch genug zum Klappern hatte. Der alte Mann war durchgefroren und saß vor einem großen Becher**** kalten Kaffee. „Warum machst du denn kein Feuer an, damit es warm wird", fragte der Fiddi ihn. „Ei, der Ofen zieht nicht mehr", sagte der alte Mann. „Ich habe dem Schornsteinfeger schon Bescheid gegeben, aber der kommt erst im nächsten Frühling, hat er gesagt. Ich wohne halt ein bisschen ab vom Schuss."

Da hatte sich der Fiddi den Ofen einmal angesehen und gleich bemerkt, es lag nicht am Schornstein, es lag am Holz, das war nicht richtig abgelagert. Und innen im Ofen hatte auch eine Klappe gewackelt, weil der alte Mann so viel in den Ofen hineingestopft hatte. Das war schnell getan. Der Fiddi hatte auch gleich noch ein bisschen Holz gehackt für den alten Mann und hatte ihm gesagt: „Jetzt kann der Schornsteinfeger im nächsten Frühling kommen – du sitzt im Warmen." Und der alte Mann hatte sich gefreut und sich noch und nöcher bedankt.

Der Fiddi ist weiter, und in einem Dorf, da saß ein Kind auf der Straße und weinte. „Was ist denn mit dir?", fragte der Fiddi. „Ich will nicht auf das Klo*****", weinte das Kind. „Aber meine Eltern haben mir verboten, auf den Misthaufen zu machen. Das würde sich heute nicht mehr gehören, wo man ein Klo hat!" „Und warum gehst du nicht auf das Klo?", fragte der Fiddi. Da hat ihn das Kind hingeführt zu dem kleinen Häuschen mit dem Herzchen in der Tür, und drin war ein Brett mit einem Loch darin, da sollte man sich draufsetzen und pinkeln und scheißen. „Da hab ich mir einen Splitter in den Popo gezogen", weinte das Kind. „Hier auf der Seite! Das hat wehgetan!"

„Das glaub ich", sagte der Fiddi und hatte mit einer Wurstkordel, die er dabei hatte, Maß genommen. „Ich bin bald wieder da." Er war nach Lauterbach gegangen und hatte sich bei einer ganz alten Töpferei vorstellig gemacht. „Ich brauche einen Topf oder eine Schüssel ohne Boden, ein Sieb mit nur einem Loch", sagte er und hielt die Kordel hoch. „So breit muss es oben sein und unten schlanker, wie ein Trichter, nur breiter." Und das hatte er bekommen.

Er ist zurück und hatte den Topf ohne Boden über das Loch über der Jauchegrube gesetzt, und das hatte gepasst wie Arsch auf Eimer. Und alle haben sich gefreut. „Jetzt haben wir ein modernes Klo", sagte die Mutter des Kindes, das nun sein großes und sein kleines Geschäft nicht mehr auf dem Misthaufen verrichtet hat.

Der Fiddi ist weiter und kam zu einem großen Hof, der sah ein bisschen verwunschen aus und war es auch. Die Tür ging von alleine auf, und drinnen am Tisch saß ein Wurstmännchen, das sprechen konnte. „Komm her, Fiddi", sagte es. „Du bist mir willkommen." „Kennen wir uns denn?", staunte der Fiddi. „Ei, ja", sagte das Wurstmännchen. „Ich bin die Frau gewesen und der alte Mann und das Kind, denen du geholfen hast, dass sie Wasser im Haus hatten und nicht im Kalten saßen und sich nicht vor ihrem Klo fürchten mussten. Jetzt will ich dir auch helfen. Ich hab der Gitta, deiner Braut, im Schlaf gesagt, dass du ihr Nachrichten schicken wirst."

„Was denn für Nachrichten?", sagte der Fiddi. „Ich darf ihr ja nicht schreiben." „Das nicht", sagte das Wurstmännchen. „Aber du darfst ihr was zu essen schicken. Und ich will dir drei *Ahle* Würste***** schenken. Die erste sollst du jetzt haben. Die ist mit Kümmel und hat ein grünes Wurstband. Das heißt: Denkst du an mich? Und wenn sie die Wurst unter Tränen isst, dann weißt du, sie hat dich nicht vergessen. Und dann schickst du der Gitta die zweite Wurst, die mit Knoblauch, die mit dem blauen Wurstband, das heißt: Ich bin dir treu. Und da wird sie lächeln, wenn sie die Wurst isst."

Der Fiddi konnte es schon nicht mehr aushalten: „Und das dritte Wurstbändchen?" „Das dritte ist das rote Wurstband. Eine Wurst mit allem, was da an guten Sachen reingehört. Wenn sie das sieht, weiß sie schon, was das heißt." Und das Wurstmännchen ist vom Tisch aufgestanden und hat den Fiddi in seine Schatzkammer geführt. Das war ein großer Raum, mit Lehm geputzt, und da hingen Ahle Würste wie im Weinberg die Reben an den Stöcken oder in der Teufelshöhle in Steinau die Tropfsteine von der Decke.

„Ich will der Gitta die Würste bringen", sagte das Wurstmännchen. „Dreimal bin ich weg, und du siehst hier nach dem Rechten. Es muss kühl sein hier drin, und ab und zu musst du lüften und alle Naselang die Würste mit kaltem Wasser abwaschen. Und nicht davon essen. Kannst du dir das merken?" „Nichts leichter als das", sagte der Fiddi. „So leicht auch wieder nicht", sagte das Wurstmännchen. „Es wird dir jedes Mal vorkommen wie ein Jahr, auch wenn ich nur einen Tag fort bin." „Macht nichts", sagte der Fiddi. „Ich denke einfach an die Gitta. Da geht die Zeit rum."

Und so war es. Die Würste liefen ein bisschen an, aber das machte nichts. Gerochen hatte es gut, aber der Fiddi hatte nichts davon gegessen, denn das hatte ihm das Wurstmännchen ja eingebläut. „Ich habe meine Befehle", sagte er sich, und er wusste ja: Wenn das Wurstmännchen zurückkam, gab es was zu essen.

„Nun****** hast du auch die letzte Probe bestanden", sagte das Wurstmännchen, als es zum dritten Mal wiederkam, und stopfte ihm genug Geld in die Hosentaschen, um ein kleines Häuschen zu bauen und eine kleine Familie zu ernähren, denn eine Familie sollten sie schnell werden, die Gitta und der Fiddi. „Wenn der Bürgermeister dich fragt, was du für einen Beruf hast, dann sagst du: Ich sorge dafür, dass die Leute es schön warm haben und kein Wasser aus dem Eimer tropft und niemand sein Geschäft mehr auf dem Misthaufen machen muss. Das sind drei Berufe in einem, das dürfte reichen. Und wenn dir jemand Ärger machen will, machst du es wie ich: Bevor ich mich aufrege, ist es mir lieber wurst."

„Oder Leberwurst", sagte der Fiddi und lachte. Gelacht hat auch die Gitta, als er ihr all das erzählt hat. Auf der Hochzeit hat das Wurstmännchen gleich neben ihnen am Tisch gesessen, darum sind die Bilder von dieser Feier alle nichts geworden. „Bevor ich mich aufrege", sagte da der Fiddi, „ist es mir lieber wurst." Umso lebendiger stand ihm dieser Tag vor Augen, und das Wurstmännchen hatte ihm und der Gitta noch zwei Geschenke gemacht. Sie hatten immer genug Ahle Wurst im Haus, und die Bilder von der Diamantenen Hochzeit sind besonders schön geworden.

In Melsungen und Eschwege aber feiern sie das Wurstmännchen noch heute. Beim Wurstfest geht es immer nur um die Wurst. Bis zum letzten Zipfel.

*Wird auch in Oberhessen erwähnt, zum Beispiel von Doris Schmidt aus Heimertshausen in „*Verzolbchd*", dann zusammen mit Schlachtfestbräuchen. Siehe auch unsere Bände „*Schbille gieh un* feiern" und, was die Arbeit des Schlachtens angeht, „*Naut wie Ärwed*".
**Im Original: *baddu* (und: keinen anderen heiraten will), *ims Verbladdse* (siehe oben). Einer der weniger häufig genutzten Ausdrücke, die aus dem Französischen kommen und sich im Oberhessischen wohlfühlen. Über andere habe ich einen Coversong geschrieben: „*Schwadds dommo Pladd*"zur Melodie

von Nina Simone's „Ne me quite pas". Der Text steht in einem meiner Liederbände.

***Im Original: *oarch*. Sehr viel, in diesem Fall furchtbar viel.

****Im Original: *Kombe*. Ein besonders großes Trinkgefäß, größer als *è Kibbche* und natürlich auch größer als *è Dass*. Nicht verwechseln: *Kibb*, Hosentasche. *Der mächd merr die Kibbe voll*, der macht mir die Taschen voll, heißt, der belügt oder veralbert mich. Auf das Wurstmännchen aber ist Verlass, wie wir gleich sehen.

*****Im Original: *Abee*. Für Abtritt.

******Es gibt unterschiedliche Schreibweisen für die Einzahl dieser nordhessischen Spezialität aus meist schlachtwarm verarbeitetem Schweinefleisch: *Ahle Wurscht* und *Ahle Worscht*, aber auch *Ahle* Wurst, die Mehrzahl liest man selten.

******Im Original: *allewail*. Wird auch genutzt, um zu sagen, dass etwas endlich eingetreten ist. *„Allewail weadd's Doag"*, jetzt wird es Tag, sagt man, wenn bei jemandem der Groschen gefallen ist.

# Was gute Werke wiegen

Es war einmal ein kleiner Kaufmann in Oberhessen auf dem Land, der war in seiner Jugend ein wilder Kerl gewesen. Er hatte sich mit anderen herumgetrieben, hatte gesoffen, gelästert und geflucht und Geld verspielt und die Herzen reihenweise gebrochen. Irgendwann aber hatte er dann den Laden seiner Eltern übernommen und die Frau geheiratet, die sie ihm ausgesucht hatten, und hatte ein ruhiges Leben geführt.

Ganz sicher war er sich nicht, dass da nicht noch ein paar Rechnungen offen waren. Das schlechte Gewissen hat ihn gebissen, und so hatte er den Rabbi gefragt: „Was kann ich tun, damit meine Jugendsünden nicht mehr zählen?" „Gute Werke", sagte der Rabbi nur. „Gib anderen, was du geben kannst, und gib es gern." „Das habe ich schon versucht", sagte der Kaufmann. „Aber die einen wollen nichts geschenkt haben, und die anderen nehmen, was ich ihnen in die Tasche tue, aber sie nehmen es mir auch übel und schauen unter sich, wenn man sich über den Weg läuft. Es macht ihnen etwas aus, sie schämen sich dafür, dass sie arm sind und meine Hilfe angenommen haben. Was willst du da machen?"

„Ein ehrlicher Betrüger werden", sagte der Rabbi. „Lass dir Gewichte für deine Waage machen, die ein bisschen schwerer sind, sagen wir, um ein Viertel schwerer, und wenn die armen Leute zu dir kommen und du bist allein mit ihnen im Laden, nimmst du die, sonst die anderen." Und so hatte er es gemacht. Dem Mann, der sie ihm beschaffen konnte, hatte er erzählt, er wolle seine Frau hinters Licht führen: Die liege ihm in den Ohren, dass er abnehmen solle. „Ist mir doch egal", sagte der Kerl. „Schwerere Gewichte sind ja gegen kein Gesetz, nur gegen die Physik. Und was geht mich deine Frau an? Ich habe meine Last mit mir!"

In der Bahn hatte er angefangen, sich auszurechnen, was das jetzt ausmachte. Kaufte jemand ein Pfund Mehl, dann gab's heimlich ein Viertelpfund mehr, das waren dann 625 Gramm. Wer 800 Gramm Zucker bestellte, bekam ein Kilo, und wer ein Kilo wollte, bekam noch ein halbes Pfund dazu. Bei zwei Kilo konnte das leicht auffallen, denn das waren dann ja fünf und keine vier Pfund. Aber so viel kauften arme Leute sowieso nicht.

Wenn jemand etwas sagte, konnte er sagen, er müsse sich erst noch an die neuen Gewichte gewöhnen. Und die Gegenprobe mit den anderen Gewichten würde beweisen, dass die Kunden nur Vorteile davon hatten. Ein Viertel mehr, das waren fünf Zwanzigstel, und wer viermal dasselbe in der gleichen Menge gekauft hatte, bekam es beim fünften Mal umsonst.

Aber das wusste nur er allein, denn Geschenke hätten die armen Leute ja nicht gern von ihm genommen. Bald brauchten manche nicht mehr so viel anschreiben zu lassen. Das tat niemand ohne Not, und die meisten schickten die Kinder vor. Stand wieder einmal so ein Dreikäsehoch, so ein kleiner Knirps*, in seinem Laden und konnte gerade einmal über den Tisch gucken, dann hatte der Kaufmann besonders freundlich gefragt: „Na, was darf

es sein?" Und hatte dem Kleinen noch einen Bonbon** gegeben.

Seine Frau war froh, dass ihr Mann kein Geizhals war, fragte sich aber, warum der Laden so gut lief und nicht viel mehr als sonst in der Kasse war. Und sie hatte ihren Göttergatten zur Rede gestellt. „Sag nur, die merken nichts", sagte sie, als er es ihr erzählt hatte. „Dann geht's denen wie deinem Sohn. Als ich dem gestern ein Butterbrot geschmiert habe, habe ich ihn gefragt, ob ich es ihm in vier oder acht Häppchen*** schneiden soll. Weißt du, was er gesagt hat? Vier, Mamme. Acht schaff ich nicht."

„Doch, doch, die merken es", sagte ihr Mann. „Die einen stutzen und machen sich dann schnell davon. Andere fragen mich, ob ich alles auf der Rechnung habe, und sind froh, wenn ich nachwiege und zwanzig Dörrpflaumen einen Tag einmal so viel kosten wie sonst sechzehn." „Oder zehn Zwiebeln so viel wie sonst acht, wenn sie gleich groß sind", sagte seine Frau. „Oder 300 Gramm Reis so viel wie sonst 240", sagte er. „Oder ein Pfund Grieß so viel wie sonst 400 Gramm", sagte sie, und die beiden hätten den ganzen Abend so weiter machen können.

Der Kaufmann ist im Dorf nicht mehr von den armen Leuten geschnitten worden. Die grüßten ihn jetzt freundlich, manche hatten auch ein etwas schlechtes Gewissen, weil sie dachten, er könnte nicht mehr richtig rechnen und irre sich zu ihrem Vorteil. Nur für die, die Geld hatten, hatte sich nichts geändert. Die bekamen ja auch keine unsichtbaren Prozente, profitierten nicht von den heimlichen guten Werken des Kaufmanns.

Die Frau aber hatte ihre eigene Rechnung aufgemacht. „Dass du an andere denkst, ist schön von dir", sagte sie eines Abends, als sie im Bett lagen. „Aber denkst du auch einmal an mich?" „Von morgens bis abends, mein Augenstern", sagte er. „Und was denkst du dann?", wollte sie wissen. „Dass ich eine gute Frau habe und wunderbare Kinder und ein gemütliches Zuhause", sagte er, denn an etwas denken und sich Gedanken machen ist nicht dasselbe.

„Ich habe einmal aufgeschrieben, wie viele Stunden ich ungefähr im Jahr arbeite und wie viele du", sagte seine Frau, die sich um die Kinder und die Schwiegereltern, den koscheren Haushalt, die Wäsche, den Garten, die Hühner, die Ziegen und die Kuh kümmerte, den Laden putzte, Kranken und Alten Linsensuppe und Matzen und Kuchen brachte... „Ein bisschen was fällt unter gute Werke", sagte sie, „aber du arbeitest allerhöchstens zwei Drittel davon!"

„Mindestens sechs Neuntel", sagte er, und sie musste lachen, wenn auch ein bisschen bitter. „Es ist ungerecht", sagte sie, als sie wieder ernst war. „Und wenn du anderen das Leben leichter machen willst, wird es Zeit, dass du dir mal Gedanken machst, wie schwer mein Leben ist und was man ändern könnte. Um es abzukürzen: Wir stellen jemanden ein, die uns im Haushalt hilft, mit den Kindern und auch mit deinen Eltern, wenn sie einmal krank sind, und du machst den Garten, siehst nach den Ziegen und auch nach den Hausaufgaben der Kinder. Und eine Woche im Jahr mache ich gar nichts und lege am helllichten Tag die Beine hoch, wenn mir danach ist."

Ihr Mann musste schlucken. Was waren das für neumodische Töne! Bevor er aber nein sagen konnte, hörte er sie sagen: „Wenn du nicht auch daheim gute Werke tun willst und bei mir anfängst, dann gehe ich zurück zu meinen Eltern nach Gudensberg." „Jetzt noch?", fragte er, sah aber an ihrem Gesicht, dass sie nicht zum Scherzen aufgelegt war. „Wirklich?" rief er und wurde bleich wie ein Bettlaken. „Du würdest mich verlassen, deinen eigenen Mann?" „Was für einen Mann denn sonst", sagte seine Frau nur. „Nicht so laut, du weckst ja das halbe Haus auf. Wenn du wetten willst: Deine Chancen, dass ich bleiben würde, wenn sich nichts ändert, stehen zwei zu zehn." „Liebste", rief er, aber leiser. „Ich bitte dich: Könnte es nicht auch fünfzig zu hundert sein?" „Das hieße, es dem Zufall zu überlassen", sagte sie, denn sie war ja nicht auf den Kopf gefallen. „Und wo du schon einmal dabei bist, gute Werke zu tun..."

Am Ende hatte er nachgegeben. Was blieb ihm übrig? Seine Frau konnte nicht nur rechnen, auf die konnte er auch immer zählen, und gab es irgendeine auf dieser großen, weiten Welt, neben der er lieber eingeschlafen oder aufgewacht wäre? Die Chancen stehen null zu tausend, sagte er sich, und machte sich schnell an die Gartenarbeit. „Jetzt habe ich mir einen kleinen Topf Schalet**** verdient", sagte er danach zu seiner Frau. „Du musst ein bisschen abnehmen, mein Lieber", sagte sie nur trocken und lächelte wie die Mona Lisa in diesem Museum in Paris. „Mehr als sechs Sechstel bekommst du nicht."

Als der Kaufmann wieder zum Rabbi kam, hatte er ihm erzählt: „Ich versuche, ein besserer Ehemann zu sein, nehme mir Zeit für unsere Kinder und gebe den Armen, ohne dass sie sich bedanken müssten. Wiegen meine guten Werke irgendwann die schlechten auf?" „Genau weiß man das erst am jüngsten Tag", sagte der Rabbi. „Aber wenn du mich fragst: Der liebe Gott hat so viel zu tun, der schätzt die wirklich guten Werke einfach Pi mal Daumen. Und das dürfte ein ziemlich breiter Daumen sein..."

*Im Original: *Kroddse*, Krotzen. Von Apfelkerngehäuse.
**Im Original: *Guudsje*, auch *Zoggerschdäi*, Zuckerstein.
***Im Original: *Raider*, Reiter.
****Kartoffelgericht der jüdischen Küche, eine Art Auflauf, der in Oberhessen in christlichen Familien gern nachgebacken wurde, allerdings dann meist mit Speck. Ein Rezept steht in unserem Band „*Gliesbeurel inner sich*".

# Die Milchwächterin

Es war einmal eine Kleine in Oberhessen, die ging noch nicht in die Schule und musste morgens in der Küche helfen, wenn die anderen im Stall waren. Die Mutter hatte einen Topf voll Milch auf den Herd gestellt, und die Kleine hatte aufzupassen, dass die nicht überkochte und dass das Feuer im Herd nicht ausging. Leicht gesagt!

Manchmal ging schon einmal was daneben oder sogar kaputt. Und dann gab es Geschrei und Schläge, weil viele Leute das damals noch für Erziehung gehalten haben. Eine Generation hat die nächste windelweich geprügelt, sobald die aus den Windeln heraus war. Ganz kleine Wiegenkinder* schlug man nicht, aber die ließ man schreien, damit sie nicht glaubten, es könnte ständig jemand gesprungen kommen, wenn sie Hunger und Durst oder Angst oder volle Windeln hatten.

Auf dem Hof hatte auch die ledige Schwester des Bauern gewohnt. Es war ihr Elternhaus, aber zum Teilen zu klein. Weil sie nicht fortgehen wollte, musste sie mit ihrem Bruder und seiner Frau auskommen. Wie die ihre Kinder behandelten, hat ihr gar nicht gefallen. Aber sagen konnte sie auch nicht ständig etwas. Dann hätte es gleich wieder geheißen: Das geht dich gar nichts an! Bekomm du erst mal selbst Kinder, dann kannst du mitreden!

Eines Morgens hatte ihre Nichte beim Aufpassen auf die Milch schon einmal einen Schluck nehmen wollen, war auf einen Stuhl gekrabbelt und hatte nach einer Tasse gelangt,

165

die an einem Haken neben dem Herd hing. Der Teufel wollte es, und die Tasse ist ihr aus den Händen gerutscht und schnurstracks in den Milchtopf gefallen. Einen Sprung hatte sie schon gehabt, jetzt aber war sie kaputt und schwamm in der Milch wie etwas, das da nicht hingehörte.

Die Tante war gerade in der Nähe gewesen und kam in die Küche gelaufen, um zu sehen, ob etwas passiert war. Eine schöne Bescherung! Der Henkel der Tasse lag auf der Herdplatte, den bekam sie gleich zu fassen. Zwei große Scherben hatte sie schnell mit einem Schöpflöffel aus der Milch gefischt. Und dann hatte sie hinter der Holzkiste ein paar Locken hervorgucken sehen. Da saß die Kleine und hat gezittert vor Angst. Die Tante hatte sich auf die Holzkiste gesetzt und das Kind auf ihren Schoß genommen. „Na, na, na", hatte sie gesagt und hatte es in ihren Armen gewiegt. „Wer wird denn heulen! Um die alte, kaputte Tasse war es wirklich nicht schade. Lass dir nichts anmerken, mein Schätzchen, ich mach das schon..."

In dem Augenblick hatte es im Milchtopf angefangen zu rumpeln, das war ein Scheppern und Klappern, als ob andauernd eine Tasse in einen Topf fiele. Schnell war die Tante beim Herd, hat den Topf runtergenommen und ein feines Sieb geholt. Und da waren nicht nur kleine Splitter Porzellan in der Milch, sondern auch der Boden der Tasse. Der hatte geklappert! Vor Freude hatte die Tante in die Hände geklatscht. „Kind", sagte sie, „da hast du was erfunden, was wirklich nützlich ist."

Die Kleine hatte sie groß angesehen und war starr vor Schrecken, denn schon kamen ihre Eltern aus dem Stall, und ihre Mutter hatte gleich gemerkt, dass da was nicht stimmte: „Was ist denn mit der?", fragte sie und sah ihre kleine Tochter böse an.

„Schlecht geträumt", sagte die Tante. „Was erzählt ihr den Kindern auch für blutrünstige Märchen! Kein Wunder!" „Du halte dich da raus", sagte ihr Bruder, der seine Ruhe bei Tisch haben wollte. „Und wo ist die Tasse mit den grauen Streifen?", fragte seine Frau, der aufgefallen war, dass da etwas fehlte. „Die, die du nie nimmst und die einen großen Sprung hat?", fragte die Tante. „Die mit dem Sprung halten am längsten", sagte ihre Schwägern, „wo ist sie?" „Ei, die habe ich der Edith geliehen", log die Tante, „die hatte gestern mehr Besuch als Tassen." „Und die bringt die nicht zurück oder was?", beschwerte sich die Schwägerin, „eine schöne Nachbarin." „Ich hatte ihr gesagt, dass es nicht eilt", sagte die Tante. „Hier hängt die Tasse doch nur an der Wand." „Das wollen wir doch einmal sehen", sagte die Schwägerin. „Ich geh gleich mal hin und hol sie!"

Als sie aber mit dem Kaffeetrinken fertig waren, hatte sich die Tante schnell durch die Hintertür davongemacht und war durch den Gang zwischen den beiden Häusern*** zur Nachbarin gelaufen. „Edith, sei so gut und hilf mir", sagte sie. „Unserer Kleinen ist eine alte Tasse runtergefallen, und damit es keinen Ärger gibt, habe ich gelogen und gesagt, ich hätte dir den Kaffeebecher*** mit den grauen Streifen geliehen, weil du gestern mehr Besuch als Tassen hattest." „Das hässliche Ding mit dem großen Sprung, das neben dem Ofen hing?", fragte die Edith. „Lass sie nur kommen, deine Schwägerin, ich führ sie an der Nase rum, dass ihr

schwindelig wird! Wann kommt man schon noch dazu, anderen einen Streich zu spielen!"

Und schon ging die Haustür auf. Die waren damals ja nur nachts zugeschlossen. Die Tante konnte gerade noch durchs ebenerdige Küchenfenster raus, und weg war sie. „Ich will meine Tasse holen", rief ihre Schwägerin, ohne sich mit Grüßen aufzuhalten. „Deine Tasse?", fragte die Edith. „Die alte mit dem Sprung? Es hatte doch geheißen, dass es nicht eilt." „Kein Grund, sie nicht zurückzubringen", hatte die andere gegiftet. „Sauber wird sie ja wohl wieder sein!" „Sauber war die, als ich sie der Marie mitgegeben habe", sagte die Edith. „Die wollte ein paar Bohnen für ihren Garten, und ich hatte keine kleine Tüte mehr." „Unver-schämt", schrie ihre Nachbarin. „Jetzt verleihst du schon mein Zeug! Oder hast du sie ihr vielleicht auch noch geschenkt?" „Wie käme ich denn dazu", sagte die Edith nur trocken. „Es liegt mir fern.***** Man muss sich doch gegenseitig helfen. Bald hast du sie wieder!" „Das werden wir ja sehen", hatte sich ihre Nachbarin aufgeregt. „Heute Nachmittag gehe ich zur Marie." Da bin ich früher als du, sagte sich die Edith, als sie wieder allein war, und ist rauf ins Dorf.

Als die Mutter der Kleinen zur Marie kam, hatte die überrascht getan. „Wegen der alten Tasse mit dem Sprung machst du dir so viel Mühe, wo du doch so viel Arbeit hast!", sagte sie. „Ich habe meine Mutter damit losge-schickt, damit sie mal unter Leute geht und was zu tun hat. Vielleicht hat sie irgendwo ein Schwätzchen gehal-ten." Da kam die alte Frau auch schon durch die Tür. „Ihr glaubt nicht, was mir passiert ist", sagte sie und hat das

Spiel mitgespielt. „Als ich zur Susanne kam, da waren welche aus Wiesbaden, die wollten sich gern von mir durchs Dorf führen lassen, weil ich so viel wüsste von früher. Später, habe ich gesagt, erst muss die Tasse da runter. Da hat die Susanne es ihrem Enkel aufgetragen..."

„Hatte jetzt bald das ganze Dorf einmal meine Tasse?", schrie die Mutter der Kleinen. „Was weiß ich", sagte die alte Frau. „Der Junge musste es gar nicht machen, der Ludwig kam und hat gesagt, er müsste sowieso da runter, die Kuh vom Erwin würde kalben." Weiter kam sie nicht. Die andere war fort und hatte die Tür zugeschlagen. Auf dem Nachhauseweg hatte sie den Ludwig getroffen, der aber wollte gerade in die Wirtschaft, das Kälbchen begießen. „Und meine Tasse?", fragte sie ihn. „Die alte Tasse mit dem Sprung?", fragte der Ludwig zurück. „Ei, die werde ich in der Melkkammer stehen gelassen haben. Wenn der Erwin sie findet, bringt er sie dir. Ich sag's ihm. Ich sehe ihn ja gleich in der Wirtschaft..."

Und da hatte sie es aufgegeben. Ihre Schwägerin aber war in Alsfeld gewesen, in der Nähe des Rathauses, in einem Laden, wie es schon damals nicht viele gab und heute nicht mehr viele gibt. Was du auch für den Haushalt gesucht hast: Die hatten es. Der Laden sah von draußen klein aus, weil er nicht breit war, aber wenn du drin warst, konntest du da eine Stunde verbringen. Was die nicht hatten, war noch nicht erfunden, und was woanders aus der Mode war, konntest du mit Glück da noch entdecken, im Regal zwischen Kneipchen*****, Teigschabern, Nudelhölzern******, Plätzchenformen, Rührlöffeln und Gummis für die Einmachgläser.

Die Tante ist zur Tür rein und hat sich umgeguckt. „Kann ich helfen?", wurde sie gefragt. „Ei ja, ich denke schon", sagte sie. „Ich suche einen Milchwächter*******." „Einen Milchwächter?" Schon lief das Personal zusammen und hielt Rat. „Wie sieht denn so etwas aus?" „Kann man schlecht beschreiben", sagte die Tante. „Wenn ihr so etwas nicht habt, dann könnte es sein, dass es gar keinen Milchwächter gibt!" „Wir müssten es wissen", sagten die Angestellten im Chor. „Wenn's das eines Tages gibt, werden wir es auch haben."

Das hatte die Tante hören wollen. In einer Porzellanfabrik hatte sie von ihrem Ersparten fürs Erste tausend kleine, runde Scheiben bestellt, oben und unten mit einem Rand, in der Mitte vertieft. Die Rechte an dieser Erfindung hatte sie sich gesichert und später ihrer jüngsten Nichte vermacht. „Unsere Milchwächterin", hatte man sie im Dorf genannt, erst die Tante, später dann die Nichte, weil das was Besonderes war.

Der Laden in Alsfeld hatte den Milchwächter ins Sortiment genommen, und schon bald gab es so etwas in beinahe jedem Haushalt. Wenn es klapperte, gingst du zum Herd und hast die heiße Milch vom Feuer genommen. Oder hast die Nudeln in den Topf getan – denn auch wenn Wasser anfing zu kochen, hatte der Milchwächter Bescheid geklopft.

Die Tante hatte gutes Geld mit dieser Erfindung gemacht, und wenn ihr Bruder oder ihre Schwägerin etwas davon haben wollten, mussten sie schön brav sein. In dem Haus ist kein Kind mehr geschlagen oder angeschrien worden, und die Märchen, die ihnen erzählt wurden, hatten alle ein glückliches Ende. Wie das vom Milchwächter. Und wenn du heute Leute fragst, ob sie so etwas noch kennen, dann schütteln viele die Köpfe. Und wundern sich, dass ihnen schon wieder die Milch über-gekocht ist.

*Im Original: *Bobbelchen*.
**Im Original: *Läng*.
***Im Original: *Kibbche*.
****Im Original: *Es läid merr off*.
*****Im Original: *Knäibche*. Gibt es inzwischen auch als Kneipchen zu kaufen, genauso wie es der *Kolter* (*Kolder*), die meist aus Synthetik hergestellte Wolldecke geschafft hat, zum regionalen Kultprodukt zu werden.
******Im Original: *Wellhellser*. Damit wird etwas *ausgewelcherd*. In Oberhessen früher auch Nudelteig, wenn es Rindfleisch und Meerrettich geben sollte.
*******Eines von vielen nützlichen Dingen, die so einfach wie wirkungsvoll waren.

# Von einer,
# die anderen auf die Nerven ging*

Es war einmal eine Gesellschaft in Frankfurt, die hatte die Artikel gelesen, die die Frieda Bücking** aus Alsfeld über die Schwalm geschrieben hatte. Zu gerne wollten sie einmal Schrecksbach sehen und Willingshausen und Zella und die anderen Dörfer, so wie es in dem Buch geschrieben stand (Frieda Bücking, Aufsätze, S. 37):

„Oben auf der Höhe am Waldrand über Willingshausen, weißt du, auf der Höhe, wo unter den alten Eichen die Mooshütte steht, da wird der erste Halt gemacht. Das mitgebrachte Frühstück wird verzehrt, da fährt sich's nachher leichter. Es sitzt sich so schön hier oben. Gegenüber klebt das freundliche Willingshausen an der Hügellehne, schutzsuchend wie das Nest am Dache. Der Bach glitzert im Tal, er schickt blendende Funken bis hier herauf. Rotkäppige Kinder tanzen und singen auf der Wiese ihren Ringelreihen. Über die alte, holprige Brücke geht langsam ein alter Bauer im Kirchenstaat. Gerade läutet auch das erste Zeichen zum Nachmittagsgottesdienst. Das heißt, sich zum Kirchgange zu bereiten. Hier ist natürlich schon seit elf Uhr Nachmittag."

Und in einem anderen Aufsatz hatte die Frieda Bücking geschrieben (Aufsätze, S. 53): „Nun sind wir beim ersten Dorf. Gleich bei der Brücke empfängt uns das Wahrzeichen der Schwalm. Im Tümpel schwimmt's, in der Wiese watschelt's, weithin in den Feldern flattert's von Gänsen.

Zu Tausenden tauchen sie die Schnäbel ins Schwalm-
wasser. Ein jeder Ort hat seinen wohlbestallten Gänse-
hirten. Und hinter der Herde junger Gänslein im gelben
Flaumkleide trottet Pfingsttag der Bub und das Dirnchen,
das selber kaum laufen kann, mit dem Hasenschwänzchen
an der Gerte hütend einher. Und wenn die Flaumen
Federn und die kleinen Gänschen groß und fett geworden,
so um Martini herum, da hat die Schwälmer Gans einen
guten Namen, wo sie hinkommt. In der Koppel vor der
Brücke tummeln sich die Fohlen, kräftige, feurige Tiere,
glänzend von Fell, von sehnigem Bau. Die Pferdezucht der
Gegend ist weit berühmt. Käufer für Schwälmer Pferde
kommen von fern her zum Alsfelder Prämienmarkt. Ein
Zug schöner, kräftiger Tiere wird zur Schwemme geritten.
Auf jedem droben sitzt ein kleiner Knirps, kaum drei Käse
hoch, wie angewachsen. Die werden alle auf dem Gaul
groß. Nun geht's über die Brücke und herunter vom Rad.
Das Pflaster hierzulande hat schon manche Speiche
gekostet. Von der blanken Pfingstsonne warm beschienen,
liegt das Nest lustig bunt im Grünen da. Von alters her
haben sie ihre besondere Freude am Farbigen. Wundervoll
liegt so ein Schwälmer Dorf in der Landschaft. Kein
Künstler hätte es können mit feinerem, mit sicherem
Gefühl so hinstellen. Wie die bucklige Gasse umbiegt, wie
die Häuser in der Senkung am Wasser malerisch sich
reihen, wie die große Hofseite, an drei Seiten geschlossen,
ein Reich für sich und ein köstliches Bild zu gleich darstellt.
Hohe, steile Treppenstufen mit einem hohen, steilen
Regendächlein darüber führen zum Wohnhaus. Den
Fachwerkbau hat der Dachdecker mit vorspringendem
Ziegeldach gedeckt, schöne, braune Eichenbalken hat der
Zimmermann durchgezogen, der Schreiner hat Herzen

eingeschnitten in die Kellertür und Fensterläden und den Verschlag hinter der Treppe zum Lüften. Und hat hölzerne Gänse ausgeschnitten, die tragen auf dem Rücken die Blumenbretter vor den Fenstern. Dann ist der Weißbinder gekommen und hat Himmelblau oder Grasgrün gestrichen, Haustüre, Stalltür, Scheuertor, Schaltern und Blumenbretter, hat weiße Striche gezogen und starre weiße Lilien, Tulipanen, Kränzlein aufgemalt, zuletzt unter den Dachbalken her Sprüche gezeichnet, ernste und heitere, und nicht vergessen, aufzuschreiben, wann und wo von wem das Haus gebaut ward, dass es mit Gottes Hilf geschah und der es vor Blitzen und Feuersbrunst bewahren möge. Und endlich ist der Bauer gekommen und hat einen Lindenbaum neben die Treppe gepflanzt. Und die Bäuerin hat die Bretter voll von Blumen gestellt, dass es blüht und rankt und leuchtet vor ihrem Fenster von Fuchsien und Balsaminen, von roten Nelken und gelben Pantöffelchen, von Geranien und Gelbveigelein. Mitten im Hof macht sich der hoch getürmte Misthaufen breit, und der Ziehbrunnen, von dem an schön geschmiedeter Kette der geschnitzte Eimer hängt, wird vom Lindenbaum beschattet."

Das war schön, und das wollten sie sehen. Und so haben sie zusammen einen Zug genommen und waren mit der Bahn nach Gießen und von da weiter nach Alsfeld. Alle waren sie gut drauf, nur eine, die wollte nicht so wie die anderen. „Müssen wir denn laufen", hat sie gejammert, „meine Füße sind nicht dafür gemacht." „Deine Schuhe auch nicht", sagte einer, „wir können auch Fahrräder nehmen." „Das bin ich nicht gewohnt", sagte sie. „Dann nimm dir halt einen Wagen." „Allein?", rief die, die sie hinter ihrem Rücken nur „das Prinzesschen" genannt hatten. „Was das wieder kostet!" „Geld", sagte eine nur trocken, „und das hast du ja." „Aber nicht mehr lange, wenn die Reise so teuer wird", rief ihnen das Prinzesschen nach und wollte erst einmal in einer Wirtschaft etwas essen. Geld hatte sie wie die Schwalm Gänse, und sie war ein bisschen zimperlich**. „Ist es auch sauber in Ihrer Küche?", erkundigte sie sich auf Hochdeutsch, und da hatte der Wirt getan, als ob er sie nicht verstanden hätte, und hatte ihr einen Teller mit Solberfleisch hingestellt. *„Solwer***"*, sagte er und kassierte gleich, als er sah, was die für ein Gesicht zog.

Angewidert ist sie davon, hatte sich einen Wagen gesucht und war den anderen hinterher. Oder vorneweg, denn das Taxi war schnell da, wo sie sich treffen wollten. Und so hatte sie sich das beste Zimmer im Wirtshaus ausgesucht und in Friedas Briefen gelesen, bis die anderen kamen (Frieda Bücking, Aufsätze, Seite 36):

„Du weißt ja, kaum fünf Kilometer von hier schwalmabwärts beginnt mit der früheren kurhessischen, nun preußischen Reichsgrenze der eigentliche Schwalmgrund, kurzweg Schwalm genannt. Er zieht sich fast bis zur Mündung des Flüsschens, bis Treysa, hin. Auf unseren fröhlichen Radfahrten durch die Schwalm haben wir ja immer mit Interesse beobachtet, wie so haarscharf von der Grenze sich förmlich eine andere Welt auftut. Die Landschaft, so charakteristisch geprägt, lieblich und weit und grün gebreitet, mit anderem Feldbau und anderer Waldwirtschaft als bei uns, die großen Gänseweiden am Bachufer, wo nacktbeinige Schwälmer Kinder unter

Hunderten von schnatternden, flügelschlagenden Gänsen sich tummeln, drollig, ehrsam und würdevoll schon als klimperkleine Bälge in der ehrsamen Tracht der Alten. Die malerisch unregelmäßig längs der Ufer im heckenreichen Land verstreuten Dörfer mit ihrer besonderen Bauart, bunt bemalten Häusern, Scheunen, Ställen, überdachten hohen Treppchen, geschnitzten Türen, Fensterläden und Blumenbrettern, die Sprache, die eine so ganz andere wird, der ganze Menschenschlag mit seinen seit Jahrhunderten festgewurzelten Sitten und Gebräuchen: Das alles gehört zum Urwüchsigsten, Kernigsten, Eigenartigsten, was sich in Deutschland in dieser Art erhalten hat."

Und auf einmal war es laut draußen, und die anderen waren da und freuten sich auf ihren Apfelwein, auf ein bisschen Musik und etwas Gutes zu essen. „Wir sind doch nicht zum Spaß hier", rief das Prinzesschen. „Wir wollten es doch halten, wie es die Frieda Bücking gehalten hat, und die Eingeborenen beobachten und gucken, wo die Künstler gemalt haben und die ganze Atmosphäre auf uns wirken lassen." „Lass wirken", sagte einer und setzte das Glas mit dem Apfelwein an. „Ich mach's auch." Und so war sie alleine fort und hatte sich zeigen lassen, was es zu sehen gab. Aber sie hatte den Leuten nicht zugehört, sondern ihnen aus Friedas Buch vorgelesen, und am Ende waren bloß noch Kinder um sie herum und haben sie bestaunt, wie man in Willingshausen oder Loshausen oder Schrecksbach eine Frau aus Frankfurt bestaunte (Frieda Bücking, Aufsätze, S. 25).

„Die Abendsonne liegt auf dem Gärtchen am Wirtshaus, der alte Siebert sonnt sich auf der Bank, die ihm sein Enkel

aus Tannenstützen und einem alten Fensterladen gezimmert hat, und sieht sich geruhig an, was auf der Ziegenhainer Straße an ihm vorbei gegangen, gefahren und geritten kommt. Wie gut kennt er die Straße, bald über neunzig Jahre. Über seiner Bank hinterm weinbewachsenen Fenster im Himmelbett hat er zum ersten Male die Augen aufgeschlagen und hat die Straße vor Augen gehabt, und was sich drauf regt und bewegt, sein Leben lang. Ist als Buttermann mit dem Schubkarrn voll Butter und Eiern die Straße gezogen, wie es noch keine Eisenbahn gab. Uff Kassel, zum Markt. Früh um drei Uhr auf den Beinen, seine vierzehn Stunden bis in die sinkende Nacht. Dann ist er mit dem Hundewägelchen gefahren und dann mit der Eisenbahn, von Treysa aus. Und an manch ander Fuhrwerk hat er sich noch gewöhnen müssen, das nun am Wirtshaus vorbeifährt, wo er sitzt im Abendsonnenschein."

Und sie hat nur den Kopf geschüttelt, weil sich die Leute in der Schwalm nicht von ihr belehren lassen wollten, und ist in die Wirtschaft. Als sie anfangen wollte, den anderen Vorträge zu halten, hat eine gerufen: „Die tanzen, die tanzen!" Und alle sind sie raus und an den Bach und haben es sich angeguckt. Das Prinzesschen aber war sich zu fein, um zu laufen, und so ist sie ganz langsam hinter den anderen her und hat sich die Stelle im Buch von der Frieda Bücking gesucht, wo es ums Tanzen in der Schwalm ging (Frieda Bücking, Aufsätze, S. 41 ff.):

„Also Schöne und Hässliche, schlanke Männer und plumpe Jungfern, drehen sich im Tanz unter der Linde, die Musik fiedelt gemütlich eintönig von einem Leiterwagen herunter. Rund um die Tanzenden zieht sich ein dichter Kreis

von dörflichen Zuschauern, alle im sonntäglichen Feier-
kleid. Die alten Frauen sitzen schwatzend, beobachtend
auf Schemeln, haben die Enkel und Urenkel auf dem Schoß
und genießen ihr Teil vom ‚Probetanz' (Beim Probetanz,
der Vorfeier für die Kirmes im Oktober, soll ‚probiert'
werden, obs mit dem Tanzen noch geht nach der
Wintersruh und der Feldarbeit des Frühjahrs). Mitten in
die gemütliche Tanzmusik tönt plötzlich Trompetenge-
schmetter – ein Getrappel und Gefahre ist zu hören, und
um die Ecke zum Tanzplatz biegt eine lustige Kavalkade.
Eine Schar Schwälmer Burschen im allerhöchsten Feier-
tagsstaat, dem jetzt allmählich schwindenden langen
weißen Leinenrock mit der roten Weste drunter, in weißen
Lederhosen und schwarzen Pelzmützen, kommt stolz
dahergeritten auf kräftigen Schwälmergäulen. Hinterher
ein laubgeschmückter Wagen mit Schwälmermädchen
drauf, die sich halb hinter den grünen Zweigen verstecken.
Bei näherer Betrachtung sehen sie alle ein wenig
ungewöhnlich aus. Sie haben ja auch Schnurrbärte in den
Gesichtern, die Bursche, da sogar einer einen Spitzbart;
und eine Haut wie Milch  und Blut; und die Mädchen
genieren sich, vom Wagen herunterzusteigen. Da steckt
was dahinter. Richtig – die Malerschule vom Professor
Bantzer steckt dahinter, die in Willingshausen zu Besuch
ist und zum Probetanz nach Röllshausen zu Besuch kommt.
Fidel kommen sie an und freundlich werden sie aufgenommen und tanzen tun sie auch, aber – das will gelernt
sein. Jetzt merkt man erst so recht, mit viel Würde und
Anmut die Leute von der Schwalm zu tanzen verstehen."

Die Leute aus der Schwalm haben getanzt, wie sie wollten,
und nicht ganz so, wie es im Buch stand. Und das hat der

aus Frankfurt nicht gepasst. „So gehört das nicht", sagte sie und wollte den anderen erzählen, wie es zu sein hatte, aber da rief einer: „Ich habe gehört, morgen fährt ein Postbus nach Kassel zum Zug nach Frankfurt, da ist nur noch ein Platz frei!" Und da ist die, die sie alle zu gern losgewesen wären, los und hat sich den einen Platz gesichert. Als sie zurückkam, waren sie alle verschwunden, und niemand hat ihr verraten, wohin. Da ist sie in das schöne Zimmer, das sie hatte, und hatte noch ein bisschen was gelesen vor dem Einschlafen (Frieda Bücking, Aufsätze, S. 38ff.).

„Nun begleitet sie uns, ihren ‚Stadtbesuch' (ja, lach nur, wir sind hier in Willingshausen ‚Städter') auf unserem Gang durchs ‚Malerdorf'. Einen Blick müssen wir doch ins Wirtshaus des Herrn Haase werfen, in die Malerherberge, die seit vielen Jahrzehnten Künstlern aus allen Teilen Deutschlands Sommerfrische, Studiengelegenheit in Fülle und ein gastlich Dach bietet. Wo auf der Tür der Wohnstube, so eine Art Fremdenbuch, sich alle verewigt haben in Bildern, die früher hier hausten Jahre und Jahre hindurch, Knaus und Thumann und andere Alte, einst ‚Berühmte'. Wo in dem großen Skizzenbuch, das man sich aus den Wandschränkchen holt, in Handzeichnungen, Karikaturen, Blättern von Kohle, Tusche und Tinte die Leute an uns vorüberziehen, die da kamen und noch kommen. Da wird's stufenweise fortlaufend immer lebendiger, immer moderner. Von des alten Knaus köstlichem ‚Dorfprinzen', dem stolzen Dreikäsehoch mit der Blume hinterm Ohr, der gerade eben auf der Düsseldorfer Ausstellung (...) so selbstbewusst auf seinen gespreizten Beinen dasteht, ein echter kleiner Schwälmerbursch, von desselben Meisters ,Begräbnis an der Schwalm' und seinem ,Kirmestanz' unter der Dorflinde, von Thumanns gar zu ,lieblichem' Schwälmermädchen, das auf der Tür zum Wirtshaus sich schämig an den Pfosten lehnt – welch ein Schritt zu den Neuen, Jungen, die nun hier hausen! Ein ganzes Kapitel, ein laut redendes, von deutscher Kunstgeschichte."

Und sie hatte einen Hunger wie ein Waschbär, weil sie das Solberfleisch stehengelassen und danach nichts anderes gegessen hatte. Und jetzt war die Küche kalt. Das Bett war ihr zu hart, und sie wälzte sich die ganze Nacht herum, als ob die Strohsäcke mit Hafer gefüllt gewesen wären. „Eieieieiei", lamentierte sie, aber es kam niemand, gar niemand*****. Die anderen schliefen tief und fest und sind auch nicht gewahr geworden, dass sie am anderen Morgen ganz früh und heimlich aus dem Haus ist, um den Bus zu nehmen.

Vor lauter Hektik hatte sie ihren Geldbeutel liegen lassen, und so blieb der Wirt nicht auf der Rechnung sitzen. „Eine Runde aufs Haus", sagten die, die noch da waren, „die bezahlt sie auch. Den Rest vom Schützenfest****** bringen wir ihr mit heim. Wer sich vom Acker macht, ohne etwas zu sagen, muss mit allem rechnen." „Und das Prinzesschen ist uns ganz schön auf die Nerven gegangen", sagte einer. Und von da an war es eine schöne Reise. Und wenn sie noch unterwegs sind, dann haben sie ein bisschen was von dem gesehen, was die Frieda beschrieben hatte. Die ist ganz schön herumgekommen, nicht nur in der Schwalm. Und niemandem auf die Nerven gegangen.

*Im Original: *off die Erbs geang*, auf die Erbse ging.

**Die Schriftstellerin Frieda Bücking (1853-1925) aus Alsfeld. Mehr im Anhang.

***Im Original: *edèbèdeede*, etepetete, eventuell von être, peut-être (mag sein, vielleicht). Frieda Bücking hat sich über deutsche Reisende lustig gemacht, die daran zweifelten, dass es in der italienischen Gastronomie hygienisch zuging, aber noch nie einen Blick in die Küche eines Gasthofes in ihrer Kleinstadt geworfen hatten.

****Solberfleisch (*Solwerflääsch*), Pökelfleisch.

*****Im Original: *käis, niddemo äis*. Niemand, nicht einmal einer (oder: eine).

******Eine stehende Redewendung selbst in Gegenden ohne Schützenfeste.

# Es lag an der Lockenschere

Es war einmal eine Lockenschere in Oberhessen, von der wusste niemand, wo sie her war. Eines Tages hatte sie im Friseursalon gelegen, neben den Scheren, den Bürsten und den Kämmen und hatte so getan, als ob sie schon immer dazu gehört hätte.

Als eines Morgens die erste Kundin reinkam und Locken wollte, sah sie, dass da eine Lockenschere lag, und fragte: „Können wir heute nicht die nehmen? Mit den Wicklern dauert's ewig und drei Tage!" Da hatte die Friseurin die Lockenschere genommen und sie heiß gemacht. Die hatte hölzerne Griffe, da konnte sie sich nicht die Finger* verbrennen. Vorsichtig mussten sie aber doch sein und durfte die Prozedur auch nicht zu häufig wiederholen, sonst wurden die Haare immer dünner und trockener. Mit Bedacht hatte sie sich ein Strähnchen mit der Lockenschere geschnappt und zugedrückt. Es roch ein bisschen streng, nach angekokelten Haaren, aber jetzt waren es keine Schnittlauchlocken mehr, sondern schöne Wellen links und rechts von den Schläfen und über der Stirn. „So kann ich mich sehen lassen", sagte die Kundin, drehte den Kopf nach allen Seiten und war's zufrieden.

Was sie nicht ahnte: Die Lockenschere hatte früher einmal einem Schabernackchen** gehört, und wer damit frisiert wurde, dem haben sich kurz darauf auch die Gedanken und Ansichten verdreht. So eine Frau konnte, bis die Locken wieder raus waren, nur noch das Gegenteil von dem sagen oder tun, was sie dachte oder was sie sagen

184

oder tun wollte. „Hast du es eilig?", fragte die Friseurin, weil die Frau so gar keine Ruhe im Hintern hatte. „Nein", sagte die Kundin und war selbst baff. „Ich gehe noch ein bisschen aus, wenn ich bezahlt habe. Ach, und hier hast du ein Trinkgeld. Gönn dir auch mal was!"

Jetzt war es die Friseurin, die Bauklötze staunte. Ein Trinkgeld hatte sie von der noch nie bekommen. Und dann gleich ein Schein. „Es hätte doch nicht nötig getan", sagte sie und dachte, die andere würde es sich bestimmt überlegen. Aber da hatte sie sich geirrt. „Doch, doch", rief die Kundin. „Das ist für dich. Gute Arbeit muss sich doch lohnen! Hier hast du noch einen Schein, dann kannst du mal ausgehen! Vielleicht lernst du beim Tanzen mal einen kennen. Ich würde es dir von Herzen gönnen!"

Jetzt muss ich doch Abbitte tun, sagte sich die Friseurin, das hätte ich von dieser alten Zimtziege*** nicht gedacht. „Ich finde keinen mehr", sagte sie und seufzte. „Mit fünfzig ist man schon zu alt für solche Streiche." „Ach, was", sagte die Kundin, die sich sonst wunder**** was darauf eingebildet hatte, dass sie keine alte Jungfer war, denn so hatte sie Frauen bei sich genannt, die die Dreißig schon überschritten hatten, die Türschwelle des Standes-amtes aber noch nicht. „Heutzutage kommt es doch gar nicht mehr darauf an, wann und ob du heiratest oder ob Frauen Männer lieben oder Frauen oder was weiß ich für Leute", sagte sie, als ob es ihre Überzeugung wäre. „Hauptsache, du wirst glücklich. Und so gut, wie du aussiehst..."

Die Friseurin war auf der Hut: Wollte die andere sie vielleicht auf den Arm nehmen? Dass sie nicht die Schönste war, wusste sie selbst. Sie hatte ja einen Spiegel. Mehr als einen. „Ich weiß nicht, was ich sagen soll", sagte sie deshalb. „Ich erkenne dich gar nicht wieder." „Ich sage es nur, wie es ist", musste die andere behaupten, und es war ihr schon längst nicht mehr geheuer. „Gehst du nächste Woche wählen?", fragte die Friseurin, um das Thema zu wechseln. „Ei, natürlich", rief die Kundin. „Wer nicht wählt, pfeift doch auf seine Rechte. Und ich wäre sogar dafür, dass die, die nicht wählen, auch nicht mehr mitreden dürfen." Dabei hatte sie ihre Stimme schon lange nicht mehr abgegeben und doch zu allem eine Meinung, wenn es um Politik ging. Das wusste auch die Friseurin. Kein Zweifel, da stimmte etwas nicht. Und so hatte sie weiter gefragt: „Sag mal, geht es dir gut*****?"

„Mir ist es schon Jahre nicht mehr so gut gegangen wie heute", sagte die Kundin, der die Sache immer unheimlicher wurde. „Und dabei habe ich das allerbeste Leben: einen Mann, der nicht säuft und mich nicht betrügt******, Kinder, die sich alle Nase lang melden, Enkel, die ihre Oma so lieb haben, dass sie sich darum schlagen, wer sie besuchen darf, ein Häuschen, auf dem keine Schulden liegen, Nachbarn, die mir helfen, wo sie können, und immer zu mir halten, jede Menge Freundinnen, noch aus der Spinnstube, eine Gesundheit, um die mich alle beneiden könnten, und einen goldenen Sinn für Humor", sagte sie und lachte und lachte und lachte. „Was bin ich so dankbar für mein Leben!"

Die Friseurin hatte schon nicht mehr zugehört. Das musste ein Nervenzusammenbruch sein, sagte sie sich. Aber was kannst du da machen? Einen Doktor holen, das ging nicht, dann hätten es alle mitbekommen und sie wären zum

Dorfgespött******* geworden. Das Einzige, was der Friseurin einfiel, war, die Kundin in ihrem Salon zu behalten, bis sie wieder bei sich war. „Komm, setz dich", sagte sie so ruhig, wie man sonst mit ganz kleinen Kindern, verwirrten alten Menschen und jungen Pferden redet, „und diesmal nehme ich die Lockenwickler." „Gut", rief die Frau, die am liebsten davongelaufen wäre. „Gern bleib ich!" Kaum waren ihre Haare******** nass und die Locken draußen, hatte sie sich wieder gefühlt wie sonst und ist aufgesprungen und weggelaufen, wie von der Tarantel gestochen.

Die Friseurin hatte ihr hinterhergesehen und sich Gedanken gemacht. Es hätte nicht viel gefehlt, und sie hätte die Lockenschere weggeworfen, aber dann hatte sie sie doch hinten in den Schrank gepackt. „Wer weiß, wann man dich noch einmal braucht", hatte sie gesagt und ein bisschen ausgesehen wie vom Schabernackchen geküsst. Auf einmal hatte sie wieder Energie. Und neue Lebensfreude. Beim nächsten Tanz hat sich alles um die Friseurin gedreht. Nicht weil sie die Schönste war, sondern weil sie so gut tanzen konnte und so verwegen und so lustig war. Und so hat sie zwar niemandem die Haare, aber manchen den Kopf verdreht.

Und falls die Lockenschere wirklich noch einmal eingesetzt worden ist, dann ging's wieder einmal andersherum als sonst immer. Und ist das nicht manchmal besser so?

*Im Original: *Floodsche*, ein flappsiger Ausdruck.
**Dem Schabernackchen ist in „Es war einmal" ein eigenes Märchen gewidmet.
***Im Original: *Bissgur*, bissige Stute.

****Im Original: *moadds*, mords.

*****Im Original: *Eas derr gudd?* Ist dir gut?

******Im Original: *der näwe naus gidd*, der neben raus geht, Seitensprünge macht.

*******Im Original: *Loidgeschwädds*, abfällig für Gerede der Leute, das nur von Hasskommentaren im Netz übertroffen wird.

********Im Original: *Frandannschenn*, leicht abfälliges Wort für Haare. Ein anderes wäre *Schwull*, wenn es dichtes Haar ist.

# Die Bücherfrau
# und der Leserattenfänger

Es war einmal ein Roman, der stand in einem Buchladen, und niemand wollte ihn kaufen. „Den können wir aussortieren", hörte er jemanden sagen. „Das wird eine Retoure*." Der Roman wollte aber nicht auf einem Ramschtisch landen, und so ist er auf und davon.

Auf seinem Weg hat er ein kleines Büchelchen getroffen, das wusste nicht, wohin. „Mich hat jemand liegen lassen", sagte es. „Und weil ich so klein und dünn bin, ist es niemandem aufgefallen." „Was bist du denn für ein Büchelchen?", wollte der Roman wissen. „Ein Gedichtbändchen", sagte das Büchelchen. „In Mundart. Möchtest du mal was hören?" „Später", sagte der Roman. „Es regnet gleich. Sehen wir lieber zu, dass wir im Trockenen** sind, wenn es losgeht."

Und die beiden haben sich auf einem Dachboden versteckt, wo niemand hinkam. Da haben sie sich vorgestellt, wie schön das wäre, wieder in einem Buchladen zu sein, wo Leute hingehen, weil sie etwas zum Lesen suchen. „Aber es gibt ja immer weniger Buchläden", sagte der Roman. Die beiden wussten auch, warum: Der Leserattenfänger hatte landauf, landab immer dasselbe Lied gespielt, dass man doch Bücher auch ganz bequem vom Sofa aus kaufen könnte, ohne einen Fuß vor die Tür zu setzen. Und wenn die Leute bei ihm gekauft hatten, dann schickte er seine Boten aus, quer durchs ganze Land, die haben ein Pferd nach dem anderen zu Schanden geritten und waren unterwegs, als ob der Teufel hinter ihnen her wäre. Dem Leserattenfänger sind immer mehr Leseratten nachgelaufen, und ihm war es gleich, ob sie die Bücher, die sie von ihm hatten, auch lasen oder nicht. Wie viele sind ungelesen wieder verkauft worden!

Auch daran hat der Leserattenfänger etwas verdient, und so ist er immer reicher und reicher geworden, und die Leute sind nicht mehr so viel in Buchläden gegangen, und ein kleines Geschäft nach dem anderen hat aufgeben müssen, weil keiner vom Anblick von Büchern, die niemand haben will, satt wird. Und die Bücher, die da noch standen, sind Retouren geworden, wenn sie nicht beizeiten weggelaufen sind.

„Und was machen wir jetzt?", fragte das Büchelchen und blätterte seine Gedichte durch, lauter schöne Verse, aber da war kein Rat zum Überleben dabei. „Wenn uns hier jemand findet, steckt er uns ins Ofenloch!" „Schwätz doch kein dummes Zeug", regte sich der Roman auf. „Meine Abenteuergeschichten gehen alle gut aus! Man muss halt zusehen, dass man nicht alleine ist, und dann braucht man Mut und einen guten Plan und dann noch ein bisschen Hoffnung, und es kann losgehen!" „Wohlan***", sagte eine Stimme. Die kam aus einer Kiste. Und als sie den Deckel hochgehoben hatten, sahen sie, es war ein altes, altes Buch gewesen, das mit ihnen gesprochen hatte. „Ich bin eine Erstausgabe", stellte es sich vor und machte ein wichtiges Gesicht. „Ein Philosophiebuch. Kant. Schon mal gehört?" „Nein", sagte das Büchelchen. „Aber ich habe mal einen Dichter gekannt, der hieß..."

„Später", sagte der Roman. „Jetzt, wo wir schon einmal drei sind, sind wir beinahe so etwas wie die Musketiere. Und du, Erstausgabe, bist die Älteste und kannst vorangehen. Ich sorge für den Mut und das Gedichtbändchen für die Hoffnung. Hast du einen Plan?" „Ei, gewiss", sagte die Erstausgabe. „Wir müssen uns vor den Kundschaftern des Leserattenfängers in Acht nehmen, die suchen frei lebende Bücher, um sie zu verkaufen oder aus dem Verkehr zu ziehen. Genau weiß man es nicht. Erstausgaben wie mich dürfen die nicht in die Hände bekommen, und ihr wärt auch verloren. Euch würden sie zum Altpapier tun, und was damit passiert, wollt ihr lieber nicht wissen, auf dass euch der Mut und die Hoffnung nicht verlassen. Ich aber sage euch: Dass ihr selbst denken könnt, habt ihr schon bewiesen. Jetzt hört mir gut zu und handelt!"

Und der Roman und das Gedichtbändchen haben die Eselsohren gespitzt, die sie inzwischen bekommen hatten. „Es steht geschrieben, fragt mich nicht wo, dass ein großer, gelber Vogel sein Nest hatte, wo die Kaufleute von Messe zu Messe gefahren sind, wo Wasser fließt und in einer alten Waldkapelle eine Bücherfrau auf die von uns wartet, die dem Leserattenfänger und seinen Leuten durch die Lappen***** gegangen sind. Die Bücherfrau hat gepredigt, dass es ein ganzes Dorf braucht, um einen Buchladen am Leben zu erhalten, und dass die Kinder von klein auf Bücher um sich haben sollen, Bücher zum Anfassen und darin Blättern und Staunen. Bücher zum Nachdenken und Lachen, Bücher, die die Traurigen trösten, und Bücher, die die unverschuldet Dummen schlauer machen. Bücher, die dir zeigen, wie man den Garten macht und wohin man fahren kann, wenn man mal etwas anderes sehen will,

Bücher in vielen Sprachen, mit und ohne glückliches Ende. Wenn man die Bücherfrau, Gerlinde wird sie genannt, gefunden hat, dann findet sie den richtigen Menschen für jedes Buch. Auch für Bücher, die noch gar nicht geschrieben sind."

Der Roman und das Gedichtbändchen waren schon an der Tür. Die Erstausgabe aber musste sich erst noch ein bisschen saubermachen und Abschied nehmen von dem alten Kram****, mit dem sie so lange auf dem Dachboden zusammengewohnt hatte. Die drei sind runter und raus und nach Frankfurt. Von da aus, das wussten sie, ging es auf einer Straße, den Kurzen Hessen, nach Osten, nach Leipzig in Sachsen. Und auf dem Weg musste irgendwo der große gelbe Vogel zu finden sein, der ihnen sagen konnte, wo die Bücherfrau Gerlinde war. Sie haben in Bücherschränken übernachtet, die an der Straße standen, und sich vor den Leuten des Leserattenfängers versteckt. Bald kamen sie nach Lauterbach. „Es ist wert, hier mal zu fragen", sagte die Erstausgabe. „Die Bücherfrau Gerlinde hat hier noch bis vor Kurzem ihren Laden gehabt, habe ich irgendwo gelesen. Fragt mich nicht, wo." Und die Erstausgabe hatte recht, auch wenn sie manchmal nicht wusste, warum.

Im Laden waren lauter Leute, und die drei haben sich hinter andere Bücher gestellt. Tausend Bücher waren das, und abertausend! Um nicht aufzufallen, ist die Erstausgabe in die hinterste Ecke gekrochen. Und sie haben die Leute belauscht. Kam die Rede auf die Bücherfrau Gerlinde? Oder auf den großen gelben Vogel? Oder auf die Waldkapelle? „Ist die Gerlinde nicht da?", fragte da wieder jemand und bekam zu hören: „Nein, die Gerlinde ist nicht da. Die ist daheim, beim Bibo." Oder so etwas in der Art. Beim Bibo? Die drei haben die anderen Bücher gefragt, ob sie wüssten, was das wäre. Ein Kinderbuch sagte: „Ei, ein großer gelber Vogel." Und ein regionales Buch rief: „Nein, das ist kein Vogel. Hier nicht! Hier ist das ein ganz alter Name."

Die Erstausgabe hat sich das regionale Buch angesehen und sich von ihm erzählen lassen, dass der Bibo und das keltische Wort für klares Wasser***** einen Ortsnamen ergaben, von einem kleinen Dorf im Vogelsberg, das im Gründchen lag, da, wo die Kurzen Hessen auf den Knotenweg trafen, um nicht zu sagen: zwischen Lauterbach und Lingelbach, wo die alte Waldkapelle war. Bibonaha hatte der Ort einmal geheißen, aber das war schon so lange her, das war in einer Zeit gewesen, als es noch gar keine gedruckten Bücher gab. Und noch lange keine elektronischen. „Was du alles weißt!", staunte das Gedichtbändchen und hatte sich einen Reim darauf gemacht: „*Vochelsbercher Orchinaale helfe ins, Gerlinde feann. Bicher, ob nu naue, aale, all huh sè nur äis im Seann: Loid sè siche, die sè lääse, wann sè mo woas weasse winn.*"******

„Das hast du schön gesagt", sagte der Abenteuerroman und hat den anderen beiden Beine gemacht, die Bücher sonst nicht haben. Sie sind schnell ins Gründchen und nach Bieben, und da hat die Bücherfrau Gerlinde schon auf sie gewartet, weil sie auch ihre Leute hatte, die ihr Neuigkeiten verrieten. „Kommt rein, kommt rein", sagte sie und lächelte. „Ich habe euch schon ein Plätzchen im Regal freigemacht. Da könnt ihr euch erst einmal ausruhen. Ich gehe auf Wanderschaft, das habe ich mir vorgenommen. Und wenn ich wieder da bin, dann machen wir eine Lesung in der Waldkapelle: mit Philosophie und Abenteuern und Gedichten, damit für alle etwas dabei ist. Und alle, die dabei sind und zuhören, werden euch lieben. So wie ich Bücher schon von klein auf geliebt habe."

„Und der Leserattenfänger?", fragte der Roman und machte seinen Buchrücken gerade, damit ihm niemand die Angst anmerkte. „Der Leserattenfänger kriegt euch nicht. Der hat Schiss vor dem Tag, an dem die Leute die schlauen Bücher, die sie kaufen, auch wieder lesen und aus Gedichtbändchen und Romanen Mut und Hoffnung ziehen. Und ihren Kopf zum Denken nehmen. An dem Tag werden in den Buchläden und Bibliotheken die Lichter angehen und in so manchem Hirnskästchen auch. Die letzte Buchmesse ist noch nicht gehalten."

So hatte die Bücherfrau Gerlinde gesagt und ist auf Schusters Rappen******* durch die Welt. Und wenn sie neben dem Wandern und Lesen auch noch Zeit fürs Schreiben gefunden hat, dann hört man noch von ihr. Ihr Leben ist kein Buch mit sieben Siegeln. Es wird ständig darin geblättert und immer wieder ein neues Kapitel aufgeschlagen.

*Im Buchhandel spricht man auch von Remittenden.
**Im Original: *dess merr inner sai,* dass wir unter sind.
***Im Original: *Gudd, gudd.* Gut, gut.
****Ein Begriff aus der Jagdsprache. Wenn ein gejagtes Tier eine Absperrung, an der Tücher und Lappen angebracht waren, durchbrach und entkam.

*****Im Original: *Geraffel.*

*****Auch Ober-Gleen ist, wie der protestantische Kirtorfer und Ober-Gleener Pfarrer und Heimatforscher Otto Christ in der Weimarer Zeit dokumentiert hat, ursprünglich als Siedlung an einem klaren Wasser gegründet worden und hat einen mehrere Tausend Jahre alten keltischen Namen: Glenaha, Gleen. Die ersten schriftlichen Zeugnisse sind sehr viel jünger und stammen aus dem Mittelalter.

******Übersetzt: „Vogelsberger Originale helfen uns, Gerlinde finden. Bücher, ob nun neue, alte, haben all nur eins im Sinn: Leut' zu suchen, die sie lesen, wenn sie mal was wissen wolln." Vogelsberg Original ist eine Regionalmarke der Wirtschaftsförderung im Vogelsbergkreis, eine Auszeichnung, mit der sich auch unser oberhessisches Projekt seit 2020 schmücken darf.

******Alte Redewendung, scherzhaft für Schuhe. Das Hauptverkehrsmittel früherer Zeiten.

# Anhang

*Ewwer die eenzenne Märchen on wu err sè
ouch oohirrn kennd*
Über die einzelnen Märchen und wo Ihr sie
Euch anhören könnt

Mittwoch ist seit dem Frühjahr 2023 Märchentag in meinem Blog, und so sind nach der Veröffentlichung des Mundartmärchenbandes *„Es woar èmo"* („Es war einmal") nach und nach genug Geschichten für einen Nachfolgeband zusammengekommen. Zu hören sind die Tonaufnahmen auf www.monikafelsing.de in meinem Blog *Owenglie*, ein gutes Dutzend war noch nicht online, als das Manuskript fertig war.

Braucht jemand Vokabeln, um die Mundartaudios besser zu verstehen? Einige der Worte und Redewendungen aus der Ober-Gleener Mundart, dem *Owengliejer Pladd,* habe ich in meinem Blog auf Hochdeutsch und Englisch erklärt. Auch in der hochdeutschen Ausgabe sind Vokabeln enthalten, und auch dieser Märchenband enthält die QR-Codes von bereits veröffentlichten Audios. Mit den mundartlichen Titeln oder mit Schlüsselbegriffen sind meine Aufnahmen der Mundartmärchen aber auch über die Suchfunktion im Blog zu finden. Oder über den Link, falls das Audio zu dem Zeitpunkt, als das Buch entstanden ist, schon online war. Und natürlich können alle auf der Suche nach Hörversionen ein wenig am Rädchen drehen und sich durch den Blog scrollen, *sgronn.*

# 1. *Zores eam Roiwerhaus*

Warum sollen Märchen enden? Manche Schlusssätze öffnen der Fantasie eine Hintertür. Die Fortsetzung der Geschichte der Bremer Stadtmusikanten handelt vom Streit in ihrer WG, der sich an Kleinigkeiten entzündet und zu einem Zerwürfnis wird. Irgendwann ist die Atmosphäre in der Räuberhütte so vergiftet, dass eine Versöhnung unmöglich erscheint. Die Gesangsaufnahme stammt von unserer deutsch-niederländischen Geschichtswerkstatt „Deutschland auf der Flucht. Exil in Amsterdam Zuid 1933-1945" 2022 in der Villa Ichon in Bremen. Veronika Bloemers (Frankfurt am Main/Ober-Gleen) und Burghard Bock (Bremen) haben uns alle zum Singen gebracht. Der Kanon auf Hebräisch, nach Psalm 133,1, wird traditionell am Sabbat, am Schabbes, gesungen: „Hineh mahtov umah naim schewet achim gam jachad. Was für ein Glück, ja, was für ein Glück: friedlich zusammenzuleben."

https://monikafelsing.de/WordPress_03/?p=1449

# 2. *Brurrer Joggob*

Dieser Kanon begleitet unser Projekt schon seit dem Auftritt beim Musikfest im französischen Institut in Bremen: Bruder Jakob gibt es in sehr vielen Sprachen dieser Welt, und seit einigen Jahren auch auf Oberhessisch. Die erste Fassung des Liedes stammt aus dem 18. Jahrhundert und war auf Französisch: Der Mönch, Frère Jacques, wird geweckt, damit er endlich zur Frühmette läutet. „Sonnez les matines!" Gustav Mahler zitiert das

Motiv, allerdings in Moll, im dritten Satz seiner ersten Sinfonie, und im Hintergrund von „Paperback Writer" von den Beatles wird Brother John aus dem Schlaf gerüttelt.

Und das ist im Audio zu hören: Die Brema von St. Petri (und ein Hund), der Kanon „Bruder Jakob", aufgenommen bei der Fête de la Musique 2018 im Institut Français in Bremen, danach eine Aufnahme von einem Mitsingkonzert in Ober-Gleen, dann die Brema, die neue, an Ostern 2023 eingeweihte Glocke von St. Petri an ihrem ersten Tag, danach das Geläut der Cappella della Musica am Bremer Osterdeich, der ehemaligen Domkapelle, die zum Abriss bestimmt ist – die Glocken hatten zwei von uns vor dem Klezmerkonzert von Yale Strom, Elizabeth Schwartz (San Diego), Sascha Yasinski und Petr Dvorsky (Prag) versehentlich geläutet, auf der Suche nach einem Lichtschalter... Danach die Nicolai-Kirche in Hagenburg, die Glocke der Heilig-Geist-Kirche von Fulda und der Kanon, aufgenommen mit dem Projektchor und dem Publikum am Ende unseres Menschenrechtskonzertes bei den Alsfelder Kulturtagen 2022, zweimal die Ober-Gleener Glocke von 2014 (und Kinder auf dem Spielplatz), und noch einmal das Alsfelder Benefizkonzert. Die Aufnahmen stammen allesamt von Justus Randt.

https://monikafelsing.de/WordPress_03/?p=1300

## 3. Dè Näiberr

Notorische Neinsager sind auch in Märchen nur bedingt beliebt. Und dass Dörfer ihre Armen im 19. Jahrhundert nach Nordamerika abgeschoben haben, ist eine weitere Tatsache. Wer mehr übers Auswandern aus Hessen hören möchte, findet die sechs Teile unseres Podcasts „Jetzt fahrn wir... Übersee!" in meinem Blog. Das dazugehörige Buch ist 2024 in Kleinstauflage bei der Reproanstalt Otto Landwehr GmbH in Bremen produziert worden und wird bei ausreichend großem Bedarf nachgedruckt.

Die Redewendung „Ab nach Kassel", die ich in diesem Märchen verwendet habe, wurde früher genutzt, wenn man sich leicht oder gerne von etwas oder jemandem getrennt hat. Nach unbelegten Vermutungen stammt sie aus der Zeit, als der Kurfürst von Hessen-Kassel viele seiner männlichen Untertanen als Soldaten vermietete. Allerdings wurden die Rekruten nach manchen Quellen nicht in Kassel, sondern beispielsweise in Ziegenhain gesammelt. Und manchmal waren dann wohl auch Männer aus dem benachbarten Großherzogtum dabei. Belegt ist: 1870 wurde Napoleon III. als Kriegsgefangener auf das Schloss Wilhelmshöhe gebracht. „Ab nach Cassel!" stand in einer Karikatur, die den französischen Kaiser, Bismarck und Moltke zeigte.

Der erwähnte Zinken wurde auch Gaunerzinken genannt, wenn er beispielsweise von Kundschaftern einer Bande vor einem Einbruch hinterlassen wurde oder sogar heute noch hinterlassen wird, wie die Polizei und Versicherungen online erläutern. Die Geheimzeichen sind seit dem 16. Jahrhundert im Gebrauch, als Markierung in der Nähe eines Hauses oder Gehöftes. Nicht nur Kriminelle haben sich damit verständigt, sondern auch Hausierer, Bettlerinnen und Bettler. Wenn herumziehende Arme einen

Zinken hinterließen, erfuhren die Nächsten, ob da jemand geizig oder großzügig war, ob jemand einen Hund auf Menschen hetzte oder ob man sich besonders fromm geben oder arbeiten musste für ein Stück Brot. Wer mehr darüber erfahren will, kann unter anderem Martin Puchners Buch „Die Sprache der Vagabunden. Eine Geschichte des Rotwelsch und das Geheimnis meiner Familie" lesen.

https://monikafelsing.de/WordPress_03/?p=1501

## 4. Dè Wadds eas luus

Dieses Märchen beruht im Kern auf einer wahren Begebenheit, die uns von einem Zeitzeugen in unserem Oral-History-Projekt überliefert worden ist. Ich erzähle sie in meinem Lied „Dè Wadds eas luus": Ein Zuchteber war aus einem Transportwaggon entwischt, weil die Tür nicht richtig verriegelt gewesen war. Die Bahner liefen zurück und fanden das völlig erschöpfte Schwein auf einer Wiese.

Wenn hier kein Link steht, war das Audio bei der Veröffentlichung des Buches noch nicht online.

## 5. Es bliddsgeschoire Haus

Häuser können sich nicht aussuchen, wo sie stehen und neben wem. Aber was passiert, wenn ein Haus für sich selbst sprechen kann? Heute sagt man Smart Home dazu, das Haus in diesem Märchen jedoch ist ein gescheites Haus. Ein blitzgescheites Haus.

Karl Gemmer, *Koads Kall*, der den Liedtext gedichtet hat, und Helga Felsing, geborene Kröll, haben das Lied 2014 in Ober-Gleen gesungen, außerdem gibt es aus jenem Jahr auch eine Aufnahme mit meiner Mutter und mir. Gewidmet habe ich dieses Märchen meinem 2009 im Alter von 72 Jahren verstorbenen Vater, *Pauls Kall*, dem Malermeister, der regionale Geschichte auf seine Weise für die Zukunft bewahrt hat.

https://monikafelsing.de/WordPress_03/?p=1283

## 6. *Dè Wewerknächd*

Weben und weben lassen: In alter Zeit gab's auch in Ober-Gleen Weberfamilien – nachzulesen in unserem Band „*Naut wie Ärwed*" (Nichts als Arbeit). Das älteste Weberbuch, das wir in unserem *Owenglie*-Projekt zu sehen bekommen haben, stammte aus dem 17. Jahrhundert, und die Muster sahen so kompliziert und grafisch anspruchsvoll aus, als ob ein Computer sie entworfen hätte. Gut leben konnten die Weberinnen und Weber von diesem Handwerk nicht, das heute unter anderem im Freilichtmuseum Hessenpark in Neu-Anspach im Taunus und im Weber-Museum Kircher im Steinweg 2 in Wesertal/Gieselwerder präsentiert wird. Altes, handgewebtes Leinen ist heute eine Kostbarkeit. Die Stoffe, die Justus Randt für die hochdeutsche Ausgabe fotografiert hat, stammen aus Willingshausen in der Schwalm.

Nicht weit davon, in Trutzhain, gibt es nicht nur eine Gedenkstätte für das ehemalige Kriegsgefangenenlager

Stalag IX A Ziegenhain, sondern auch ein Stück moderner Weberei-Geschichte. Die aus dem Egerland vertriebene Weberfamilie Egelkraut wagte 1947/48 in einer der alten Baracke des Lagers mit fünf Handweb- und zwei Schaftwebstühlen einen Neuanfang. Gewebt wurde, was in der frühen Nachkriegszeit gefragt war: Geld-, Post-, Kartoffel- und Zwiebelsäcke aus Leinen, Schwälmer Schultertücher. Bald kamen zwei Jacquard-Webstühle hinzu, und in den folgenden Jahrzehnten belieferte die Firma Egelkraut Trachtenschneider, Karnevalsvereine und Kirchengemeinden, Theater und Opernhäuser in Europa und Filmfirmen, selbst hinter dem „Eisernen Vorhang". Als die Prager Barrandov-Studios und die Defa (DDR) 1973 „Drei Haselnüsse für Aschenbrödel" drehten, orderten sie den Brokat für das Brautkleid bei Egelkraut. Der Märchenfilm hat es zum Weihnachtsklassiker gebracht, und in jeder dritten Nuss steckt der Stoff aus der Schwalm. Seit mehr als einem Jahrzehnt führt der gelernte Möbelrestaurator und Weber Udo van der Kolk, ein langjähriger Mitarbeiter, den Betrieb. Und nicht nur dessen Geschichte liegt ihm am Herzen: Er produziert unter anderem auch Stoffe für Burschenwesten und Schürzen aus dem Schlitzer Land oder authentische Trachtenbänder. Auch die Wandbespannung der 2022 wiedereröffneten Löwenburg in Kassel stammt von der Udo van der Kolk e.K. Historische Weberei Egelkraut (siehe auch die nordhessische Website Homeberger). Im digitalen Musterkatalog (Firmenwebsite: Goldbrokat) werden Brokate und Damaste ausgebreitet wie auf einer Messe. Rund 500 historische Muster stehen zur Wahl, gewebt nach Vorbildern aus der Gotik, der Renaissance, dem Barock und dem Rokoko, dem Bauhaus und den Wirtschaftswunderjahren, Abstraktes wie Geometrisches. Mechanische, lochkartengesteuerte Schützen-webstühle machen es möglich – wie vor hundert Jahren.

Weberknechte, die im Volksmund ungewöhnlich viele Namen haben, gehören zu den Kieferklauenträgern. Weltweit sind Tausende von Arten bekannt, in Deutschland nur knapp fünf Dutzend. Etliche Arten sind in Mitteleuropa regional gefährdet, andere wandern aus wärmeren Regionen ein: 2024 ist ein Weberknecht, der zunächst schon in Sachsen bekannt war, erstmals in Rheinhessen gesichtet worden: der Schwarzbraune Plumpweberknecht, inoffiziell auch „Dickerchen" genannt. Eine weitere Sensation war 2024 die Entdeckung von Fossilien des Typs „Opa Langbein" in der Grube Messel, 48 Millionen Jahre alt. Das Spinnchen im Märchen muss anderer Natur gewesen sein, denn Weberknechte haben anders als Webspinnen keine Spinndrüsen. Wer mehr über sie wissen will, auch zum Beispiel über die Stinkdrüse dieser Spinnentierchen, ist unter anderem auf der Website des Frankfurter Senckenberg-Museums richtig.

https://monikafelsing.de/WordPress_03/?p=1406

## 7. Die Kaffiemehl

In der Kaffeemühle meiner Alsfelder Oma haben wir Sand gemahlen, als wir Kinder waren. Das war ein Spiel. Heute ist es wieder in Mode, Bohnen frisch zu mahlen. Wie gut wäre es, wenn das wie früher ohne Strom ginge – wie vieles andere auch.

Die Redewendung „So schnell schießen die Preußen nicht", die ich den Müllers in den Mund gelegt habe, geht vermutlich auf die Zeit Bismarcks zurück, der in der Außenpolitik auf Staatenbündnisse setzte, kann aber auch damit zu tun haben, dass die Preußen erst einmal Aufstellung nahmen. Nach dem Krieg, den die Hessen und ihr Verbündeter Österreich 1866 gegen Preußen verloren hatten, wurden unter anderem Kurhessen und Frankfurt preußisch. Das Großherzogtum Hessen-Darmstadt, und damit auch Oberhessen, hatte einen mächtigen Schutzherren und blieb weitgehend verschont: Zar Alexander II. (1818-1881) war seit 1841 mit Prinzessin Marie von Hessen und bei Rhein (1824-1880) verheiratet.

https://monikafelsing.de/WordPress_03/?p=1411

## 8. *Die zwellef Elfe on die Schwoaddswoaddsel*

Was macht man, wenn man einen Profimusiker wie Jonathan Jehle als Nachbarn hat, der eine Klarinette Schwarzwurzel nennt? Er stammt aus dem Südschwarzwald und hat sich schon als Kind in das Tenorsaxophon seiner Mutter verliebt, aber dann doch erst einmal mit der Blockflöte angefangen und ist mit acht Jahren zur Klarinette gewechselt, schreibt er auf seiner Website. Daraus lässt sich doch etwas machen: ein Märchen, in dem Blasmusikinstrumente und Talente vorkommen, aber auch Yoga, weil besagter Nachbar eben auch noch Yoga lehrt. Und fertig ist die Geschichte von den zwölf Elfen und der Schwarzwurzel – oder doch eigentlich erst, sobald Jonathan etwas Klarinettenmusik beigesteuert hat.

https://monikafelsing.de/WordPress_03/?p=1376

## 9. Eam Sonnelaand

„Zum sonnigen Landl" hieß nach meiner Erinnerung das Kurheim im Allgäu, in dem ich im Frühjahr 1974 sechs Wochen war. Andere Kinder aus Oberhessen waren zum Beispiel auf Borkum, und deutschlandweit haben Kurkinder die unterschiedlichsten Formen von körperlicher und psychischer Gewalt erlebt, darunter vieles, das System hatte, sodass sich viele Erfahrungen ähneln. Seit einiger Zeit werden die Traumata aus den Kinderkuren der Nachkriegszeit in Büchern, Fachkongressen und auf Websites über Verschickungsheime dokumentiert.

Mit goldenen und schwarzen Sternen sind Mehrbett-zimmer im „Sonnigen Landl" jeden Morgen bewertet worden: War jemand herumgegeistert, hatte jemand zu sprechen gewagt, gekichert oder aus Heimweh geweint? Würde ein Zimmer das andere verpetzen? Mit meinen acht Jahren empfand ich den Appell als unheimlich und bedrohlich: Was würde passieren, wenn ein Zimmer zu viele dunkle Sterne hatte? Würden wir länger bleiben müssen? Würde sich die Erde auftun, uns verschlucken?

Wir gehörten zu den Jüngsten im Heim, hatten Respekt vor Autoritäten und waren leicht einzuschüchtern. Nachts gaben wir keinen Mucks mehr von uns. Das Kind im Nachbarbett schluchzte so leise es konnte, und ich hatte einen dicken Kloß im Hals. Wir versuchten, uns mit den Kindern aus den Nachbarzimmern gut zu stellen, damit sie uns nicht meldeten, falls sie doch einmal Geräusche gehört hatten. Am jüngsten Tag hatte unser Zimmer die meisten goldenen Sterne. Sechs bunt bedruckte Wasser-gläser waren der Lohn der Angst. Nie, nie, nie habe ich braves Kind Erwachsene mehr verachtet als bei dieser Siegerehrung.

Jeder noch so kleine Kurerfolg heiligte Mittel der schwarzen Pädagogik wie das Auffordern zur Denunziation, Briefzensur, Zwangsessen und Zwangsruhe, das Einziehen von Paketen oder Sprechverbote. Besuche von Eltern oder anderen Verwandten waren ohnehin nicht vorgesehen, auch die Möglichkeit zu telefonieren gab es zumindest bei uns noch nicht. Wir Kinder waren den „Tanten" ausgeliefert.

Das Lied dazu, „*Eam Sonnelaand'*, ist ein Original. Der Text: *„Eam Sonnelaand, doa woarn merr Keann. Eans Sonnelaand, doa mussde hean, zèm Mäsde, zèm Maggelechwerrn. Eam Sonnelaand sogg merr doas geann. Eam Sonnelaand woar ech elläi. Eam Sonnelaand, on noch sou kläi. Eam Sonnelaand gobb's schwoaddse Schdeann, eam Sonnelaand hadd dech käis geann. Es Sonnelaand woar sou wääd foadd, es Sonnelaand woar goar kenn Oadd. Es Sonnelaand, doas gedd's nit mieh. Eam Sonnelaand, doa woar's nit schie."*

Die Übersetzung: Im Sonnenland, da warn wir Kinder. Ins Sonnenland, da musstest du hin, zum Mästen, zum Schwabbeligwerden. Im Sonnenland sah man das gern. Im Sonnenland war ich allein. Im Sonnenland, und noch so klein. Im Sonnenland gab's schwarze Stern', im Sonnenland hatt' dich keiner gern. Das Sonnenland war so weit fort, das Sonnenland war gar kein Ort. Das Sonnenland, das gibt's nicht mehr. Im Sonnenland, da war's nicht schön.

https://monikafelsing.de/WordPress_03/?p=1372

## 10. *Es Preannsess-che Widdèwidd*

Zwei hessische Prinzessinnen sind 1918 in Russland während der Novemberrevolution umgebracht worden: Alix, die letzte Zarin, und ihre Schwester Elisabeth, die Großfürstin und Äbtissin war. Das könnt ihr in *„Himmel un Höll'*" nachlesen. Auch, was das mit dem Schloss Romrod zu tun hat. Bei Hofe wurde früher gern Französisch gesprochen, wie 1807 in Kassel, wo Napoleon seinen jüngsten Bruder, Jérôme, zum König des neuen Königreiches Westfalen gemacht hatte. „Morgen wieder lustig", soll der nach Festen gesagt haben – viel mehr Deutsch konnte er nicht, Kasseler Dialekt erst recht nicht. Und schon hatte er einen Spitznamen: König Lustig. Was das alles mit dem Märchen hier zu tun hat? Nicht viel oder gar nichts. Hört's euch einfach an. Das Prinzesschen würde rufen: Vite! Vite!

https://monikafelsing.de/WordPress_03/?p=1399

## 11. *Die Abbrelsnoas*

Was, wenn nur noch Schabernack hilft? In diesem Märchen werden alle an eine Datumsgrenze gebracht, und darüber hinaus. Sich Aprilsscherze auszudenken, kann anspruchsvoll sein oder spontan und witzig, und sie dürfen sich möglichst nicht wiederholen. Auch neue Auszubildende schickt man schließlich nur einmal, einen „Siemens Lufthaken" holen, oder einen Schlachthelfer, um eine Ginterpress' zu besorgen. Das *Musledderche* ist unter anderem erwähnt von Doris Schmidt aus Heimertshausen, die Wurzeln auch in Ober-Gleen hat, in ihrem Buch *„Verzolbchd.* Erinnerungsgeschichten & gesammelte, vom

Aussterben bedrohte Wörter aus dem *Häimertshaiser Platt"*, 2022.

https://monikafelsing.de/WordPress_03/?p=1443

## 12. *Dè Hainzemann*

Die Heinzemanntour bei Ehringshausen ist ein unter anderem von der Gemeinde Gemünden (Felda), der Vogelsberg Touristik und den Naturfreunden empfohlener, rund 13,5 Kilometer langer, zertifizierter Premiumwanderweg von mittlerem Schwierigkeitsgrad. Um den Heinzemannstein, ein Naturdenkmal, ranken sich Geschichten. Auch die von zwölf Hühnern, die einem dort erscheinen können. In jüngster Zeit haben sie sich nicht sehen lassen.

https://monikafelsing.de/WordPress_03/?p=1486

## 13. *Dè Häggdegger*

Manchmal musst du dir gerade dann Zeit nehmen, wenn du eigentlich keine hast. Otto Kirchner, *Suse Oddo*, ist selbst in der Erntezeit nicht einfach weitergefahren, sondern hat manchmal den Trecker abgestellt, wenn ihm jemand im Dorf über den Weg gelaufen ist, und hat sich ein paar Minuten mit ihm oder ihr unterhalten. Daran hat sich Bernd Schneider, *Bilsegässesch* Bernd, erinnert, als wir in unserem Oral-History-Projekt in Ober-Gleen Aufnahmen gemacht haben. Ein schöner Zug, fand er.

In das Märchen habe ich eine Strophe aus dem Lied über den brennenden Heuwagen eingefügt, das Karl Kirchner,

*Endesche Kall*, gewidmet war, dem Schwager von *Suse Oddo*. Er hatte es einmal sehr eilig, mit der Ernte vorm Gewitter nach Hause zu kommen. Beinahe etwas zu eilig... Aber das ist eine andere Geschichte.

https://monikafelsing.de/WordPress_O3/?p=1368

## 14. *Es Saalzfäss-che*

Salz war früher etwas ganz Kostbares, in der Hansezeit eine besondere Ware. Und ein Fässchen, das sich wieder auffüllt? Kein Wunder, dass das Glück mit dem Pech wetten will: Wer wird es nach einem Jahr noch haben, eine reiche oder eine arme Familie? Im Salzmuseum Bad Sooden-Allendorf wird über das „weiße Gold" informiert, dem die Stadt noch bis zur Kaiserzeit ihren Wohlstand zu verdanken hatte. Gut ein Jahrtausend Salzgeschichte erwartet Besucherinnen und Besucher des Museums im alten Södertor, dem einstigen Zugang zur Saline. Gäste erfahren etwas über die Solequellen, können sich in den Außenanlagen unter anderem den Solebohrturm, das Gradierwerk, das Solebadehäuschen, die Brunnenkammer und die Pfennigstube als ehemaliges Zoll- und Steueramt ansehen, im Museum außerdem die Salzwaage und eine Kopie der „Salzbibel": des "New Saltzbuchs" des Pfarrers und Salzgrafen Johannes Rehnanus. Der Gelehrte war im späten 16. Jahrhundert im Auftrag von Landgraf Philipp I. nach Allendorf gekommen, um die Produktion in der Saline zu überwachen und zu steigern.

https://monikafelsing.de/WordPress_O3/?p=1424

## 15. *Die Schnejelweaddschafd*

Zwei Dutzend gestreifte Weinbergschnecken haben sich im Sommer 2024 auf meinem Balkon durchgefuttert. Als ich sie nachts, beim Schein einer Taschenlampe, vom Basilikum, dem Sommerrittersporn und dem Klatschmohn pflücken wollte, haben mich zwei von ihnen laut angezischt. Es war keine Sinnestäuschung: Die Tiere stoßen bei Gefahr ruckartig Luft aus, der Schleim wird zu Schaum. Fressfeinde sollen abgeschreckt werden. Die Gärten in der Nachbarschaft waren voll von Schnecken, meist Nacktschnecken. Nichts Grünes war vor ihnen sicher, vermutlich abgesehen vom Giersch und dem Kirschlorbeer. Die Plage hat mich darauf gebracht, ein Märchen über Schnecken zu schreiben. Und bei der Gelegenheit kommt auch mal Wirts Karl zu Ehren, ein Ober-Gleener Gastronom früherer Zeiten. Der Mann war echt, die Geschichte aber ist frei erfunden.

https://monikafelsing.de/WordPress_03/?p=1418

## 16. *Woas die Bobb sääd*

Spielsachen sind auch Zeitzeugen: Meine Lieblingspuppe hieß Heidi, und das war kein Zufall. Das Buch der Schweizer Schriftstellerin Johanna Spyri (1827-1901) steht heute noch in meinem Regal. Die Geschichte eines kleinen Mädchens, das aus den Schweizer Bergen nach Frankfurt am Main kommt, um ihrer kranken Freundin Klara die Zeit zu vertreiben, und vor Heimweh beinahe eingeht, aber eben auch Lesen lernt, hat mich als Kind berührt. Und meine Puppe konnte sprechen! Sie kann es immer noch. Ganz ohne Batterien.

Der im Märchen erwähnte Himmelsborn im Ober-Gleener Wald ist einer der Orte aus traditionellen Erzählungen übers Kinderkriegen. Ein hölzerner Storch weist den Weg zum Wasser. Und die Himmelsborneiche ist sowieso nicht zu übersehen.

https://monikafelsing.de/WordPress_O3/?p=1427

## 17. *Die Plommefee*

Wo die einen immer noch Steine haben, haben die anderen zum Glück schon lange Blumen oder Benjes-hecken. In Grimms Märchen gibt es magische Gärten. Dieses Märchen hier habe ich zum Geburtstag unserer Bremer Nachbarin Barbara Schellhorn geschrieben. Sie liebt Blumen, ungefähr so sehr wie Sabine Kirchner (*Endesche* Sabine) und noch so einige von uns in Hessen und Bremen. Ich habe die vier Jahreszeiten, aber auch viele Blümchen und Insekten in diesem Märchen versteckt, zum Suchen und Finden.

Das Lied ist ein Coversong von „Es war eine Mutter", einem deutschen Volkslied über die vier Jahreszeiten: Es war eine Mutter, die hatte vier Kinder, den Frühling, den Sommer, den Herbst und den Winter... Auf Oberhessisch reimt sich der Text nicht*: Es woar è Moadder, die hadd vicher Keann, es Friehjoahr, dè Sommer, dè Hirbsd on dè Wender.*

https://monikafelsing.de/WordPress_O3/?p=1437

## 18. Dè Schlächdschwäddser

*Schwadds doch käi domm Zoich!* Red doch kein dummes Zeug! Der Spruch war früher häufiger zu hören, wenn jemand etwas Unbedachtes gesagt hatte. *Schwäddser* waren nicht gern gesehen, auch wenn viele gerne ein Schwätzchen gehalten haben. Und wie würden Niederdeutsche sagen? *Snack doch keen dumm Tüch!*

Wenn hier kein Link steht, war das Audio bei der Veröffentlichung des Buches noch nicht online.

## 19. Dè Hämel

Wir sind wieder in der Zeit der Deutschen Sozialrevolution, im ersten Drittel des 19. Jahrhunderts: Friedrich Ludwig Weidig (1791-1837), der Herausgeber des verbotenen Flugblattes „Der Hessische Landbote" mit Texten von Georg Büchner, stammte aus Oberkleen bei Butzbach, war Schulrektor und ab 1834 bis zu seinem gewaltsamen Tod Pfarrer von Ober-Gleen im damaligen Kreis Alsfeld. Er wurde 1835 verhaftet, verbrachte fast zwei Jahre in Einzelhaft und verblutete im Darmstädter Gefängnis. Unser *Owenglie*-Projekt ist unter anderem auch seinem Andenken und dem seiner Familie gewidmet, und in mehr als einem Märchen kommen sie vor.

Wenn ein Vater weggeht und nicht wiederkommt, was macht das mit den Kindern? Weidigs Sohn Wilhelm hat auf seinen Papa gewartet, den die Obrigkeit zum Staatsfeind erklärt und ohne Gerichtsprozess eingesperrt hatte. Er kam nicht wieder. Wie vielen anderen Kindern ist es auch so gegangen, wie vielen Frauen wie Amalie Weidig? Und wie viele Kinder haben wie Amalie Friedegard ihren Vater nie gesehen? Friedrich Ludwig Weidig ist 1837 im Gefängnis in Darmstadt gestorben, seine Frau bald darauf, und die beiden Kinder sind bei Verwandten in Homberg (Ohm) aufgewachsen und haben keine eigenen Familien gegründet (mehr dazu in *„Himmel un Höll"*). Dieses Märchen und das Originallied (*„Elläi"*) sind ihnen gewidmet.

https://monikafelsing.de/WordPress_03/?p=1468

## 20. *Grommed*

Quizfrage: In wie vielen Märchen der Brüder Grimm kommen Frauen, die einen Witwer mit Kindern geheiratet haben, schlecht weg? In 200 Kinder- und Hausmärchen begegnen wir mehr als einem Dutzend Stiefmüttern. Auch die Max-Planck-Gesellschaft hat sich mit der These der Evolutionspsychologie befasst, Stiefkinder hätten ein höheres Sterblichkeitsrisiko, Daten aus Ostfriesland und Kanada aus früheren Jahrhunderten ausgewertet und auch einen Podcast dazu veröffentlicht. Fest steht: Als Hassfiguren kamen Stiefmütter beim Publikum an. Aus mancher leiblichen Mutter, die ihre Kinder schlecht behandelte, sollen die Märchensammler nachträglich eine Stiefmutter gemacht haben, auch aus der von Schneewittchen. Hänsel und Gretel sind in frühen Fassungen ebenfalls noch von ihrer leiblichen Mutter im Wald ausgesetzt worden. Wie in meinem Märchen von der *Maggreed* und dem *Häns-che* (*„Es woar èmo/*Es war einmal"), doch da wollte der Stiefvater die Kinder

214

unbedingt loswerden. Ich habe mich gefragt: Wie schwierig wird es für manche Frau im 19. Jahrhundert gewesen sein, in einer halb verwaisten Familie ihren Platz zu finden? Wie läuft es in Patchworkfamilien heute? In diesem Märchen sind es die Stiefkinder, die der zweiten Frau ihres Vaters übel mitspielen.

Nach dem ersten Heu kommt das zweite und das dritte und das vierte und das fünfte und manchmal auch das sechste. Was besser schmeckt? Da müsste man die Kühe fragen. Das Wort Grummet ist mehr als 700 Jahre alt und bedeutet Grünmahd. Im Mittelalter hieß es noch grüenmat oder gummat. Grummet enthält mehr Nährstoffe als das erste Heu. Pferde sollte man besser nicht damit füttern – sie könnten Koliken bekommen. Ein Grummet kann auch ein Einzelstück sein: ein Ring aus endlos gedrehtem Tauwerk oder Stahldraht. Das Viehfutter Grummet kann online pro Kilo mehr als drei Euro kosten („die Halme sind weicher und kürzer als aus dem ersten Schnitt, dafür vielfältiger in der Pflanzenkombination"). Der erste Schnitt wird ebenfalls empfohlen: „Der erste Graswuchs eines Jahres enthält die Kraft der Natur in besonderer Weise: Der Rohfasergehalt ist durch die benötigte Kraft, aus dem winterlichen Boden hervor zu wachsen, deutlich höher als bei Pflänzchen, die erst im späteren Jahr durch die schon weich gewordene Erde austreiben. Daher enthält es hochwertige Proteine und Fette..."

Was Bergmähwiesen sind, ist unter anderem auf einer Website des Biosphärenreservates Rhön nachzulesen. Aufnahmen einer Live-Kamera auf der Internetseite der Bergmähwiesen vermitteln einen Eindruck, ersetzen aber natürlich keine dreistündige Wanderung auf dem neun Kilometer langen Bergmähwiesenpfad, der von Freiwilligen des „Vogelsberger Höhenclubs" (VHC) gepflegt wird. Es gibt viel zu entdecken dort oben bei Herchenhain, auch auf einem kinderfreundlichen, deutlich kürzeren Familienpfad. Dass die artenreichen Bergmähwiesen zu den kostbarsten Naturräumen Mitteleuropas zählen, hat sich noch nicht überall herumgesprochen, aber 2024 waren sie immerhin Drittplatzierte bei der Naturwunderwahl der Heinz-Sielmann-Stiftung. Ihr Geheimnis: Die Flächen in dieser besonderen Lage werden von Landwirten und Landwirtinnen wenig bis gar nicht gedüngt und seltener und später gemäht als andere Wiesen, nur ein- bis zweimal und erst ab Mitte Juli.

Mein *Grommed*-Lied ist eine Variation des „Blackwater Blues": *„Ech saa Häh, nid Schdruh, saa mo, mähsde schuh... werre, gedd's Grommed, nomm enn Räche med. Wu dè Wessbaam schdidd, merr Loid ärwenn sehd. All gowwen sè's off, off dè Hähwaa droff. On die Kuh fressd's all, deann ean ihrm Schdall. On easses Häh all, kimmd sè ausem Schdall. Dann weadd's Sommer hieh, on es Groas wässd schieh. Noochem iaschde Häh mir ins werresäih. Ech saa Häh..."* Die Übersetzung: „Ich sag Heu, nicht Stroh. Sag mal, mähst du schon... wieder, gibt's Grummet, nimm den Rechen mit. Wo der Wiesbaum steht, man Leut' schuften sieht. All' gabeln sie's auf, auf den (Heu)wagen drauf. Und die Kuh frisst's all, drin in ihrm Stall. Und ist das Heu all, kommt sie aus dem Stall. Dann wird's Sommer hier, und das Gras wächst schön. Nach dem ersten Heu wir uns wieder sehn. Ich sag Heu..."

https://monikafelsing.de/WordPress_03/?p=1459

## 21. Dè Onfload

Der oberhessische *Onfload* ist auch in Nordhessen kein Fremder. Als Unflat hat er es ins niederhessische Wörterbuch geschafft, das online steht: „Unflat m. 1. „wie gemeinhochdeutsch" (gemeint ist etwa ‚widerlicher Dreck'), 2. ‚unkeuscher, ungezogener, widerwärtiger Mensch', Scheltwort, auch halb scherzhaft gebraucht (Vil. 1868); *Unflat,* jem. ohne Benehmen', Kassel 20. Jh.; *Unflot* (o offen) ‚widerwärtiger Schmutz; widerwärtiger, ungeschliffener, unersättlicher Mensch', Oberellenbach (Hm. 1926). Vgl. mhd. u*nvlât* m., n., (md. auch f.) ‚Schmutz, Unsauberkeit'; mnd. *unvlât* m., f. ‚Unreinigkeit, Schmutz; gemeiner, roher Mensch'." *Onfload* – oder auch *Offload* – ist eine Beleidigung, die vor allem Männern gilt. Frauen wurde ohnehin Bescheidenheit anerzogen. Mütter nahmen sich meist erst dann etwas zu essen, wenn alle etwas auf dem Teller hatten oder schon fast fertig waren.

Wenn hier kein Link steht, war das Audio bei der Veröffentlichung des Buches noch nicht online.

## 22. Es Schadche on dè Schaude

Bevor es Dating-Apps gab, haben auch nicht alle die Partnerwahl dem Zufall überlassen. Manche Kaufleute, die ein großes Netzwerk hatten, betätigten sich als Heiratsvermittler, die in der jüdischen Kultur Schadchen oder Schadchan genannt wurden. Einige sind auch heute noch hauptberufliche Vermittler – und berufen sich als Juden auf Abrahams Knecht Eleaser aus der Bibel, der nach Mesopotamien geschickt wurde, um für Isaak, Abrahams

Sohn, eine Frau zu finden. Er fand Rebekka, und in Abrahams Haus wurde Hochzeit gefeiert. Natürlich kam damals keine Schickse, keine nichtjüdische Frau, infrage. Eine Ehe zu stiften, war aber auch in christlichen Kreisen beliebt und wurde mit materiellen Geschenken belohnt. Mein Urgroßvater Peter Felsing hat von einem Kirtorfer Uhrmacher eine Wanduhr bekommen, weil er ihn erfolgreich verkuppelt hatte. Frieda Bücking erzählt in ihren Berichten aus der Schwalm vom Heiratswerben im großbäuerlichen Milieu.

Herbert Sondheim aus Ober-Gleen hat in den Siebzigern einem seiner Schwiegersöhne deutsche Sprichwörter und Redewendungen erklärt, darunter „Da hab ich mir meinen Hals umsonst gewaschen" (alle Mühe vergebens) und die Bemerkung eines Schwiegervaters, dessen Tochter mit einem Trottel verheiratet ist: „Ich würd ja auch gern lachen, aber der *Schaude* ist mein." *Schaude*, ein jiddisches Wort, ist im oberhessischen Dialekt der Begriff für einen Dummkopf oder Trottel, ein männliches Wesen.

Wenn hier kein Link steht, war das Audio bei der Veröffentlichung des Buches noch nicht online.

## 23. *Es Mussigkhanns-che*

Musik ist gut für Kühe. Das ist wissenschaftlich erwiesen und wird in der modernen Milchwirtschaft berücksichtigt. Klassische Musik scheint vielen Wiederkäuerinnen besser zu gefallen als Rockmusik, und sie mögen langsame, beruhigende Musik, unter 100 Schlägen pro Minute – ab etwa 120 beats per minute nimmt die Milchleistung ab. Das ist seit Jahrzehnten bekannt: Schon 2001 haben

Psychologen der Universität von Leicester für eine Studie rund 1000 Kühe täglich zwölf Stunden lang mit Musik unterschiedlicher Stilrichtungen beschallt. Klar ist, dass Stress beim Melken vermieden werden muss, denn sonst wird weniger Oxytocin ausgeschüttet. Das Hormon stimuliert die Milchdrüse. Besonders gut kommt Ludwig van Beethovens „Pastorale" bei Kühen an, aber auch „Perfect Day" von Lou Reed und „Everybody Hurts" von REM. Weniger beliebt sind am Melkstand „Back In The USSR" von den Beatles und „Size Of A Cow" von Wonderstuff. Manche Kühe stehen aber eindeutig auf den „Einsamen Hirten" von Zamfir, auf „Hey Jude" von den Beatles oder auf „Mornings at Seven" von James Last, einem der berühmtesten Bremer Musiker.

Die „Gänsemagd", ein Märchen, das Dorothea Viehmann aus Niederzwehren bei Kassel den Brüdern Grimm erzählt hatte, handelt von einer Königstochter, die auf dem Weg zu ihrer Hochzeit von ihrer Zofe übertölpelt wird. Das sprechende Pferd der Prinzessin, der einzige Zeuge, kommt zum Abdecker. Tag für Tag klagt die vermeintliche Magd nun dem Pferdeschädel ihr Leid: „O, du Falada, da du hangest!" Und Falada antwortet: „O, Jungfer Königin, da du gangest. Wenn das deine Mutter wüsste, das Herz tät ihr zerspringen." Im *„Mussigkhanns-che"* singt eine Kuh, in der Aufnahme ein hessischer Dialektchor: Das Lied dazu ist „Dos Kelbl" (Donna, Donna) von Sholom Secunda aus dem Jahr 1940, aufgenommen 2022 bei unserem Benefizchorkonzert an den Alsfelder Kulturtagen.

https://monikafelsing.de/WordPress_03/?p=1511

## 24. Wie die Läwensfroide foadd woar

Unsere Bremer Nachbarin Regina Dietzold sollte 2024 auch ein Märchen zum Geburtstag bekommen und hat sich als Stichworte dreierlei gewünscht: Lebensfreude, miteinander, anpacken (statt zu jammern). Und dazu ist mir eine Geschichte eingefallen, in der auch andere vorkommen: Dieter, der Feuerwehrhauptmann, Meline, Blumenfee Bärbel und Egon, der in dem Jahr, in dem dieses Märchen geschrieben worden ist, 100 Jahre alt geworden wäre.

Das Lied „Geh aus mein Herz und suche Freud", das ich zur Begleitung des Märchens ausgewählt habe, wird mittags vom Glockenspiel der Walpurgiskirche angestimmt, das der Gemeinde 2006 von dem gebürtigen Alsfelder Karlernst Kalkbrenner (dem früheren Chef des Schreibmaschinenwerkes Olympia in Wilhelmshaven) gestiftet und von der Glocken- und Kunstgießerei Rincker in Sinn (Hessen) hergestellt worden ist. Zu hören sind Melodien um 9 Uhr, 11 Uhr, 12.15, 15 und 19.15 Uhr. Wir haben außerdem unsere Nachbarin Regina gebeten, das geistliche Sommerlied von Paul Gerhardt aus dem 17. Jahrhundert zu singen.

https://monikafelsing.de/WordPress_03/?p=1489

## 25. Es Grabbageschbensd

Auch die Siebziger haben ihre Klassiker. In Hessen ist es sicher die Hymne „Erbarme, zu spät, die Hesse komme". Als im Herbst 2024 in der ältesten der vier Eisdielen in der Alsfelder Altstadt jemand Grappa bestellt, und plötzlich die Frage aufkommt, *woas dè Babba doa hodd*, stellen wir fest: Der Text ist nicht mehr wirklich allen bekannt. Und ich habe Andrea und Sabrina versprochen, *una favola* darüber zu schreiben. Ecco, *hieh eas doas Märche*.

https://monikafelsing.de/WordPress_03/?p=1513

## 26. *Woas die Toni sogg on die Hillegadd feanne deed*

Der Titel soll ein bisschen nach Tom Sawyer und Huckleberry Finn klingen. Die Alsfelderin Henny Koch (1854-1925) hat 1890 Huck Finns Geschichten ins Deutsche übersetzt und ansonsten vor allem Jugendliteratur geschrieben. Eine Website informiert über das Werk der oberhessischen Schriftstellerin, die nach Seeheim-Jugenheim gezogen war und auch dort gestorben ist.

Kühe backen keine *Kräppel* (oder *Kräbbel*). Manche Menschen sprechen die hessische Variante der Berliner, frittiert in siedendem Fett, auch *Kreppel* aus. Gegessen werden die *Kräbbel* besonders gern an Fasching. Einige hessische Regionalzeitungen haben dann früher eigens eine *Kreppel*zeitung mit Scherznachrichten als Beilage herausgebracht. Nicht zu verwechseln mit *Kribbel*, Krüppel, einem früher oft gebrauchten Schimpfwort, das sich nicht auf körperliche oder geistige Handicaps, sondern auf den Charakter bezog. Der Mundartdichter, Schriftsteller und Verleger Friedrich Stoltze (1816-1891), dem in der Neuen Altstadt in Frankfurt am Main ein Museum gewidmet ist, hat von 1852 bis 1879 mehr als 40 Kreb-belzeitungen mit Glossen herausgegeben. Auch online wird die Tradition fortgesetzt: Die Alsfelder Redaktion von Oberhessen Live hat beispielsweise am 5. März 2019 Sensationsnachrichten verbreitet, die als Krebbelzeitung ausgezeichnet waren: „Alsfelder Marktplatz bekommt ein unterirdisches Parkhaus".

Wenn hier kein Link steht, war das Audio bei der Veröffentlichung des Buches noch nicht online.

## 27. *Es lessde Woadd*

Dieses Märchen dreht sich ums Reden, ums Schweigen, ums Zuhören und um die Macht, die von Worten ausgehen kann. Aber auch das Schweigen ist machtvoll. Und kann, mit etwas List eingesetzt, mehr bewirken als ein Streit. Und nicht immer ist es von Vorteil, das letzte Wort zu haben.

Wenn hier kein Link steht, war das Audio bei der Veröffentlichung des Buches noch nicht online.

## 28. *Die goldene Bibbel*

Die goldene Farbe von Apfelsaft und Apfelwein kann magische Kräfte entfalten. Im *„Struwwelpeter"*, den der Frankfurter Arzt und Psychiater Heinrich Hoffmann 1844 geschrieben hat, sind es Kinder, die dazu gebracht werden sollen, ihre Suppe zu essen, keine Tiere zu quälen, nicht mit Feuer zu spielen, auf den Weg zu achten, sich vor Sturm zu hüten, andere Menschen nicht wegen ihrer

Hautfarbe zu verspotten, nicht mit dem Stuhl hin und her zu kippen, nicht an den Daumen zu lutschen, sich die Haare und die Nägel schneiden zu lassen, also auch kein *Hämel* zu sein (siehe das Märchen dazu). Das *Struwwelpeter*-Museum in der Neuen Frankfurter Altstadt ist diesem Bestseller aus dem 19. Jahrhundert gewidmet. Mein Märchen erzählt von einem Mann, der eindringlich von seiner Frau davor gewarnt wird, zu viel Apfelwein zu trinken. Und er hätte wohl nicht auch noch in der Nase popeln sollen.

Ein Bembel ist eine Kanne aus Westerwälder Steinzeug (aus dem Kannenbäckerland) für Apfelwein, mit blauen Schnörkeln auf grauer Salzglasur und *Bembelschnuud*, dem Ausgießer. Bei Lia Wöhr und Heinz Schenk im „Blauen Bock" lernte der Rest der deutschen Fernsehnation das Wort, das von *bambeln* (*bambenn*) für baumeln oder von Pampel stammen soll, wie Studenten im 17. Jahrhundert ihre Weingefäße nannten. Heinz Schenk habe ich einmal interviewt – siehe „Unser Astoria". Mehr über Lia Wöhr im Agenda-2030-Buch „08/18". Darin kommt auch mein Lieblingsbembel vor, eine feine Fechenheimer Drahtware, der ich vor Jahren ein Schlüsselanhängerlied zur Melodie von „Bruder Jakob" gewidmet habe: *„Sou enn Bembel, sou enn Bembel hodd è Schnuud, hodd è Schnuud. Schlissel sech on Krembel, Schlissel sech on Krembel schnabbe dudd, schnabbe dudd.* So ein Bembel, so ein Bembel, hat eine Schnute, hat eine Schnute. Schlüssel sich und Krempel, Schlüssel sich und Krempel schnappen tut, schnappen tut." Ob nun mit Apfelsaft oder Apfelwein: Prosten wir dem Frankfurter Walter Günther (siehe Fotobuch: „Die mechanische Bratwurst") zu, der als Fachkraft für Berufsförderung in den Praunheimer Werkstätten für behinderte Menschen und Erfinder schon längst einen goldenen Bembel verdient hätte.

Auch in Oberhessen gab es bis ins späte 20. Jahrhundert Keltereien, und jedes Dorf hatte spätestens ab dem Zweiten Weltkrieg eine Apfelplantage. Bekannt für ihren Apfelwein, auch durch die Willingshäuser Malerkolonie, war Seng in Arnshain. Siehe auch *„Dè Abbelkroddse"* in *„Es woar èmo"* und „Es war einmal". Ein Deutsches Apfelweinmuseum in Frankfurt am Main – die Idee wird seit 2012 propagiert, seit 2019 ist der Ratskeller dafür im Gespräch. Das offizielle Magazin der Apfel- und Obstwiesenroute, der „Apfelbote", kommt im Frühjahr und Herbst heraus.

https://monikafelsing.de/WordPress_03/?p=1519

## 29. *Es Woaschdmännche on die Liewe*

Gitta, Fiddi, Ahle Wurscht. Die drei Stichworte hat mir ein Nordhesse in Bremen gegeben, der einen Onkel in Eschwege hat, und ich habe mir ein Märchen dazu einfallen lassen. Hilfreich war zu wissen, dass Fiddi einen Sanitätsbetrieb führt, und dank der Berichterstattung über die Diamantene Hochzeit wusste ich auch, dass die Fotos von der Hochzeit nichts geworden waren und Gitta und Fiddi jung geheiratet haben.

Stichwort *Ahle Wurscht*: Meist ist die *Ahle Worscht* oder *Ahle Wurscht* eine *Schdragge*, Stracke, also gerade Wurst, es gibt sie aber auch in runder Form, luftgetrocknet oder angeräuchert, fest, mittel oder weich. Belegt sein soll sie seit dem späten 15. Jahrhundert, also aus der Zeit kurz vor der Reformation: als Feldkieker in der Gegend von Fritzlar. 2004 haben zwölf Betriebe und drei Ehrenamtliche aus der Slow-Food-Bewegung den „Förderverein Nordhessische Ahle Wurscht" gegründet, der auch eine eigene Website betreibt. Kindern hat man früher in Oberhessen Angst mit Geschichten von einem Wurstmännchen gemacht, aber dieses Märchen ist nicht zum Fürchten. Und es greift einen romantischen Brauch auf: Um sich heimlich Botschaften zu übermitteln, haben Liebende in den Fünfzigern und Sechzigern Briefe und Karten mit strategisch platzierten Briefmarken verschickt. Auch meine Eltern. Meine Mutter erzählt als Zeitzeugin in einem der Ober-Gleen-Bände davon. In diesem Märchen ersetzen Wurstbänder in unterschiedlichen Farben die Marken.

## 30. *Woas è gudd Geweasse wäije dudd*

Ein Märchen über Gewichte, aber auch über Prozentrechnen und andere Spiele mit Zahlen. Wer Freude am Rechnen hat oder sie finden will, ist in der Liebigstraße in Gießen richtig: im Mathematikum in der Nähe des Bahnhofs, drei Minuten vom Gleis entfernt. Oder auch 180 Sekunden, ein Zwanzigstel einer Stunde. Und da eine Stunde der vierundzwanzigste Teil eines Tages ist, sind wir beim Zwanzigstel eines Vierundzwanzigstels eines Tages. Ein Katzensprung. Unter den Knobelfragen, die sich der Mathematikum-Gründer, Professor Albrecht Beutelspacher, während der Pandemie ausgedacht hat und die auf der Website der Institution stehen, ist eine über grasende Kühe, eine über das Teilen von Schokoladentafeln, eine über brennende Zündschnüre, eine über einen zerstreuten Professor, eine über das Werfen von Münzen und sogar eine über Gewichte: „Wie viele Gewichtssteine braucht man, um jedes Gewicht von 1 Gramm bis 200 Gramm auf einer Balkenwaage wiegen zu können?" Es sollen so wenig wie möglich sein.

Wenn hier kein Link steht, war das Audio bei der Veröffentlichung des Buches noch nicht online.

## 31. *Die Melchwächdern*

Es klappert die Scheibe in der kochenden Milch, klipp klapp. Und wer auf dieses Geräusch reagiert, muss die Herdplatte nicht wischen. Ein so nützlicher Haushaltshelfer hat es nicht verdient, in der Kiste mit den Flohmarktsachen zu verschwinden. Meinen Milchwächter habe ich in dem Laden in Alsfeld gefunden, in dem schon mehrere Generationen von Oberhessinnen und Oberhessen ihre Rührlöffel und flotten Lotten gekauft haben. Und auf der Vorderseite gelesen, für welches auf Nostalgie spezialisierte Kaufhaus Milchwächter heute hergestellt werden.

Wenn hier kein Link steht, war das Audio bei der Veröffentlichung des Buches noch nicht online.

## 32. *Voo enner, die annern off die Erbs geang*

Es sagt eigentlich schon alles, dass diese außergewöhnliche Frau in Alsfeld schon unmittelbar nach ihrem Tod keinen

Nachruf bekommen hat und dann lange Zeit in ihrer Heimatstadt in Vergessenheit geraten konnte. Posthum wurden Reiseberichte, aber auch andere Beiträge der Schriftstellerin veröffentlicht, unter anderem 1926 in einem Privatdruck in München, der 1994 vom Alsfelder Geschichts- und Museumsverein nachgedruckt worden ist. Aus diesem Band, „Aufsätze und Briefe", zitiere ich in diesem Märchen sehr ausführlich, damit wir die Schwalm mit ihren Augen sehen.

Frieda Bücking (1853-1925) aus Alsfeld, die eheliche Tochter der Alsfelder Tabakfabrikantentochter Nanny Martha Hyppolithe und des aus Friedberg stammenden protestantischen Theologen und angesehenen Vogelkundlers Karl Müller, hatte den Forschungsreisenden und Zoogründer Alfred Brehm als Gast in ihrem Elternhaus erlebt. Verheiratet war sie mit dem Alsfelder Textilfabrikanten Rudolf Bücking, den sie um etwa elf Jahre überlebt hat. Unterwegs war sie schon zu seinen Lebzeiten ungewöhnlich oft für eine Frau ihrer Generation. Und sie war literarisch tätig. Ihre Beiträge über ihre häufigen Reisen in die Schwalm, aber unter anderem auch nach Italien, sind ab 1902 in der Frankfurter Zeitung erschienen, nach ihrem Tod auch in Buchform. Sie fuhr nach Paris und London, zu Ausstellungen nach Berlin, Dresden und Leipzig, zu Ausgrabungen nach Griechenland und Ägypten, und sie sprach mehrere Sprachen. Ihr Alsfelder Zuhause war das große Fachwerkhaus links an der Ecke von Marktplatz und Obergasse.

Wer sich für Schwälmer Tracht interessiert, kann sich unter anderem in den Museen von Willingshausen, Holzburg oder Ziegenhain, auf der Website der Hessischen Vereinigung für Tanz- und Trachtenpflege (Trachtenland Hessen) oder in der umfangreichen Fachliteratur umtun. Historische Bilder von Schwälmerinnen und Schwälmern sind auf der Seite des Landesgeschichtlichen Informationssystems (Lagis) Hessen zu sehen. Heidrun Merk, die erste Vorsitzende des Museumsvereins Holzburg, hat beispielsweise das Buch „Leinen, Samt und Seide. Luxusstoffe für die Schwälmer Tracht" herausgegeben und darin auch die Geschichte der jüdischen Garn- und Tuchhändler beleuchtet.

https://monikafelsing.de/WordPress_03/?p=1309

## 33. Es logg oo dè Loggeschier

*Wann's nid oo dè Loggeschier logg, wu logg's dann droo?* In dem Märchen über die Lockenschere reicht ein wenig Magie, um Wahrheiten an den Tag zu bringen, aber auch um über Haare zu reden. Einen Coversong dazu habe ich vor Jahren geschrieben, zur Melodie von Kaiaphas' Solo in „Jesus Christ Superstar": *„Gugg dech doch nur mo oo, wie dè werre aussehsd... Dai laangge Hoarn sai è Schaaaaaand fiersch Voadderlaand..."* Abgedruckt ist es in einem der Liederbücher. Die Lockenschere aber ist die meiner *Omma* Lina, meiner Ober-Gleener Großmutter Lina Felsing, geborene Scheld. Mit der Lupe sind auf Fotos aus ihrer Jugend vielleicht ein paar kleine Löckchen zu sehen, die mit heißer Schere gebrannt worden sind. Wir hatten in den Siebzigern und Achtzigern Lockenstäbe und Schwebehauben...

Wenn hier kein Link steht, war das Audio bei der Veröffentlichung des Buches noch nicht online.

## 34. *Die Bicherfrää*
## *on dè Lääseraddefängger*

Der Leserattenfänger kann gebannt werden: Einfach in ein Geschäft gehen, in dessen Schaufenster Lesestoff liegt, an den Regalen entlanggehen, Bände von Stapeln nehmen, darin blättern, sich versenken und dann zur Kasse gehen, bar bezahlen, das Buch einstecken, zu Hause oder im Café auspacken – und lesen. Und lesen. Und lesen. Und lesen. Dieses Märchen ist der aus dem Gründchen stammenden Buchhändlerin Gerlinde Becker gewidmet, aber auch allen anderen, die sich um die Buchkultur verdient machen, wie Beruta Adolf in Bremen. Waldkappell (Capella) ist der alte Name von Grebenau, das an der alten Handelsstraße „Kurze Hessen" und dem Knotenweg liegt, nachzulesen auf der Website von Grebenau. Die Endung naha ist keltisch und bedeutet, zum Beispiel bei Ortsnamen: am fließenden Wasser. Wie bei Glenaha (Gleen). Und Bibo ist ein sehr alter Name, auf den aber auch ein großer, gelber Vogel hört, den wir aus dem Kinderfernsehen kennen. Wer, wie, was? Der, die, das. Wieso, weshalb, warum? Wer nicht fragt...

https://monikafelsing.de/WordPress_03/?p=1332

# Nachwort

Wie viel ist wahr, wie viel erfunden? In einigen meiner Märchen verschwimmen die Grenzen zwischen den Fakten und der Fantasie. Das ändert nichts daran, dass sie Lebenserfahrungen widerspiegeln, die Menschen zu früheren Zeiten gemacht haben oder heute noch machen. Die Wahrheit hat viele Gesichter, und das Erfundene ist noch lange keine Lüge, solange niemand das Ziel verfolgt, andere hinters Licht zu führen und zu manipulieren. In der Mundart wiederum ist es nicht leicht, um den heißen Brei herum zu reden. Wer etwas nicht aussprechen wollte, schwieg, manchmal auch mehrdeutig. Mit Heuchelei und Prahlerei kam, wo jeder jeden und jede jede und jeder jede und jede jeden zu kennen glaubte, niemand lange durch. Ehrlichkeit, Anstand und Hilfsbereitschaft waren wichtig für das Zusammenleben und Überleben auf dem Land, auch wenn es Zeiten gab, in denen sie von einer schweigenden oder johlenden Mehrheit nicht praktiziert worden sind. In unserem Band *„Himmel un Höll"* erzählen wir auch davon. Aber auch von Menschlichkeit und gelebter Solidarität.

Die soziale Frage, aber auch die Verfolgung von Minderheiten, die Unterdrückung von Frauen, schwarze Pädagogik oder Naturschutz kommen in meinen Mundartmärchen zur Sprache. Aber es macht mir auch *Schbass*, aus Stichworten eine Geschichte zu machen, einen Haushaltsgegenstand mit magischen Kräften zu versehen oder meine alte Puppe mitspielen zu lassen. Gesprochen hat sie ihre hochdeutschen Sätze tatsächlich selbst und sie wie früher in einer nicht vorhersehbaren Reihenfolge wiederholt. Für mich grenzt es an ein kleines Wunder, dass der Mechanismus seinen Geist noch nicht aufgegeben hat. Und Geist ist auf Hessisch auch Lebensenergie. *Ech huh haut kenn Gaisd,* ich habe heute keinen Geist, ist als Ausspruch dann nicht den ganz Frommen oder den Wahrsagerinnen vorbehalten.

Und wenn sie nicht gestorben sind, leben Märchengestalten und Erinnerungen weiter. Die Brüder Grimm haben das Märchen von den Bremer Stadtmusikanten mit dem Satz enden lassen: Und wer das zuletzt erzählt hat, dem ist der Mund noch warm. Das wäre den Dialekten dieser Welt auch zu wünschen. Und den Menschenrechten. Und der Demokratie.

## Geschichtsverein Lastoria Bremen

Unser 2008 gegründeter, eingetragener Bremer Geschichtsverein Lastoria macht Bücher wie dieses erst möglich. Der Erlös unserer ehrenamtlichen Arbeit kommt unserem als gemeinnützig anerkannten Verein zugute oder wird an andere soziale oder kulturelle Projekte gespendet. Unsere Aktivitäten sind ziemlich breit gefächert und oft mit großem Aufwand verbunden: Das ehrenamtliche Team von Lastoria hat seit 2008 unter anderem **drei Galas** mit Kleinkunst (Bürgerhaus Weserterrassen, Bremen) veranstaltet und zweimal den **Ernstpreis zur Erinnerung an Holger Ernst Riekers** an Kleinkünstlerinnen und Kleinkünstler vergeben. Unser Verein hat die **Wanderausstellung „Unser Astoria" mit Varieté-Vernissage** im Staatsarchiv Bremen in Eigenregie umgesetzt, **interaktive Buchpräsentationen** (Mehrgenerationenhaus und Gasthaus „Zum Stern", Ober-Gleen, und Gleentalhalle Kirtorf, evangelisches Gemeindehaus Nieder-Ohmen,

Hohhaus Museum, Lauterbach), einen **Olga-Irén-Fröhlich-Abend** auf dem Theaterschiff Bremen und **Konzerte** (Bürgerhaus Weserterrassen, Nachbarschaftshaus Helene Kaisen in Gröpelingen, Altes Fundamt Bremen, Cappella della Musica in Bremen, ehemalige Synagoge Ober-Gleen, Café Mutz in Niederursel, Budge-Stiftung in Frankfurt am Main). Wir haben eine **Lesung von Buddy und Gerti Elias** in Bremen ausgerichtet, am **Weidig-Wochenende** in Ober-Gleen und Kirtorf und an Stolperstein-Verlegungen mitgewirkt, **historische Vorträge** in mehreren Bremer Seniorenheimen ermöglicht und 2022 die **deutsch-niederländische Geschichtswerkstatt „Deutschland auf der Flucht. Exil in Amsterdam Zuid 1933-1945"** mit **Silten-Preis-Verleihung** in der Villa Ichon, Bremen, auf die Beine gestellt. Und das jeweils entweder allein oder in Kooperation mit Vereinen, Stolperstein-Initiativen, Privatleuten, Museen, Kirchengemeinden oder anderen. Wir stellen Rechercheergebnisse online, unterstützen die Recherchen anderer, wann immer möglich, und veröffentlichen **Bücher, Hörbücher und Podcasts** zur Geschichte und Gegenwart. Außerdem waren wir beim Ökumenischen Kirchentag mit einer Online-Buchpräsentation zur Agenda 2030 dabei und sind bei der **VHS Vogelsberg mit digitalen Kursangeboten** vertreten. 2020 hat die Wirtschaftsförderung des Vogelsbergkreises mehrere Bücher und CDs unseres Vereins als **„Vogelsberg Original"** ausgezeichnet. Zu unseren Schwerpunkten zählen Alltagsgeschichte, Erzählkultur, Menschenrechte, Demokratie und, bei den hessischen Projekten, auch Mundart. **Netzwerken** ist bei uns Programm, **Mitmachen** auf vielfältige Art und Weise möglich.

# Unsere Bücher
gestaltet von Wolfgang Rulfs

Monika Felsing (Hg), Unser Astoria, BOD, Norderstedt 2008. Das Buch über das einstige Bremer Varieté „Astoria", mit dem Schwerpunkt Nachkriegszeit. Zur Ausstellung gab es außerdem eine 60-seitige Broschüre.
dieselbe, **Künstlerleben in Hamburg und Bremen**, Bremen/Duisburg 2010, Auflage: 350.
dieselbe, **Die Waffen? Wieder?**, BOD, Norderstedt 2014. Auf der Basis meiner Magisterarbeit, die ich 1991 im Studiengang Fachjournalismus/Geschichte an der Justus-Liebig-Universität Gießen vorgelegt hatte.
dieselbe, **Ober-Gleen, Band 1: Gliesbeurel inner sich**, BOD, Norderstedt 2013. Sprachführer mit Grammatik und Redewendungen der Owengliejer Mundart, Reiseführer durch ein oberhessisches Dorf. Worüber wird mit wem gesprochen und worüber geschwiegen? Was ist wichtig für ein gutes Leben? Was ist Not, was ist Glück? Ein Zeitzeugenprojekt des Vereins Lastoria, Bremen, zu dem es sechs CDs mit Statements und Musik gibt und das sich nicht auf dieses eine Dorf beschränkt, sondern auch hessische, deutsche, europäische und transkontinentale Geschichte und Gegenwart beleuchtet.
dieselbe, **Ober-Gleen, Band 2: Naut wie Ärwed**, Der Band über Haus- und Erwerbsarbeit, aber auch ehrenamtliches Engagement und Schulzeit, BOD, Norderstedt 2014.
dieselbe, **Ober-Gleen, Band 3: „Himmel un Höll"**, der Band übers Zusammenleben, Auseinanderleben und Überleben im 19. bis 21. Jahrhundert, BOD, Norderstedt 2015. Enthält unter anderem auch sieben Kapitel über Friedrich Ludwig Weidig, den Herausgeber des „Hessischen Landboten", und

seine Familie. Armut, praktische Solidarität, Auswanderung, die beiden Weltkriege, den Holocaust, den Neuanfang der Vertriebenen, den Umgang mit Behinderten und Krankheiten, die sich verändernde Kindheit und sehr viel mehr.

dieselbe, **Ober-Gleen, Band 4: „Schbille gieh un feiern"**, der Band über die Geschichte des Feierns und der Mobilität, BOD, Norderstedt 2016. Vom Zufußgehen bis zum Raketenstart, vom regionalen Tourismus bis zum Urlaub in der Ferne, von der Geburtstagsfeier bis zur Kirmes mit Tausenden von Besuchern – auch diese Themen haben viele Faccetten. Umwelt-, Naturschutz- und Klimathemen gehören nicht erst heute dazu. Ende Mai 2025 stehen die 750-Jahr-Feier von Ober-Gleen und die 50-Jahr-Feier der Jugendgruppe an.

dieselbe (Herausgeberin/Übersetzung), **Ruth Stern Gasten, Zufällig Amerikanerin**, Norderstedt 2017. Die Lebenserinnerungen einer jüdischen Nieder-Ohmenerin, die in Livermore in Kalifornien unter anderem einen interreligiösen Gesprächskreis angeregt hat und sich für ein friedliches Zusammenleben und die Demokratie einsetzt.

dieselbe, **„Owengliejer Lirrerbichelche"**, Norderstedt 2018. Lieder im Ober-Gleener Dialekt zu Themen aus unseren Projekten.

dieselbe, **„Naue Lirrer"**, BOD, Norderstedt 2019. Neue Lieder im Dialekt und ihre Hintergründe.

dieselbe, **„Mir"**, das Buch über das Grundgesetz, uns und Europa. Norderstedt 2020. Ein Dialektliederbuch zum Grundgesetz, zu Identität und zu Europa.

dieselbe (Herausgeberin/Übersetzerin), **Ruth Stern Glass Earnest, Das Türchen**, BOD, Norderstedt 2019. Die Kindheitserinnerungen einer jüdischen Diezerin, deren Mutter aus Ober-Gleen stammte. Ihre Familie konnte noch rechtzeitig in die USA fliehen.

dieselbe, „08/18. **Ein hessischer Beitrag zur Rettung der Welt**" über die Agenda 2030 mit Mundart und beispielhaften Projekten aus ganz Hessen und Porträts von Menschen, die sich engagieren oder sich engagiert haben, BOD, Norderstedt 2020.

dieselbe (Hg./Übersetzung), **R. Gabriele S. Silten, „Zwischen zwei Welten"**, BOD, Norderstedt 2020. Die Kindheitserinnerungen einer jüdischen Berlinerin, die in Amsterdam im Exil war und als Kind Theresienstadt überlebt hat.

dieselbe (Hg./Übersetzung), **R. Gabriele S. Silten, „Ist der Krieg vorbei?"**, BOD, Norderstedt 2020. Die Nachkriegserinnerungen von R. Gabriele S. Silten.

dieselbe (Hg.), **„Du on ech"**, über Kindheit in den Sechzigern und Siebzigern auf dem Land in Oberhessen, für Kinder von damals, von heute und morgen, BOD, Norderstedt 2021. Covergestaltung zusammen mit Sabine Kirchner und Holger Krüger.

dieselbe (Herausgeberin), **Dokumentation der Geschichtswerkstatt „Deutschland auf der Flucht"** (Villa Ichon, Bremen, 2022) und über die Verleihung des Silten-Preises an Schülerinnen, Schüler und Studierende, die sich mit Holocaustforschung befassen, BOD, Norderstedt 2023.

dieselbe, **„Bettys Nachbarn. Betty's buren.** Verfolgte im Exil in Amsterdam Zuid 1933-1945", BOD, Norderstedt 2023. Ein Gedenkbuch mit Hunderten von kurzen Porträts von deutschsprachigen NS-Verfolgten aus heutigen deutschen Bundesländern, aus Österreich und anderen Ländern Europas. Wichtige Quellen waren unter anderem Stolpersteinplattformen und Joods Monument (Niederlande).

dieselbe, „**Es woar èmo.** Oberhessische Märchen und wahre Geschichten", BOD 2024.

dieselbe, „**Es war einmal**", die hochdeutsche Version des ersten Märchenbuches, BOD 2024.

dieselbe, „**Jetzt fahrn wir... Übersee. Auswanderung von Hessen nach Nordamerika im 19. und 20. Jahrhundert**", Dokumentation des Podcast, 2024 in Kleinstauflage erschienen.

dieselbe, „**Es woar nommo.** Oberhessische Märchen und wahre Geschichten", 2024.

dieselbe, „**Es war noch einmal**", die Übersetzung des zweiten Märchenbuches, 2024.

## Unsere Ortsuznamensbüchlein

**Monika Felsing, 12 Ortsuznamensbichelchen**, gestaltet von Werner Landwehr von der Reproanstalt Otto Landwehr, Bremen, 2020/2021. Zu diesen Minibüchern über die Ortsuznamen von etwa 100 hessischen Dörfern und Städten, versehen mit Gedichten, Erläuterungen und Illustrationen, gibt es unter anderem auch ein Memory, Einkaufsbeutel und Postkarten. Zu beziehen über unseren Verein.

## Unsere Ausstellung

„**100 Jahre Astoria**", eine Ausstellung über das einstige Bremer Großvarieté, gestaltet von Werner Landwehr von der Reproanstalt Otto Landwehr GmbH, Bremen.

## Unsere Hörbücher und Podcasts

**Monika Felsing** (Konzept), **Hörbuch Weidig**, CD, 2015. Und als Kurzfassung das Hörspiel Weidig, 2018, zu hören auf www.monikafelsing.de.

dieselbe (Konzept), Hörbuch „**Dè Easchde Krigg**", auf der Grundlage der Feldpost der Brüder Schneider aus Ober-Gleen aus dem Ersten Weltkrieg, CD, 2017.

dieselbe (Konzept), Hörbuch „**Jiddisch Leben**", 2018, sechs CDs, 2018. Das Konzept steht online, auf Deutsch und Englisch.

dieselbe, Podcast **Geschichtswerkstatt „Deutschland auf der Flucht"**, drei Teile, zu hören in der Mediathek meiner Website.

dieselbe, Podcast „**Jetzt fahrn wir... Übersee!**" über die Auswanderung aus Hessen im 19. und 20. Jahrhundert über Bremen und Hamburg. Produktionszeit: 2022 bis 2024. Sechs Teile, aufgenommen mit Ehrenamtlichen, zu hören in meinem Blog. Einfach mit Podcast suchen.

dieselbe, Podcast „**Now we go... Overseas**", sechsteilige englischsprachige Version, in Zusammenarbeit mit Susan Eldridge, geborene Badenhausen, aus Connecticut (USA). In Arbeit, zu hören vermutlich noch 2024, und dann wahrscheinlich auch auf meiner Website.

## Bilderverzeichnis

Justus Randt hat fast alle Fotos gemacht, die in diesem Band und dem anderen Band zu sehen sind. Für die Mundartausgabe hat er Spielzeug aus Privatbesitz fotografiert, für die hochdeutsche Ausgabe Gegenstände, unter anderem eine mechanische Schreibmaschine, eine Lockenschere (aus dem Nachlass meiner *Omma* Lina), Gewichte, handgewebtes Leinen aus der Schwalm, einen Milchwächter und eine Kaffeemühle. Fünf Fotos in der hochdeutschen Ausgabe stammen von mir. Zunächst einmal das Foto vom dösenden Wildschwein im Tierpark an der Sababurg im Reinhardswald, in Sichtweite des „Dornröschenschlosses". Der 1571 als Tiergarten eingerichtete Park ist einer der ältesten und größten Wildparks in Deutschland und besteht aus einem Urwildpark, einem Archepark und einem Kinderzoo. Als weitere Motive habe ich ein Gänseblümchen, eine Station im „Wortreich" und ein Porträt von Karl Gemmer beigesteuert und die Gänsehirtin vom 1958 in der Alsfelder Altstadt errichteten Schwälmer Brunnen, den der Bildhauer Wilhelm Heidwolf Arnold (1897-1984) in Allendorf (Lumda) nach einem Entwurf des Alsfelder Grafikers Willi Weide (1925-2011) im Auftrag der Stadt gestaltet hatte. Die Restaurierung des Brunnens hat 2021 begonnen und hätte 2022 abgeschlossen sein sollen, doch die Gänseliesel in Schwälmer Tracht, das Urbild des deutschen Rotkäppchens, ist im Herbst 2024 immer noch nicht wieder an ihrem Platz. Warum, ist in den lokalen Medien nachzulesen.

## Blog

Den oberhessisch-hochdeutsch-englischen Blog Owenglie auf der von Wolfgang Rulfs gestalteten Website www. monikafelsing.de schreibe ich seit 2015. Solange der Vorrat reicht, ist Mittwoch Märchentag. Kommentare, auch zu anderen Beiträgen, sind willkommen.

# Unterstützung

Wir schaffen was – aber auf Dauer nur gemeinsam! Unser kleiner Verein netzwerkt viel und kooperiert bundesweit und international mit Partnerinnen und Partnern, die sich wie wir für den Erhalt der Erzählkultur, der Menschenrechte, Demokratie und Mundart einsetzen. Wer unsere ehrenamtliche, gemeinnützige Arbeit unterstützen möchte, kann Mitglied in unserem Geschichts- und Kulturverein werden, bei der Umsetzung von Projekten helfen oder uns eine Spende zukommen lassen. Die Kontakt- und die Kontodaten stehen auf www.lastoria-bremen.de. Außerdem ist der Kontakt auch über meine persönliche Website möglich, auf der unser ehrenamtliches Engagement dokumentiert ist.

## Moderne Mundart

Da oben auf dem Ofen, da liegt ein Schafsbraten, mit Knoblauch und Speck (Variante: mit Knoblauch gespickt). Komm, Vater, willst du auch ein Stück? *Menn Voadder* (1937-2009) konnte gar nicht genug bekommen von diesem Reim über ein gegartes Stück Fleisch, und er hat sich einen *Schbass* daraus gemacht, darin von einem Dorfdialekt in den nächsten zu wechseln. Es war ein Kunststück für sich, sprachlich wie geografisch, und wer bei diesem Rezept die feinen Unterschiede heraus-schmecken wollte, musste gut aufpassen. Kam *Pauls Kall* erst einmal in Fahrt, dann wanderte er von Ober-Gleen über Ohmes quer durch den Vogelsberg und ließ einzelne Selbstlaute hinter sich wie der Lauterbacher Strolch seinen linken Strumpf: *„Doa owe offem Owe, doa läid enn Schoafsbroare, med Knowwelouch on Schbägg. Komm, Voadder, widde aach è Schdegg? Doa öwe offem Öwe...“*

Es war ein bisschen wie bei dem Kinderlied von den drei Chinesen: *Drai Schineese memm Konndrabass sasse off dè Gass on vèzohlde sech woas. Doa koom enn Bollidsissd. Ai, woas eas dè doas? Drai Schineese memm Konndrabass.* Als ich klein war, habe ich es auf Hochdeutsch gesungen, denn mein Bruder und ich gehören zur ersten Generation, die fast ohne *Pladd* aufgewachsen ist. Der Lauf der Welt. Dialekt war zwar noch nie etwas gewesen, mit dem man in der Schule hätte punkten oder Karriere machen können, außer vielleicht im Vieh- und im Landmaschi-nenhandel, doch spätestens in den Sechzigern war sein Ruf vollends ruiniert, und Eltern und Großeltern wurde geraten, Hochdeutsch mit den Kindern zu reden.

Einer Provinzposse verdanken wir ein seltenes Filmdokument, in dem Mundart die Hauptrolle spielt: Im Sommer 1961 beantragt ein Lokalpolitiker in Dreihausen im Ebsdorfergrund, dass im Gemeinderat kein Dialekt mehr gesprochen werden darf, obwohl acht der neun Männer in diesem Gremium Einheimische sind. Die Abstimmung fällt denkbar knapp aus, vier zu vier Stimmen, bei einer Enthaltung. Antrag abgelehnt, Skandal perfekt. Kurz darauf fährt ein Fernsehteam des Hessischen Rundfunks in den Landkreis Marburg, um den Antragsteller und den Bürgermeister zu interviewen (ARD Mediathek/HR Retro), doch der Reporter hat Pech. Keiner der beiden will vor die Kamera. Bleiben der Oppositionsführer („die Herren dachten wohl, wir würden bei einer hochdeutschen Sprache nicht mehr so redegewandt sein"), der aus dem Sudetenland stammende Schriftführer („ich bin schon 15 Jahre im Ort ansässig und verstehe die heimische Sprache sehr gut und kann danach eine Niederschrift anfertigen") und ein paar andere Mannsbilder aus dem Dorf, die glaubhaft versichern, „dass wir uns auf Platt so gut verstehen wie auf Hochdeutsch". Das Ergebnis ist ein sechsminütiger Nachrichtenbeitrag mit Geschnatter, Muhen und Gegacker als Hintergrundmusik, Fachwerk, Feldern und so manchem sanft gerollten R. Eine Reportage, hart an der Grenze zur Satire.

Auch noch Jahrzehnte später fühlten sich Großstadtmenschen uns Landeiern und unserem Dialekt hochhaushoch überlegen. In den Ohren des Darmstädter oder Wiesbadener Bildungsbürgertums klang *Owwerhessisch* nach einer Gegend, „wo die Höhlen allesamt Hausnummern tragen, wo der Wind rauer weht, wo man keinen versteht".

Über die Vulkanregion, ihre Menschen und deren Ausdrucksweise auf diese Weise herzuziehen, kann sich heute fast nur noch ein gebürtiger Thüringer erlauben: Der Musiker Thomas Koppe wohnt in Hüttenberg und hat bei einem Kabarettwettbewerb im Frankfurter Gallus-Theater mit seinem Spottlied über den Vogelsbergkreis einst drei erste Preise abgeräumt.

*Die vèoarsche dech, wu dè dèbai säisd,* die verarschen dich, während du dabei bist, entrüsten wir uns in Oberhessen, wenn andere Leute uns veräppeln. Selbst sind die *Owwerhesse!* In den Achtzigern und Neunzigern haben vor allem Männer Geschichten und Mundartgedichte über die *Maarer Frää* (die Frau aus Maar), den General *Bunnsobb* (General Bohnensuppe) und andere Originale geschrieben, ein Trend, gefördert von dem Alsfelder Journalisten Karl Brodhäcker als Autor und Verleger. Heimatlieder hatten von Schweinen zu handeln, die im Garten wühlen, oder von Roterübenrupfmaschinen, manchmal auch von Streuselkuchen. Die Mundartgruppe „*Fäägmeel*" (Fegmühle, in der das gedroschene Getreide von den Spelzen gereinigt wurde) – Siegward Roth, Berthold Schäfer und Walter Krombach – hat den mittelhessischen Dialekt von 1985 bis 2005 auf die Bühne gebracht. Später füllte ihr Nachfolger „*Meelstaa*" (Mühlstein) die Säle. Im Gästebuch der Website gibt es reichlich Beifall für die Musik, die Mundart, den Humor und die Poesie. „*Fäägmeel*"ist auch der Band „Halb 6" zum Vorbild geworden: Jürgen Litzka aus Alsfeld und die Feldaer *Brirrer* Günter und Peter Seim besingen *Alsfealler Jungge*, die *Alsfealler Mädche* lieben. Und meine Mutter, ein *Alsfeller Mädche*, dreht den CD-Spieler lauter.

In dem zweibändigen Band „*Fäägmeel – E Geschicht fier sich*" schreibt Siegward Roth, zitiert 2020 auf der Website der Gießener Allgemeinen: „*Wann sich Mensche dofier geschaamt hu, deass se platt schwätze deare, dann woar doas neat nur uvernünftich und psychisch bedenklich fier däijeniche sealwer. Es woar aach schwier erträglich, wann mer doas vo auße metogucke muss.* Wenn sich Menschen dafür geschämt haben, dass sie Dialekt sprachen, dann war das nicht nur unvernünftig und seelisch bedenklich für diejenigen selbst. Es war auch schwer erträglich, wenn man das von außen mitansehen muss.

Zumindest die *Scherwewädds* (Ortsuzname der Menschen in Dreihausen) im HR-Film haben sich ihrer Mundart nicht geschämt. „Ich halte den Antrag für lächerlich", sagt einer auf Hochdeutsch. „Man sollte doch so sprechen, wie uns der Schnabel gewachsen ist." Auch so zu schreiben, macht selbst 60 Jahre später noch einen Unterschied. Historische Forschungsbeiträge und Sachbücher mit Dialekt finden kaum Beachtung in Schulen und Universitäten, weil Mundart eben noch immer nicht ernst genommen wird. Mundartfans wiederum erwarten etwas zum Lachen und fürs Herz, Heimatgefühle, keine Vorträge oder oberhessische Coversongs über Friedrich Ludwig Weidig, die NS-Zeit oder die Agenda 2030. *Mach's annerschd*, würde unsere Nachbarin Toni sagen.

Warum eigentlich nicht? Die Plattdeutschen Nachrichten von Radio Bremen sind so seriös wie beliebt, „*Kristallnaach*" von BAP kommt ohne Übersetzung aus dem Kölschen aus, und der Duden hat nicht nur einen Podcastteil über Dialekt („Was viele, die eine negative Meinung über

Dialekte haben, gar nicht wissen: Dialekte sind eigene, vollständige Sprachen, und außerdem sind sie erheblich älter als unsere geschriebene Standardsprache"), sondern unter anderem auch eine plattdeutsche, eine fränkische, eine bairische, eine pfälzische, eine sächsische und eine hessische Ausgabe ("Vom *Babbeln* und *Schnuddeln*", Lars Vorberger). *Gidd doch!* Aus Respekt und alter Verbundenheit tragen alle Ober-Gleen- und alle Liederbände aus unserem Oral-History-Projekt Mundarttitel, wandere ich auch in meinem Blog zwischen Hochdeutsch und *Owengliejer Pladd* wie mein Vater zwischen den Dialekten oder die märchenkundige Witwe Dorothea Viehmann (1755-1815), geborene Pierson, von ihrem Fachwerkhaus in Niederzwehren zur Kasseler Wohnung der Grimms, wo ein silbernes Löffelchen neben der Tasse zu liegen pflegte.

Heute spricht in den Generationen X, Y und Z kaum noch jemand fließend *Pladd*, doch Kult zu sein, bedarf es wenig: Worte wie Kolter (*Kolder*) für Wolldecke, Kneipchen (*Knäibche*) für Schälmesser und Apfelkrotzen (*Abbelkroddse*) für Apfelkerngehäuse gehören, hochdeutsch verballhornt, aber gerade noch erkennbar, zur Regionalsprache, dem Regiolekt. Wer das Original schätzt, kann bei Hedwig Witte (Rheingau), geborene Schmidt, Emil Winter (Heuchelheim), dem 2015 in Marburg verstorbenen Germanisten Hans Friebertshäuser, Ortwin Koch (Niederklein), Karl Brodhäcker (Alsfeld) oder Jürgen Piwowar (Laubach) nachschlagen. Einige ihrer Bücher sind nur noch antiquarisch und mit etwas Glück erhältlich. In jüngerer Zeit haben Herbert Loch (Mücke-Ruppertenrod), Andrea Vogel (Dreihausen), der Kultur- und Heimatverein Maar, Bernd Strauch (Gießen), Doris Schmidt (Heimertshausen) und andere Ehrenamtliche und Hauptberufliche Dialektwörtersammlungen oder Sachbücher mit Mundart herausgebracht, wie unser Verein Lastoria auf der Grundlage des *Owengliejer Pladd*. Der Dachverband Mundart grüßt online mit *„Goure!"*, wo *Gliesboirel „Gurre"* sagen würden, und versucht zwischen denen, die es ganz genau nehmen, und denen, die auch mal *finnef groad sai leasse*, zu vermitteln: Bei Mundart könne man nur einen Fehler machen, nämlich, sie nicht zu sprechen. *Schwassd Pladd, wie ouch dè Schnowwel gewosse eas.*

Mit diesem neuen Selbstbewusstsein hat das Aschenputteldasein ein Ende, das Erbsenzählen auch. Mundart ist als Regionalsprache anerkannt, wie die im Sommer 2024 eröffnete, interaktive Sonderausstellung im „Wortreich" in Bad Hersfeld zeigt: „Ich verstehe euch nicht, ihr müsst ein bisschen lauter sprechen, *schwatzen, babbeln, schnuddeln* – (Sprach-)Vielfalt durch Dialekte". Wie sagt wer zum Pantoffel? Oder zum Bonbon? Mögliche Antworten stehen auf dem Einwickelpapier des *Guuds-chens*, das im Namen des Kooperationspartners, des Deutschen Sprachatlasses, verteilt wird: „Klümpchen, Guuzi, Kamelle, Zuckerstein." Ein *Zoggerschdäi* war in meiner Kindheit noch kein dunkelgrauer bis anthrazitfarbener Kalkstein, mit dem heute in toten Vorgärten Metallkörbe befüllt werden, sondern einer der Gründe dafür, dass unsere Zähne anthrazitfarbene Füllungen bekamen. Beim *Ziehdogder.*

Das Bundesland Hessen fördert die sprachliche Grundlagenforschung, unter anderem das Forschungszentrum Deutscher Sprachatlas an der Universität Marburg und damit auch die Arbeit von Professor Alfred Lameli. Der Wissenschaftler befasst sich damit, wie sich der Dialekt verändert hat, wie er sich weiter verändert, wie er andere Sprachen beeinflusst, Identität stiftet, Nähe und Vertrautheit ausdrückt, um doch zu sagen: ein Gefühl von *Heemed*. „Zum Schutz und zur Förderung der Dialekte" hat das Hessische Ministerium für Landwirtschaft, Umwelt, Weinbau, Forsten, Jagd und Heimat 2024 erstmals den Hessischen Mundart-Preis ausgelobt, der jährlich vergeben werden soll. Gewürdigt wird „die Leistung engagierter Menschen, die sich für die Sicherung des Kulturgutes und die Stärkung der regionalen Identität einsetzen". Der Mundart-Preis soll „die Sichtbarkeit der Dialekte erhöhen" und „die Menschen für die hessische Sprachvielfalt begeistern". Als Tag der Preisübergabe ist der von der Unesco „zur Förderung sprachlicher und kultureller Vielfalt und Mehrsprachigkeit" ausgerufene Internationale Tag der Muttersprachen vorgesehen, *dè Doag voo dè Mamme ihr Schbroach*, der 21. Februar.

*Woas sai ech, wu komm ech her, on wurim sai ech nid doa geplewwe?* Frei nach Matthias Beltz („Was ist der Mensch? Wo kommt er her? Und warum ist er nicht dort geblieben?") habe ich in den Neunzigern angefangen, nach meinen sprachlichen Wurzeln zu suchen, und habe Dialektworte gesammelt. *Äis, noch äis on noch äis...* Meine Ober-Gleener Großmutter (*Omma* Lina) hat Wort für Wort beigetragen, nach ihrem Tod dann unter anderem Lina Löb (*Ammegridds* Lina), Toni Heinicke (*Schelde* Toni), Toni Dick (*Waachnesch* Toni), Karl Gemmer (*Koads Kall*, stellvertretend für alle abgebildet, siehe mein Foto aus dem Jahr 2021 auf Seite 247). Dieter Ruppert (*Zim-*

*merhannesse Dieder*), Sabine Kirchner (*Endesche* Sabine) und Birgit König (*Gemmesch Birgidd*).

Manches sind alte, nur noch selten zu hörende Mundart-begriffe, die *Endesche Kall* und *Endesche Miele* noch gekannt haben, die mit meiner Oma *ean Owenglie* zur Schule und in die Spinnstube gegangen sind. Andere Begriffe sind modern, wie zum Beispiel *Kombjuder* oder *Fäisbugg* oder *Eleggdroaudo*. Ich habe sie ins *Pladd* über-tragen, der Aussprache nach, so umstandslos, wie früher Begriffe aus dem Jiddischen, dem Hebräischen, dem Fran-zösischen und anderen Sprachen in den Dialekt eingezo-gen sind.

Ohne sprachwissenschaftlichen Anspruch versuchen wir, das *Owengliejer Pladd* so authentisch abzubilden wie möglich und Lust aufs Mundartreden zu machen. Aber nicht alle in einem Dorf sprechen gleich, nicht einmal die, die den Dialekt mit der Muttermilch aufgesogen haben. In der Obergasse klingt manches etwas anders als in der Borngasse. Im Laufe eines Lebens und auch von Genera-tion zu Generation verändern sich Laute und auch der Wortschatz. In Familien, Nachbarschaften und Freundes-kreisen wird nicht nach Dialektlehrbuch geredet, sondern nach Vorlieben und Gewohnheit, und so ein sprachliches *Kwerdorchdègoadde* (Quer durch den Garten, eine Gemüsesuppe) kann viele geheime oder sehr spezielle Zutaten haben. Meine Mutter (*Pauls* Helga) hat zu meinem Ober-Gleener Grundwortschatz ein wenig Alsfel-der *Pladd* beigesteuert, und einiges dürfte ich unbewusst von Schulfreundinnen aus anderen Dörfern übernommen haben oder aus Mundartbüchern anderer hessischer Autorinnen und Autoren.

Um auch absoluten Anfängerinnen und Anfängern die Aussprache zu erleichtern, haben wir verhältnismäßig wenig Sonderzeichen verwendet und zahlreiche Audios veröffentlicht. Weil Menschen mit Artikel oder mit Dorfnamen genannt werden, habe ich das beim Übersetzen beibehalten: Es ist also beispielsweise nicht von Lina die Rede, sondern von der Lina, nicht von einem Wirt namens Karl, der einen Nachnamen hat, sondern von *Weadds Kall*. Von Wendungen wie „der Toni ihrer Oma ihrem Acker" habe ich dann allerdings doch abgesehen... Waren Mundartworte wie *Hämel* oder *Schaude* nach meinem Verständnis nicht zu ersetzen, sind sie auch in der hochdeutschen Version zu finden. Und wenn ich von der Vorlage abgewichen bin, habe ich den Originalbegriff in die Fußnoten gepackt.

Wer das Original des Märchenbuches gelesen hat und Übersetzungshilfe braucht, findet Vokabeln in meinem Blog oder kann zur hochdeutschen Ausgabe greifen, aber ich beantworte auch sehr gerne Fragen zu den Märchen. Kontakt ist über die E-Mail-Adresse auf meiner Website www.monikafelsing.de möglich. Manche Schreibweisen haben sich im Laufe von mehr als zehn Jahren leicht verändert. Sabine (Kirchner) und ich haben über einiges bis ins kleinste Detail diskutiert, und ihr *Woadd* zählt für mich. Wenn ich ausnahmsweise etwas nicht korrigiert habe, dann auf die Gefahr hin, falsch zu liegen, aber aus einem für mich guten Grund: weil mir meine Version gefühlsmäßig näher war.

Das Oberhessische ist anspruchsvoll. Laute wie e und i sind nicht immer eindeutig auseinander zu halten. Doppellaute kuscheln sich aneinander wie Ferkel unter der Schweine-lampe, wie die *Läffel* in der Besteckschublade. Ist der Blitz im *Owengliejer Pladd* ein *Bledds* oder ein *Blidds?* Es ist beim Korrigieren ein *Blidds* geworden. *Schraiwe* schreibe ich nun anstelle von *schräiwe*, *blaich* anstelle von *bläich* für bleich, *waid* anstelle von *wääd* für weit, und *wäirer* für weiter, auch wenn mir *wärer* auf den Lippen liegt, *Abbrel* anstelle von *Abbril* für April, *Angsd* anstelle von *Aangsd*, *Hedd* anstelle von *Hidd* für Hütte, *gesùchd* anstelle von *gesichd*, *zengge* anstelle von *zängge*, *Kanneflegger* anstel-le von *Kannefligger.* Ich denke nach wie vor an eine *Kich*, wenn von einer Küche die Rede ist, weiß aber, dass ich eigentlich *Kech* schreiben sollte, und richte mich danach. Manchmal setzt sich die *Kich* heimlich durch.

Letztlich zählt beim Dialekt und auch beim Regiolekt das Bauchgefühl. Authentisch ist, was unverstellt und nicht gekünstelt ist. Manches habe ich deshalb so gelassen, wie es mir vertraut ist, auch wenn es kein authentisches *Owengliejer Pladd* sein mag. Von der *Schull* habe ich mich ungern getrennt: Wie oft habe ich *Gliesboirel* über *Schullliehrer* reden hören... Im Text ist die Schule nun eine *Schul*, der *Schullliehrer* ist geblieben, und da habe ich mich bei *Wachnesch* Toni rückversichert. Von *pläiwe* habe ich mich getrennt, weil *plaiwe* korrekt ist. Und „du bleibst" bleibt *du pläibsd*. Wenn es um angetrockneten Nasen-schleim geht, schreibe ich auch in Zukunft *Bibbel* statt *Bebbel.* Aus *mais* (meins) hat Sabine *maais* gemacht und einen Beispielsatz geliefert: *Maai Klääd muss robbgelesse weann, sääd die Miele. Maais kann ech ean dè Sagg geduh, sääd die Frieda.* Mein Kleid muss rausgelassen werden, sagte Miele. Meins kann ich in den (Altkleider)sack tun, sagte Frieda. Schwierig bleibt die Entscheidung, was wir mit den drei Geschlechtern der Zahl Zwei machen: *È Dass* (eine Tasse) ist weiblich, aber es ist durchaus üblich, *è zwädd Dass Kaffie* zu trinken, keine *zwuud Dass*. Karl Gemmer hat *mir zwie* vorgegeben, wenn zwei Männer oder ein Mann und eine Frau *„Haut eas sou enn Doag fier die Domme"* singen, für andere wären es *zwä. Zwu* Möglichkeiten, wenn wir *zwä* so wollen.

Ich muss zugeben: Es hat mich große Überwindung gekostet, meine Dialektmärchen aufzunehmen, und auch wenn mir das inzwischen leichter fällt, würde ich ungern etwas vor Publikum vorlesen. Mundart zu sprechen, ist eben etwas vollkommen anderes, als Lieder und Gedichte *off Pladd* vorzutragen, eine sehr viel alltäglichere Angelegenheit. Gelebtes Leben,  eine Selbstverständlichkeit für alle, die damit groß geworden sind. Diese Leichtigkeit fehlt mir beim Reden. Bei Liedern trägt mich die Melodie, bei Gedichten das Versmaß, und wischt meine Skrupel weg. *Doa kenn ech naut:* Ich habe schon in Läden, in Wohnzimmern und auf Wochenmärkten Mundartlieder angestimmt, auf der Straße, in Dorfgemeinschaftshäusern, der Ober-Gleener Synagoge und dem Synagogenraum der Budge Stiftung in Frankfurt, in einem Dienstzimmer in einem Rathaus, am Telefon und an einer Frankfurter Ampel, bei einer Stolpersteinfeier, in der Natur, und schon einige Male allein auf einer Bühne, doch am liebsten singe ich gemeinsam mit anderen. Die Erinnerung an die Menschen, die *Owengliejer Pladd* gesprochen haben, lebt in jeder Silbe weiter.

# Dank

*Wann sè's missde, däre sè's nid,* hat meine Omma Lina oft gesagt. Wenn sie es müssten, täten sie es nicht. Das gilt für vieles, für das Menschen eine Leidenschaft entwickeln, und für ehrenamtliches Engagement ganz besonders. Freiwillige Arbeit muss Freude machen, weitgehend selbstbestimmt sein, Talente entfalten helfen, Menschen miteinander verbinden und einen tieferen Sinn haben, wenn sich der Aufwand lohnen soll. Wenn nicht jetzt, dann nicht: Das Gefühl, dass wertvolle Erinnerungen und spezielles Wissen unwiederbringlich verloren gehen, falls nicht gehandelt wird, hat die Entscheidung, unentgeltlich in einem Team für eine gute Sache zu arbeiten, stark beeinflusst. Und dann ergab sich eins aus dem anderen, und aus dem anderen wieder eins. Und am Ende steht der Dank. In einer Zeit, in der das *Lammediern, Besserweasse, Schdänggern, Schembe* und *Broddsenn* in Mode ist, darf der *Daangk,* dachte ich, etwas länger ausfallen.

Fangen wir mit Wolfgang an. Wolfgang Rulfs (Bremen, heute Delmenhorst) hat dieses und die anderen Bücher unseres Vereins gestaltet, das ist rekordverdächtig, und mein Dank ist es auch! Und schon sind wir bei Justus. Justus Randt (Bremen) danke ich allerherzlichst dafür, dass er dieses Ehrenamt von Anfang an mitträgt, aber auch fürs Fotografieren, fürs Zuhören, fürs Diskutieren und für das Korrekturlesen der hochdeutschen Fassung. Werner Landwehr (Bremen) verdanke ich die *Bichelchen* und das Memory mit den Ortsuznamensgedichten, meine Ehrenamtskarten und die Podcast-Bücher. Dank Dir, Werner!

*On wäirer gidd's: Daangge*, Sabine! Sabine Kirchner (Ober-Gleen) danke ich fürs gründliche Korrekturlesen der Mundartmärchen, für ihre Ratschläge und Erwägungen, fürs Loben und Motivieren und für ihre eigenen Erinnerungen, in die ich mich so gut hineinversetzen kann. Nach dem Korrigieren des Mundartbandes hat sie mir geschrieben, was ihr zum Herbst einfällt, und ich habe den Text mit ihrer Erlaubnis in meinen Blog gestellt. Zu finden ist er mit den Stichworten Sabine und *Äbbel*.

Meiner Mutter Helga Felsing (Alsfeld, Ober-Gleen, heute Bremen) danke ich für ihr Ohr, ihren Humor und so manches Dialektwort. Die Begeisterung meines Vaters für den Dialekt und die Region hat sich dann doch noch auf mich übertragen, und ich danke ihm auch heute noch dafür, dass er mich hat meinen Weg gehen lassen und dass wir trotzdem einen gemeinsamen Weg gegangen sind und immer verbunden sein werden. Mein Bruder Karlheinz hat sich auf einigen Fotos in unserem Projekt wiedergefunden, genau wie mein Onkel Hans, mein Onkel Herbert und andere Verwandte. Auch wenn ich mich nicht daran erinnern kann, ob sie mir Märchen erzählt haben, bin ich dankbar dafür, dass ich zwei liebevolle oberhessische *Ommas* hatte. Dialekt ist schließlich auch eine Großmuttersprache.

Nachträglich danke ich unserer verstorbenen Nachbarin Lina Löb fürs Dialektwortesammeln, allen, die mir beim Dialektlernen geholfen und die Geduld nicht verloren haben, unserer Freundin Elfriede Roth aus Lauterbach, die ihren 100. Geburtstag (2025) nun doch nicht mehr erlebt hat und große Fußstapfen hinterlässt, aber auch Egon

Brückner (Egerland und Ober-Gleen), der 2024 hundert Jahre alt geworden wäre und unser Projekt von Anfang an unterstützt hat, stellvertretend seiner Tochter Christl Brückner-Aubry und ihrem Mann Marc (Paris). Während der Arbeit an diesem Manuskript ist Usch Weber gestorben, die Wirtin des Ober-Gleener Gasthauses „Zum Stern", *bai Eggschdäis*, in deren Saal wir früher gefeiert und im Laufe unseres *Owenglie*-Projekts in großer Runde zwei unserer Bücher vorgestellt haben. Auch Dieter, Walter, Elli, Elayne, Emma, Lina, Heinrich, drei Ober-Gleener und ein Alsfelder mit Vornamen Karl, Mariechen, Erika, Rudolf, Alfred, Irmgard, Erhard, Meline, zwei Ober-Gleenerinnen mit Vornamen Hedwig und andere Zeitzeuginnen und Zeitzeugen, unser früherer Vereinsvorsitzender Walter und seine Frau Renate, Rosi, Eckfrid und Traudl sind seit dem Start unseres Projektes gestorben und werden nicht vergessen.

*Dangge* auch an Erika Thies (Worpswede), Heide Habermann (Frankfurt am Main), Christel und Harald Grein (Romrod-Zell), Marga Dittmar (Alsfeld), deren Mann, der verstorbene Heimatforscher und Lehrer Heinrich Dittmar, sich intensiv mit hessisch-jüdischer Geschichte befasst hat und 2024 geehrt worden ist, Gerda und Horst Dluzenski (Ober-Gleen), Burghard Bock, Kerstin Thompson, Kritika Thapa, an Annelie Stöppler, Willfried Meier, Beruta Adolf, Jürgen Moser, Reinhard Jung und andere Mitglieder von Lastoria, Barbara Schellhorn und Regina Dietzold (alle Bremen und umzu), Astrid Kehl (Appenrod, heute Frankfurt am Main), die *Bicherfrää* Gerlinde Becker (Grebenau), Karin Gröger und das Team der VHS Vogelsberg, Annette Wettlaufer und alle anderen von Vogelsberg Original,

Ägidius Kluth und Andrea Weißing vom Alsfelder Antiquariat „Buchbasalt", an das Team des Regionalladens von Kompass Leben e.V. am Alsfelder Marktplatz, das Team des „San Marino" und das Team der Eisdiele „Venezia" (Alsfeld), Veronika-Henriette und Herbert Loch (Ruppertenrod, heute Schleswig-Holstein, „Grimms Märchen *off* Platt" und „*Voo Ääre bis Zwulch*", erschienen im Frauenzimmer-Verlag), Elisabeth Wagner (Dreihausen, heute Marburg), den Ober-Gleener Künstler Bernhard Wald alias „Faldon" (heute Marburg), dessen Bilder hoffentlich noch einmal ausgestellt werden, die Marburger Verlegerin und Autorin Annette Schüren („Kirtorf und das Eußergericht"), die Mitwirkenden an unserem Podcast „Jetzt fahrn wir... Übersee", die Offene Bühne des 1. Bremer Ukulelenorchesters im Brodelpott in Walle, Helmut Meß (Heimatverein Stadt Kirtorf), Veronika Bloemers und Arnulf Triebel (Ober-Gleen und Frankfurt am Main). *Ech daangk ouch. Joa, dir aach! Selld ech ausgerechend dech vègäasse huh? Gieh foadd! Fiehl dech gedreggd.*

Aus meinem Blog ins Buch: Märchen im und aus dem *Owengliejer Pladd.*

Schuhwerk in der Dialekt-Sonderausstellung im „Wortreich" in Bad Hersfeld.